INGEN ÅTERVÄNDO

September

Ljudet av löparskorna som träffade den hårt packade marken var i vanliga fall rogivande, men inte den här morgonen. Hon hade sovit dåligt under natten med mycket oro inför att börja sitt nya jobb och ängslan växte sig allt starkare desto mer klockan närmade sig. Hon hade träffat hotellchefen veckan innan och han hade sagt att hon kunde börja redan på måndag och idag var det just måndag. Hon visste att hon inte kunde vänta längre med att jobba. Pengarna hade börjat sina så hon var tacksam över att inte behöva leta längre. Och att jobba som hotellstäderska var det perfekta jobbet för henne att kunna hålla en låg profil.

När hon sprang uppför den sista backen fick hon ta i, den var brant och lång. Men nu efter tre veckor var det inte lika tufft att springa uppför den som första gången hon hade sprungit uppför den då hon först hade kommit till Kargvik.

Efter backen planade löpspåret ut i en lång raksträcka och efter raksträckan lämnade hon motionsspåret och kom ut i villaområdet som låg intill. Promenaden hem tog henne tio minuter.

När hon kom fram till huset gick hon runt till baksidan och låste upp källardörren. Där gick hon in i hallen till den lilla lägenheten som hon nu hade hyrt i tre veckor av det äldre paret Maggie och Hans. Hon hade haft ren tur att hon hade hittat annonsen om den lilla källarlägenheten och att det äldre paret mer än gärna ville ha betalt i

7

kontanter för hyran. Det var en enrummare med en liten hall, ett litet badrum, och ett stort rum som var möblerat. I hörnet närmast hallen fanns det ett litet kök. Den lilla lägenheten hade allt hon kunde tänkas behöva.

I hallen tog hon av sig skorna innan hon gick in i badrummet och tog av sig kläderna för att sedan gå in i duschen.

Hon ryckte till när det varma vattnet nådde utsidan av hennes vänstra vad. Hon tittade ner på det femton centimeter långa såret som nästan hade blivit ett ärr nu. Såret hade varit djupt och tog lång tid att läka. Nu efter fem veckor var det mest likt ett ärr men det var väldigt rött och ibland ömt. När hon hade duschat färdigt gick hon fram till sängen och tog på sig kläderna hon hade lagt fram innan hon hade gått ut till motionsspåret.

Där låg det ett par ljusblå jeans och en vit långärmad skjorta. Sedan gick hon tillbaka in i badrummet och borstade igenom sitt mellanblonda axellånga hår som hon satte upp i en hög tofts.

Hon hade borstat tänderna innan hon begav sig ut i spåret men borstade dem en gång till, hon ville ändå ge ett gott intryck på hennes första arbetsdag. När hon hade fixat sig färdigt gick hon till kylskåpet och packade ner smörgåsarna med ost och skinka som hon hade förberett tidigare på morgonen. Hon la ner dem i ryggsäcken tillsammans med en flaska apelsinläsk. Hon stack ner fötterna i ett par vita sneakers som stod i hallen innan hon gick ut genom ytterdörren och låste efter sig. Nervositeten smög sig på mer och mer när hon gick den tjugo minuter långa promenaden mot centrum till Kargviks Stadshotell. Klockan var nu nio på morgonen och det var bestämt att hon skulle börja halv tio den här dagen. Resterande dagar skulle hon börja jobba klockan tio.

När hon kom fram till hotellet gick hon inte till den stora ingången på framsidan som hon hade gjort veckan innan, utan hon gick till personalingången på baksida och tryckte på knappen som det stod *Husfru* på.

Efter en stunds väntan öppnades dörren av en dam i sextioårsåldern. Hon var klädd i svarta chinos med en vit långärmad skjorta och ovanpå det hade hon en svart väst. Hon sträckte fram handen och Sara tog den.

"Maud heter jag. Det är jag som är husfru på det här hotellet", sa hon nästan lite barskt.

"Hej! Tess!", sa Sara samtidigt som hon sträckte fram handen och kände att hon fortfarande hade svårt att presentera sig med det namnet.

Bakom Maud stod en tjej som Tess tycktes verka vara i samma ålder som hon själv, alltså runt tjugofyra. De var ungefär lika långa och båda hade en smal figur. Deras hår var ungefär samma längd men Tess hår var lite mörkare.

"Hej! Jag heter Agnes", sa tjejen och tog Tess i handen och log ett vänligt leende.

Tess följde med Maud och Agnes längs korridoren i hotellets källare. Först visade de henne den lilla personalmatsalen där Tess la in sin lunch i kylskåpet. Sedan gick de förbi ett omklädningsrum som det stod *Herrar* på dörren med stora bokstäver. Nästa rum stod det *Damer* på dörren, där följde Tess efter Maud till ett skåp som det stod Tess namn på. Maud öppnade skåpet och där hängde en uniform, en vit kortärmad skjorta och ett par svarta chinos. En likadan uniform som Agnes var klädd i.

"Du kan byta om och sedan möta oss i korridoren utanför", sa Maud.

Uniformen passade bra på hennes slanka kropp även om byxorna var något för långa. Hon ställde sig bredvid Agnes när hon kom ut i korridoren.

"Du kommer att få jobba bredvid Agnes den här veckan", sa Maud och började gå mot personalhissen i slutet av korridoren. Agnes och Tess följde efter henne.

"Men först ska du få en rundtur av hotellet. Här är städförrådet som vi använder till att städa rummen", sa hon och sträckte ut sin arm i en svepande rörelse.

Tess tittade runt i rummet. Där fanns flera stora städvagnar och hyllorna på väggarna var täckta med allt som behövdes för att fylla

9

på vagnarna. Sedan visade de Tess tvättstugan som låg i rummet intill. Därefter åkte de personalhissen upp och gick igenom alla våningarna med rum. Hotellet hade etthundrasjuttiofyra rum belägna på fem av sex våningar.

När de hade åkt upp till översta våningen och gått igenom korridorerna på alla våningarna tog de hissen ner till första våningen som var bottenvåningen på hotellet. Där visades hon runt i restaurangen, baren, lobbyn och receptionen. Därefter tog de en annan hiss ner till en annan del av källaren där hotellets spa låg.

Under tiden Tess blev runt visad försökte hon se ut som om det var första gången hon befann sig på hotellet. Men det var en lögn, hon hade själv varit gäst på hotellet ett par gånger på somrarna när hon besökt hotellet med sin mamma som barn.

Genom städförrådet vid spaavdelningen gick de igenom en dörr som ledde dem tillbaka till korridoren i källaren utanför omklädningsrummet. Maud vände sig mot Tess och Agnes.

"Då så. Nu får Agnes ta över och visa dig hur vi städar rummen. Ni har trettiofem rum att städa idag."

Maud knäppte händerna bakom ryggen innan hon vände riktning och gick mot hissen.

"Okej, då ska vi först fylla på vagnarna. Här har du en checklista med allt som ska vara på vagnen, så vi börjar med det", sa Agnes och räckte över en clipboard med ett papper på.

När de hade fyllt på vagnarna åkte de hissen upp till fjärde våningen och Agnes visade metodiskt hur rummen skulle städas. Agnes var noggrann och snabb och hon städade väldigt systematiskt. Tess förstod snabbt att här fanns det inte rum för misstag.

Kargviks Stadshotell var ett fyrstjärnigt hotell som var en attraktiv turist- och konferenshotell. Kargvik var en lugn stad under höst och vintermånaderna, men på våren och sommaren blommade staden ut med alla semesterbesökare som besökte den intilliggande skärgården.

När Tess kom hem efter arbetsdagen var hon alldeles mör i kroppen och hade ont i huvudet. Agnes hade ett högt tempo och Tess hade fått anstränga sig för att hänga med och komma ihåg allt. Hon hoppades att morgondagen skulle vara lättare.

Hon gick in i badrummet och tog av sig kläderna, sedan vred hon på kranen till duschen och kände med handen tills vattnet var lagom varmt innan hon klev in i duschen och lät det varma vattnet skölja över hennes kropp. Hon ryckte till när det varma vattnet återigen sved på ärret. Efter duschen kände hon sig mjukare i kroppen och huvudvärken hade börjat lätta. Hon gick fram till garderoben invirad i handduken och tog på sig trosor och en gammal t-shirt som var ett par storlekar för stor för henne innan hon gick bort till köksdelen av rummet och gjorde i ordning några smörgåsar till middag. Samtidigt passade hon på att göra några extra som hon kunde ta med sig till lunch dagen efter.

Hon tog med sig tallriken med smörgåsarna och ett glas vatten till soffan och satte på tv:n. Det var ett program om husbyggen på tv:n som hon inte var så intresserad av men var för trött för att bläddra igenom kanalerna för att hitta något mer underhållande att titta på så hon lät det vara på. När hon hade ätit upp och städat undan gick hon till badrummet och gjorde sig i ordning för sängen. Sedan gick hon till ytterdörren för att känna på dörrhandtaget att det var låst och låsa de två ytterligare låsen hon hade satt in samma dag som hon hade flyttat in. Hon drog för gardinerna till de typiska källarfönstren som satt högt upp på rummets långsida. Och när hon hade ställt väckarklockan att den skulle ringa klockan sju nästa morgon lade hon sig i sängen. Tv:n var fortfarande på och rummet var möblerat så att hon även kunde se på tv:n från sängen. Hon tittade tills hon somnade.

De tre kommande dagarna såg ungefär ut som dagen innan. Tess gick upp på morgonen, drack en smoothie innan hon promenerade bort till löparspåret. Där sprang hon sin sju kilometer långa löprunda för att sedan promenera hem och duscha och göra sig i ordning för att gå till hotellet. Tess hade jobbat sida vid sida med Agnes hela

11

veckan. Hon hade också träffat några av de andra hotellstäderskorna under veckan. En utav dem var Agnes bästa vän Maria. Maria och Agnes satt alltid tillsammans på lunchrasten och de småpratade varje gång de stötte på varandra. Maria var nyfiken på Tess och frågade om hennes bakgrund. Tess berättade att hon inte hade någon familj kvar då hennes mamma hade blivit diagnostiserad med en aggressiv hjärntumör för två år sedan för att sedan förlora kampen och gick bort ett år senare. Hennes morföräldrar hade gått bort när hon var ung och hennes pappa hade aldrig funnits med i bilden. Under hennes uppväxt hade hon aldrig haft någon fast punkt då hennes mamma jobbade runt om i världen som utlands journalist. Hon berättade att en dag hade hon tröttnat på att inte känna att hon hörde hemma någonstans så hon bestämde sig för att börja om på en ny plats så hon tog fram en karta och pekade. Fingret landade på Kargvik så då bestämde hon sig för att flytta dit. Agnes och Maria tittade ödmjukt på Tess samtidigt som hon berättade om sitt förflutna och om lögnen till varför hon hade flyttat till Kargvik. Hon ville inte att någon skulle veta att hon hade besökt Kargvik som barn.

Efter lunchen städade de färdigt de sista rummen och tog sedan hand om tvätten innan de bytte om. Tess sa hejdå till Agnes och Maria innan hon promenerade hem till den lilla källarlägenheten. Väl hemma duschade hon för att sedan fixa i ordning något att äta och göra några smörgåsar till lunchen dagen efter. Hon tittade på tv en liten stund och innan hon gick och la sig försäkrade hon sig om att det var låst och fördraget överallt innan hon ställde klockan och somnade medan tv:n var på.

Fredagen kom, det var hennes sista arbetsdag för veckan. Hon började dagen på samma sätt som dom andra dagarna under veckan med sin morgon smoothie, sedan löpturen och duschen.

Medan hon gick igenom staden för att komma till hotellet som låg intill centrum började Tess känna ett obehag, sedan kände hon sig yr. Synen blev dimmig och hon kände sig svimfärdig så hon satte sig ner på trottoarkanten. Hon kände så väl igen vad som höll på att

12

hända, hon höll på att få en panikångestattack. Trottoaren hon satt på tillhörde ingen tungt trafikerad väg utan det var mer någon slags bakgata genom ett bostadsområde. Tess hade sett två bilar sammanlagt där under veckan. Medan hon satt där började hon göra andningsövningarna hon hade lärt sig av psykologen hon hade träffat efter hennes mammas bortgång. Det var en tid då hon fick jobba sig igenom mycket panikångest och känslan av att vara ensam. Hon fick inte panikångestattacker lika ofta som förut men de kunde dyka upp precis när som helst. Nu var det två veckor sedan den senaste. Hon satt och andades en stund och panikångestattacken började klinga av, hon fortsatte en stund till tills den hade gått över helt och när hon kände sig redo tog hon ett djupt andetag och reste sig upp, borstade av rumpan och fortsatte sin promenad mot hotellet.

Arbetsdagen löpte på som vanligt. Tess jobbade med Agnes. Tillsammans städade de hälften av rummen på våning tre innan lunch och resterande städade de efter lunchen. När de höll på att städa det sista rummet för dagen vände sig Agnes mot Tess och sa med ett vänligt leende.

"Min bror ska ha fest ikväll med några av sina vänner. Jag och Maria ska dit. Eftersom du är ny här i Kargvik undrar jag om du vill följa med?"

Tess blev förvånad över att hon fått frågan. Och kände paniken börja igen, hon lyckades trycka undan den och svarade vänligt.

"Det hade varit kul, men jag kan tyvärr inte. Kanske nästa gång." Hon hoppades att det skulle dröja innan hon fick frågan igen.

Tess sträckte sig mot väckarklockan och tryckte på snooze knappen. Fem minuter till tänkte hon. När klockan ringde igen var klockan fem över sju på morgonen. Hon skulle med tåget som skulle till huvudstaden klockan tjugo över åtta. Hon satte sig på sängkanten och drog en djup suck, sedan skyndade hon sig med att göra sig i ordning. Hon tog på sig en svart t-shirt, svarta tights och en svart hoodie. Håret satte hon upp i en tofs som hon drog igenom hålet i bak på en svart keps och tog på sig sina svarta löparskor. Sedan gick

13

hon bort till köksdelen av den lilla lägenheten och tog ut en smörgås ur kylen som hon hade gjort i ordning kvällen innan och la ner den tillsammans med en flaska vatten i ryggsäcken. När hon var nästan klar gick hon fram till garderoben och tog loss sockeln på framsidan under garderoben. Hon tog fram ett stort kuvert som låg under garderoben och tog fram ett bankomatkort och ett körkort som det stod *Sara* på, dem stoppade hon ner i ryggsäcken innan hon la tillbaka sockeln och gick ut. När hon kom ut på gatan var det trettiofem minuter kvar till tåget skulle gå och promenaden till tågstationen skulle ta henne tjugofem minuter.

Tågstationen låg några kvarter ifrån hotellet så hon gick nästan samma väg som hon hade gjort hela veckan men vek av åt höger när hon hade hotellet inom synhåll. När Tess hade klivit på tåget och hittat en plats att sitta på tog hon fram smörgåsen, flaskan med vatten och en bok hon hade i ryggsäcken. Hon åt upp sin frukost innan hon öppnade boken och läste den under resterande tid av den två timmar långa tågresan det tog att åka till huvudstaden.

Väl framme klev Tess av tåget och gick igenom stationen för att komma ut till huvudgatan. Doften av avgaser stack i hennes näsa, det var mycket mera trafik och avgaser här än hemma i Kargvik. Tess hostade till och kollade på klockan som visade att klockan nästan var elva på förmiddagen. Tess gick åt höger och fortsatte i den riktningen i tio minuter tills hon kom fram till en bankomat. Där tog hon fram bankomatkortet som hon hade stoppat ner i ryggsäcken. Hon stoppade in den i bankomaten och knappade in pinkoden och tog ut fem tusen kronor. Sedan stoppade hon ner bankomatkortet tillsammans med pengarna i ryggsäcken och fortsatte att gå i samma riktning i femton minuter till och kom fram till ytterligare en bankomat. Där tog hon fram bankomatkortet igen och tog ut fem tusen kronor till som hon stoppade ner i ryggsäcken tillsammans med bankomatkortet. När hon gick tillbaka till tågstationen tog hon en omväg. Tåget tillbaka till Kargvik skulle gå kvart över ett. Hon gick in på ett café på vägen och köpte en sallad och en juice som hon tog med sig till tågstationen.

Hon klev på tåget tillbaka till Kargvik och satte sig på en plats. När tåget började rulla tog hon fram sin lunch som hon åt upp innan hon tog fram boken och fortsatte läsa i den fram till tåget anlände i Kargvik. Väl hemma var Tess trött efter tågresan. Hon la tillbaka bankomatkortet och körkortet i kuvertet under garderoben tillsammans med tvåtusen kronor. Tretusen kronor la hon i ett kuvert som hon skrev september på. Den la hon på byrån i hallen innan hon bytte om från de svarta kläderna hon hade på sig till ett par ljusblå jeans och en gul t-shirt. Det hade blivit kyligare på kvällarna nu även om det fortfarande var varmt på dagarna, så Tess tog på sig en svart vindjacka utanpå hennes t-shirt innan hon gick runt till husets framsida. Hon gick upp för den lilla trappan till husets ytterdörr och knackade på. När dörren öppnades möttes hon av en äldre dam. Det var Maggie en utav Tess hyresvärdar.

"Nämen hej Tess! Vad roligt att se dig", sa hon och log.

"Hej Maggie! Jag kommer bara för att lämna hyran för nästa månad", sa hon samtidigt som hon räckte fram kuvertet som hon hade skrivit september på.

"Ja, oj! Ja det var vänligt av dig", sa Maggie och tog emot kuvertet. "Vill du komma in? Jag har bakat bullar och du har visst börjat arbeta säger Hans. Du kanske vill komma in och berätta om det?"

Tess hade träffat Hans på onsdagen när hon var på väg till hotellet, de hade småpratat lite. Tess hade berättat att hon hade börjat arbeta på hotellet.

"Javisst!" svarade hon och klev in i hallen.

Nästa morgon vaknade Tess av att väckarklockan ringde. Hon gjorde i ordning sin smoothie som hon drack samtidigt som hon tog på sig samma gula t-shirt och ljusblåa jeans som hon hade haft på sig kvällen innan. När hon hade borstat tänderna och håret tog hon på sig sina vita sneakers som stod i hallen och den svarta vindjackan eftersom solen inte hade hunnit värma upp luften ännu på morgonen. Hon tog fram plånboken för att kolla så att hon hade kontanter med

15

sig och la sedan ner den i jackfickan. Den stora ryggsäcken som stod i hallen hängde hon på ena axeln innan hon gick ut genom dörren.

När hon hade låst dörren gick hon samma väg som till hotellet men det var inte dit hon var på väg nu utan hon var på väg till Supermarket som låg i kvarteret bredvid. Det var ödsligt på vägen till affären men det var inte så konstigt klockan åtta på en söndag morgon. Tess handlade det hon hade skrivit upp på listan som hon hade plockat ner från kylskåpet innan hon gick. Hon hade bestämt sig för att göra matlådor i stället för att äta smörgåsar som hon nu hade tröttnat på. Hon köpte alla ingredienser för att göra sina smoothies och två olika sorters matlådor och annat som hade börjat ta slut hemma. Tess hade köpt mycket mer än vad som fick plats i hennes ryggsäck så hon köpte två plastkassar som hon fyllde med de lättare varorna som hon bar i vardera hand.

När Tess hade kommit hem och packat upp sina varor gick hon till garderoben och tog på sig träningskläder. Hon promenerade sedan bort till löparspåret för att springa sin runda och när hon kom hem duschade hon innan hon satte i gång med sitt storkok i det lilla köket.

När Tess kom tillbaka till hotellet på måndagen fick hon höra allt om Agnes och Marias helg. Inte för att dom berättade det just för Tess utan för att Maria pratade jättehögt och entusiastiskt om Agnes brors kompis Mattias. Tydligen var Maria jättekär i honom och det enda hon pladdrade på om var om Agnes trodde att han var lika kär tillbaka och frågade hur hon skulle göra för att få honom. Så fort Maria såg Agnes under veckan var det Mattias hon pratade om.

Tess såg på Agnes att även hon hade tröttnat en aning på Marias pladder men lät henne ändå fortsätta eftersom det var hennes bästa vän. På torsdagen den veckan betedde sig Agnes lite annorlunda, hon var mer tystlåten än vanligt som om hon var orolig över något. Till slut efter lunchen när de bara hade några få rum kvar att städa så frågade Agnes.

"Tess är du singel?"

16

Agnes hade chockat Tess med frågan samtidigt som hon frågade sig vart det här skulle leda.

"Ja", svarade hon.

Agnes tvekade lite innan hon fortsatte. "Min bror Patrick är också singel."

"Jag är inte intre... ", började Tess svara och blev avbruten av Agnes.

"Jag måste bara berätta en sak om min bror innan du säger något", sa hon.

Tess la märke till att istället för att ha en tvekan i rösten som förut hade nu Agnes en lite mera allvarlig röst men med en något nervös underton.

Agnes fortsatte. "Patrick har haft det väldigt svårt de senaste tre åren. Hans före detta tjej Emma som han hade varit ihop med i sju år försvann när hon var ute och seglade, de hittade aldrig henne så hon dödförklarades tre veckor efter sökandet. De var så kära Tess. Veckan innan hade Patrick till och med köpt en ring och skulle fria till henne. Istället blev han förkrossad och har inte varit sig lik sedan dess."

Tess lyssnade ödmjukt under tiden som Agnes berättade och samtidigt undrade hon vad det hade med henne att göra.

"Igår när Patrick hämtade mig efter jobbet såg han dig komma ut från personal dörren. Han frågade vem du var. Tess! Det var första gången på tre år som jag såg en glimt av min gamla bror igen."

Agnes tystnade och tittade på Tess som för att säga att hon nu fick svara.

"Jag vet inte riktigt vad jag ska säga", svarade hon eftersom hon inte visste vad hon skulle säga.

"Tess snälla! Du kan väl träffa Patrick?" bad hon.

Tess ville inte svika Agnes för även om de inte hade känt varandra så länge och bara hade träffats på jobbet så såg Tess Agnes som sin vän. Men hon kunde inte träffa någon nu.

"Jag är ledsen men jag är inte intresserad av att träffa någon nu."

17

"När är man någonsin intresserad av att träffa någon, det kan man inte planera. Det händer när det händer", sa hon med en irriterad ton. Agnes hade önskat sig ett annat svar och det var tydligen viktigt för henne. Hon skakade av sig irritationen och var sitt vanliga jag igen. "På lördag ska min kille Vilmer ha fest. Om du vill kan du hänga med. Patrick kommer vara där, då kan du känna efter om du skulle vilja träffa honom eller inte."

Tess kände press att hon inte ville svika Agnes men kände också att hon inte kunde träffa någon. Det var inte läge att gå på massa fester, hon var tvungen att hålla sig till sin rutin.

"Jag kan tyvärr inte på lördag", sa hon och hoppades att det skulle räcka som svar. Och det verkade det göra eftersom Agnes svarade med att säga: "Det var ju synd. Men om du skulle ångra dig kan du få mitt nummer."

"Det låter bra", sa Tess med ett leende.

När de var klara med rummen och hade tagit hand om tvätten var det dags att sluta för dagen. Agnes gav Tess sitt nummer innan de skiljdes åt.

Det var fredag igen och Tess hade sprungit halva sin runda i skogen när hon plötsligt fick en obehaglig känsla. Hon hade passerat de två pensionärerna med sina hundar i början av spåret som hon alltid gjorde och ultralöparen som hon brukade möta efter två kilometer hade hon redan mött. Hon stannade och tittade sig omkring, hon fick en kuslig känsla av att det var någon som tittade på henne, en känsla som hon inte hade haft förut, samtidigt som hon inte såg någon. Hon fortsatte att springa och känslan växte sig starkare. Hon ökade farten och sprang den sista biten som om hon vore jagad. Hon mötte ingen och såg ingen den sista biten i spåret men istället för att promenera den sista biten hem som hon alltid gjorde så småjoggade hon genom villakvarteren. När hon kom innanför dörren hemma såg hon till att även låsa de extra låsen som hon hade satt in dagen hon hade flyttat in. Hon gick in och la sig på sängen och gjorde sina andningsövningar. Hon intalade sig att det bara var hennes huvud som spelade henne ett spratt. Han kunde omöjligen hittat henne redan.

När hon hade andats färdigt och kände sig lite lugnare gick hon in i duschen, hon var svettigare än vanligt nu när hon blev tvungen att springa snabbare. Hon kände även att det värkte lite i benet under ärret nu eftersom hon hade sprungit snabbare. När hon var klar för att gå låste hon upp alla låsen på dörren och tog ett djupt andetag. Det var första gången på vägen till hotellet som Tess kände att hon var tvungen att titta över axeln flera gånger. Hon kände sig lättad när hon väl kom fram och kunde andas ut. Hon kände sig trygg på jobbet. Agnes och Maria pratade på om Vilmers fest. Maria hade en plan för hur hon skulle lägga in stöten på Mattias. När arbetsdagen var slut och Tess skulle gå hem började oron smyga sig på igen. Hon bestämde sig för att gå förbi Supermarket på vägen hem och köpa på sig lite varor som hon behövde istället för att vänta till söndag morgon då hon brukade handla. Det skulle vara fler människor i affären nu men det fick gå.

Hela tiden var hon på helspänn inne i affären och hon tittade sig över axeln flera gånger under promenaden hem. När hon kommit innanför dörren hemma såg hon till att låsa alla låsen igen. Hon stannade inne i den lilla lägenheten under hela helgen. Och det var första gången hon inte sprang i spåret sedan hon flyttat till Kargvik.

Hon passade på att tvätta upp tvätt berget som hade växt till sig under veckan. Det blev flera tvättar i den lilla toppmatade tvättmaskinen som stod i badrummet.

Tess tog sig inte ut utanför dörren förrän på måndag morgon igen. Hon promenerade bort till skogsområdet där löparspåret var men gick inte in där utan fortsatte att gå en bit till. Hon hade bestämt sig för att inte besegras av sin rädsla men var fortfarande inte redo för att springa i spåret så hon bestämde sig för att ta en promenad i det intilliggande villaområdet. Hon hade aldrig gått runt där och kände att det var lite mysigt att gå runt där och titta på de olika husen och trädgårdarna. Känslan av att vara iakttagen hängde fortfarande kvar

19

lite grann men det var bara i hennes huvud intalade hon sig. När hon stod i duschen efteråt blev hon ännu en gång påmind om ärret på benet när det sved under de varma vattenstrålarna. Hon var glad över att benet inte hade gjort ont när hon gick promenaden och hoppades att det inte skulle göra det när hon väl kände för att börja springa igen.

Vägen till hotellet kändes lättare att gå den här morgonen även om hon inte kände sig helt avslappnad. Hon tittade bara över axeln ett fåtal gånger jämfört med när hon hade gått den vägen hem under fredagen. När hon kom in i personalrummet förstod hon att Marias plan med Mattias hade gått i lås och att dom nu var ett par. Agnes pratade om Vilmers fest under tiden som de städade rummen. Agnes och Vilmer hade varit ett par i fyra år och hade planer på att flytta ihop till en egen lägenhet. De hade tänkt att göra det tidigare men tiden hade aldrig passat eftersom Patrick varit så nere och haft det svårt efter Emmas försvinnande. Agnes berättade att det var ett tag sedan nu som det sista självmordsförsöket ägde rum. Deras pappa hade hittat honom precis i tid. Han låg på köksgolvet och hade skurit sig i handleden. Patrick hade tappat medvetandet precis när deras pappa hade klivit in genom dörren. Han har sedan dess träffat många psykologer. De hade alla varit eniga om att han inte var självmords-benägen. Han ville leva, bara att han inte ville leva utan Emma. Tess lyssnade ödmjukt samtidigt som hon undrade varför Agnes berättade allt detta för Tess. Tess tyckte att det verkade privat. Sen tänkte hon att det kanske var så att Agnes ansåg att de blivit vänner.

Hon fortsatte att berätta att det är nu under det senaste året som han äntligen kunnat jobba heltid, att fastän han inte var sig själv till hundra procent så var han vid en bra plats i livet som om han hade accepterat det som hänt. Det var som om Agnes försökte sälja in sin bror till Tess. Tänkte hon. Sedan pratade hon om att hon och Vilmer planerat att åka på spa i slutet av nästa månad. Vilmer jobbade som kock på en av Kargviks bästa restauranger, det var ett stressfyllt jobb och de hade planerat länge denna rofyllda helg.

Under veckan som gick fortsatte Tess att gå promenader i det intilliggande bostadsområdet i stället för att springa i skogen. Under dagarna var hon som mest avslappnad när hon var på hotellet eftersom det var då hon inte behövde vara ensam. När helgen började närma sig tyckte hon själv att hon var fånig. Vad skulle hon göra? Skulle hon sitta ensam i den lilla lägenheten hela helgen?

När hon gick ut genom dörren till personalingången efter fredagens arbetspass fick hon syn på en kille som stod utanför. Han såg bra ut, han var lång och hade mörkt kortklippt hår. Tess tyckte att han såg ut att vara några år äldre än henne. Samtidigt som Tess såg att han nu hade fått syn på henne försökte hon göra sig osynlig.

"Hej! Är det du som är Tess?" sa han och närmade sig henne.

Tess tittade på honom samtidigt som han sträckte fram sin hand mot henne.

"Jag heter Patrick, jag är Agnes bror."

Tess tittade på hans ansikte medan han sa de orden och sedan såg hon hur han log vänligt.

"Ja! Tess!" sa hon obekvämt och tog tag i hans hand. Den var varm men inte svettig.

Hon började genast tänka på hennes egen hand och om den kändes svettig.

"Jag väntar på Agnes, jag ska köra hem henne", sa han och pausade ett par sekunder innan han fortsatte. "Behöver du skjuts?"

"Tack! Men nej, jag ska gå hem", även hon pausade innan hon fortsatte. "Agnes kommer nog snart."

Tess mötte Patricks varma snälla ögon och sedan kom det där vänliga leendet igen. Hon hade sett Agnes le på liknande sätt tidigare men Patricks leende var inte bara vänlig utan den hade ett djup också.

"Jag måste gå", sa hon.

"Trevligt att träffas, ha en fin kväll."

"Detsamma."

Varför svarade hon så tänkte hon, vad tror han nu att hon svarade detsamma på? Att det var trevligt att träffas? Eller att han skulle ha en fin kväll? Hon kände sig obekväm medan hon gick hem. Om Agnes hade berättat för henne om Patrick, vad hade då Agnes berättat för honom om Tess? Och visste han vad Agnes hade berättat för Tess? När hon kom innanför dörren till lägenheten plingade det till i hennes mobiltelefon, det var ett meddelande från Agnes.

Hej! Vad har du för planer ikväll? Vill du följa med och se på film? / Agnes

Tess stod och tittade på telefonen, hon läste meddelandet flera gånger och försökte tänka ut vad hon skulle svara. Hon hade bestämt att hon skulle hålla en låg profil. Och att gå ut och träffa massa människor var inte alls att hålla en låg profil. Samtidigt kände hon inte för att sitta ensam i den lilla lägenheten hela helgen, dessutom behövde hon vänner och ett socialt liv för att inte bli galen. Hon hade inte flyttat till Kargvik för att sitta i ett fängelse. Hon bestämde sig för att svara på meddelandet.

Hej! Vart ska du titta på film?

Det plingade till nästan direkt.

Vi ska vara hemma hos Vilmer. Möt oss vid Supermarket vid sju om du vill följa med.

Tess kollade på klockan och den visade kvart över fem. Tess gick in i badrummet och duschade som hon alltid gjorde när hon kommit hem från hotellet. Den här gången duschade hon även håret, det brukade hon i vanliga fall inte behöva när hon kom hem eftersom hon alltid tvättade håret innan hon gick till jobbet. När hon kom ut ur badrummet gick hon fram till kylskåpet och tog fram en matlåda som hon värmde i mikron. Under tiden som maten värmdes gick hon till garderoben och klädde på sig. Mikron pep sedan tre gånger för att tala om att den var färdig. Hon satte sig med sin matlåda och ett glas vatten i soffan och tittade på tv samtidigt som hon åt.

22

När hon senare gick vägen till Supermarket kände hon sig lite nervös. Det var första gången sedan hon hade flyttat till Kargvik som hon bröt mot sina egna regler.

När Tess närmade sig Supermarket såg hon att Agnes, Vilmer och Patrick stod utanför. Hon kände en klump i magen, skulle det här bli någon slags dubbeldejt? Hon funderade på om hon skulle vända och gå hem men då såg hon Agnes titta åt hennes håll och vinkade på Tess. Nu kunde hon inte backa ur så hon fortsatte att gå emot dem.

När hon hade tagit sig över gatan var Agnes på väg mot henne dragandes på en kille som Tess antog var hennes pojkvän Vilmer, och Patrick följde efter bakom dem. Agnes kramade Tess när hon kom fram.

"Det här är Vilmer min kille, Vilmer det här är Tess. Och det här är min bror Patrick men ni har ju redan träffats."

Tess hälsade på dem.

"Vi ska bara vänta på Maria och Mattias, de borde vara här när som helst", sa Agnes samtidigt som hon tittade sig omkring. Tess kände en lättnad när Agnes sa det och hoppades på att det skulle kännas mindre obekvämt. Tess mötte Patricks varma blick och då log han sitt vänliga leende.

Maria och Mattias kom gående runt hörnet. Tess och Mattias hälsade på varandra eftersom de aldrig hade träffats förut.

"Kom vi går in och handlar nu", sa Vilmer när alla hade hälsat på varandra.

Agnes och Vilmer gick först, Maria och Mattias gick efter dem och Tess och Patrick gick sist in till butiken.

"Ska vi inte dela upp oss och handla?" föreslog Maria när de hade kommit in en bit i affären.

"Det låter jättebra, jag och Tess kan hämta dricka", sa Patrick och mötte Tess något chockade blick.

Han log vänligt och hans ögon var varma. Det fick Tess att slappna av lite grann.

"Okej bra! Jag och Mattias kan köpa chips och snax. Och då kan Agnes och Vilmer köpa lite godis."

23

"Kom! vi går hitåt", sa Patrick och tog tag i Tess hand och drog med henne mot drickahyllan. Hans hand kändes stark men samtidigt mjuk.

"Då ska vi se, vad ska vi ta för dricka? Här står det ta tre betala för två. Ska vi ta av dem?" Tess tittade på honom, hon fick inte fram ett ord så hon nickade. "Vilka smaker ska vi ta då? Ska vi ta de här tre?" Tess nickade igen. Patrick mötte hennes blick och log sitt vänliga leende. Under tiden de stod i gången och valde dricka studerade Tess honom. Hade inte Agnes berättat om Patrick hade hon aldrig kunnat ana att han fått genomlida en tragedi om att mista någon. Han var självsäker och snygg med en vältränad kropp. Han tog upp flaskorna. "Kom vi letar rätt på de andra."

Tess nickade igen och följde efter honom. De mötte upp Maria och Mattias som redan stod vid kassakön. Det dröjde inte länge förrän Agnes och Vilmer anslöt till gruppen.

"Bra då går vi och betalar", sa Maria. Hon vände sig om och gick mot kassan och de andra följde efter.

De kom ut på gatan och började gå mot parkeringen som låg intill affären.

"Du kan åka med oss", sa Agnes.

Då slog det Tess att hon inte visste var Vilmer bodde. Hon undrade om han bodde långt bort. Hon insåg att hon kanske inte skulle kunna ta sig hem när hon ville. Hon kände hur det blev trångt i luftstrupen. När de kom fram till Vilmers bil satte sig Vilmer i förarsätet och Agnes i passagerarsätet. Patrick satte sig i baksätet bakom Agnes och Tess satte sig bakom Vilmer. Det kändes som om hon inte fick någon luft. Hon tittade på Patrick och mötte hans varma blick. Det fick henne att slappna av lite grann, men hon var ändå orolig, hon visste inte vart hon var på väg. Under hela bilresan som tog ungefär tio minuter tittade hon ut genom fönstret för att försöka memorera vägen. Hon hörde hur Agnes och Vilmer pratade i framsätet men hon var för fokuserad på vägen för att uppfatta vad de pratade

24

om. Hon hörde Patrick ibland delta i deras samtal och hon såg i periferin att han då och då tittade på henne. Hon fokuserade på sin andning, hon ville inte få någon panikångestattack nu. Det blev svårare när bilen tog dem ut ur staden och in i ett skogsområde intill Kargvik. De svängde höger in på en grusväg precis utanför staden och femhundra meter längre fram låg ett stort hus med några intilliggande små byggnader.

Vilmer stannade bilen på gårdsplanen och parkerade bredvid två bilar som redan stod parkerade där. Sedan kom Mattias och Maria i en annan bil och parkerade intill dem. Tess klev ur bilen samtidigt som de andra.

"Hur mår du? Du ser inte ut att må så bra", sa Maria och tittade på Tess.

Tess insåg att hon misslyckats med att dölja sitt mående.

"Du är alldeles blek."

Tess kämpade med att få fram orden. "Jo, ja, jag är nog bara trött tror jag."

"Om du inte mår bra kan jag köra hem dig", sa Patrick.

"Jag tror att det kanske var bilfärden, jag blir lätt åksjuk", ljög hon.

"Om du känner att du vill åka hem så är det bara att säga till så kör jag hem dig."

Tess kände sig lite lugnare när hon hörde Patrick säga de orden.

"Jag tror nog att det går bra."

"Är du säker?" frågade Agnes.

"Ja, jag är säker."

"Bra då går vi in", sa Agnes och började gå mot ett av de mindre husen som stod på tomten och de andra följde efter henne.

De kom in i en liten hall som hade ett litet badrum intill. De hängde av sig i hallen och gick sedan in i ett stort rum som var ett allrum med öppen planlösning med ett modernt kök i ena änden. I den andra delen av rummet fanns det en stor hörnsoffa och mittemot den hängde en stor tv på väggen.

"Kom, vi sätter i gång filmen medan de andra packar upp", sa Patrick och drog med sig Tess till den stora soffan. Han satte på tv:n med fjärrkontrollen och zappade vidare tills han kom till en film.

"Vi tänkte kolla på den här, den är ny, har du sett den?" Tess skakade på huvudet.

"Den handlar om ett bankrån som går snett, de som har sett den säger att den är jättebra."

De andra i sällskapet dukade upp på soffbordet det de hade handlat i affären tidigare och satte sig ner i soffan.

"Jag går och släcker", sa Patrick och gick bort till väggen och släckte den stora lampan i taket. När han kom tillbaka satte han sig ner mellan Tess och Maria. Tess satt nu mellan Patrick och Agnes. Under tiden Tess kollade på filmen mådde hon bättre, hon försökte njuta av att vara ute med vänner. Men känslan av att inte kunna ha en flyktväg hängde ändå över henne. Maria och Mattias hade något slags hångelparty på deras ände av soffan och såg troligtvis inte så mycket av filmen. Agnes och Vilmer tittade på filmen och kommenterade emellanåt vissa scener och karaktärer i filmen, ibland sa Patrick också någon kommentar. Tess satt mest tyst. När filmen var slut, tittade Tess på klockan som visade tjugo i elva. Hon hade inte tänkt på hur hon skulle ta sig hem förrän nu, hon ville inte att någon skulle veta var hon bodde och det var alldeles för sent för att be om att bli avsläppt vid Supermarket eftersom den redan hade stängt vid tio. Alla hjälptes åt att städa i ordning efter filmen.

"Vi ska åka hemåt nu", sa Maria när de var klara. "Mattias ska upp tidigt och jobba imorgon, men jag ringer dig imorgon Agnes."

Maria kramade om alla och Mattias vinkade hejdå när de gick ut i den mörka natten. Patrick vände sig mot Tess.

"Vill du stanna en stund till eller ska jag köra hem dig?"

"Jag har lite att göra imorgon så det är nog bäst att jag åker hem."

De tog på sig i hallen och sa hejdå till Agnes och Vilmer. Sedan gick de till de parkerade bilarna som stod på gårdsplanen. Patrick tog upp ett par bilnycklar ur fickan på jeansen och låste upp den vita bilen som stod intill Vilmers bil. Sedan gick han fram till passagerarsidan och öppnade dörren.

"Varsågod", sa han och svepte med handen genom luften som för att visa vägen.

Tess satte sig i bilen och tog på sig bältet medan Patrick gick runt bilen för att sätta sig i förarsätet. När han vred om nyckeln startade bilen. Sedan tog han på sig bältet och backade ut bilen på gårdsplanen innan han svängde runt. Det var mörkt ute så han satte på helljusen och körde sakta längs grusvägen.

"Var bor du då?" frågade han.

Nu kom frågan tänkte Tess, hur skulle hon lösa det här?

"Du kan köra till hotellet så kan jag berätta vägen därifrån", sa hon och hoppades att det skulle räcka, och det verkade som om det gjorde det.

"Okej", sa han och sneglade på Tess samtidigt som han log sitt vänliga leende.

I början av bilresan försökte Patrick småprata med Tess. Han frågade vad hon tyckte om filmen? Vad hon hade för musiksmak? Och några andra frågor han kunde komma på för att bryta den stela stämningen i bilen. Det var inte Patrick som bidrog till den stela stämningen utan det var Tess som besvarade hans frågor med korta svar som gjorde att konversationen kändes ensidig. Efter några frågor med korta svar gav Patrick upp. Han tittade på Tess med sina varma ögon och log. Sedan satt de tysta i bilen fram till hotellet.

"Okej! Vilket håll ska jag åt här då?"

"Du kan svänga höger här", sa hon och pekade in mot gatan hon alltid gick till och från hotellet.

Hon guidade inte honom hela vägen hem till henne utan till en gata som låg två gator bort från hennes gata och hoppades på att han bara skulle släppa av henne och åka.

"Du kan släppa av mig vid hörnet här."

Patrick stannade bilen och Tess tog av sig bältet och sträckte sig efter dörrhandtaget.

"Skulle jag kunna få ditt nummer?" frågade han.

Tess vände sig mot honom och svarade: "Ja." Hon kunde ju inte svara nej tänkte hon. Hon hade ju blivit vän med den här gruppen och ville inte att Agnes skulle bli sur om hon nobbade hennes storebror. Då skulle det vara jobbigt att jobba tillsammans. Dessutom fick Patrick henne att känna sig trygg på något oförklarligt sätt. Han sträckte fram sin mobil och hon knappade in sitt telefonnummer.

"Tack!"

"Varsågod!"

Hon log mot honom och klev ur bilen. "Tack för skjutsen."

"Tack för ikväll. God natt!"

"God natt."

Tess stängde bildörren och vinkade. Patrick vinkade tillbaka och Tess stod kvar på trottoaren medan han började köra i väg. När bilen hade försvunnit ur hennes synfält gick hon den sista biten hem.

När hon kom hem tvättade hon ansiktet, borstade tänderna och gjorde sig i ordning för sängen. Och det sista hon gjorde innan hon gick och la sig i sängen var att dubbelkolla att hon hade låst alla låsen på dörren ordentligt.

Nästa morgon vaknade hon av att klockan ringde. Hon tog på sig löparkläder och promenerade bort till löparspåret. Hon klev in på löparspåret där hon alltid hade börjat. Hon tittade sig omkring, tog ett djupt andetag och började jogga. Sist hon befann sig i spåret var då hon hade blivit skrämd. Lättad pustade hon ut när hon hade sprungit färdigt och kommit ut i bostadsområdet. Löprundan hade känts bra och hon hade inte haft ont i underbenet heller. Hon kom hem och tog en varm dusch och resten av lördagen tillbringade hon i lägenheten med att städa och tvätta.

På söndagen var det dags att handla igen och när hon kom hem efter att hon hade handlat veckans varor tog hon sig ut i spåret igen och det kändes bra även den här gången. Hon gjorde i ordning veckans matlådor och tog det lugnt resten av dagen genom att sitta i soffan och titta på tv.

28

När hon kom till hotellet på måndagen träffade hon Agnes i omklädningsrummet.

"Tess du är fantastisk! Tack för att du följde med i fredags. Jag har inte sett Patrick så här sedan innan olyckan." Hon gick fram till Tess och gav henne en stor kram. Tess blev förvånad. Hon hade ju inte direkt gjort någonting förutom betett sig som om hon inte visste hur man socialiserar med vanliga människor. Hur kunde hon ha sådan stor inverkan på Patrick?

"Men jag gjorde ju ingenting."

"Bara att du följde med gjorde allt tydligen. Vi var på kalas igår hos min farbror och det var första gången sedan olyckan som Patrick inte bara satt tyst i ett hörn och inte pratade med någon."

Tess var glad att Agnes hade fått tillbaka sin bror samtidigt som hon nu kände stor skyldighet. Hon visste inte vad Agnes förväntade sig av henne. Förväntade hon sig att hon skulle bli störtförälskad i Patrick och de skulle leva lyckliga i resten av deras liv? Då kommer Agnes bli besviken, för trots att Patrick var ett riktigt kap med sitt maskulina utseende och hans snällhet så kände inte Tess att det klickade på ett kärleksfullt sätt mellan dem. Hon visste inte vad hon skulle säga till Agnes. Som tur var kom Maud in i omklädningsrummet för att tilldela vilka rum de skulle städa under dagen. De fortsatte sin dag med att städa som de brukade och Agnes nämnde inte Patrick mer den dagen.

På onsdagen när Tess hade duschat efter sin löprunda plingade det till i hennes mobiltelefon. Hon fick ett meddelande.

Hej! Vill du ta en fika i eftermiddag? /Patrick.

Tess funderade en stund på vad hon skulle svara under tiden som hon klädde på sig. Hon kom på att det bästa var kanske att träffa honom och faktiskt säga som det var, att hon inte var intresserad.

Ja. Jag slutar vid fyra. /Tess.

Det plingade till i mobilen nästan direkt.

Jag kan möta dig utanför hotellet vid tjugo över fyra. /Patrick.

Tess var aningen nervös när hon kom till hotellet, hon var rädd att Agnes visste om att hon och Patrick skulle träffas, hon var rädd att hon skulle gå händelserna i förväg och tro att de kommer bli ihop. Tess hade inte hjärta att säga till henne att syftet med att träffa Patrick var att tala om för honom att hon inte var intresserad.

Men det verkade på Agnes som om Patrick inte hade berättat något för hon var precis som vanligt. Eller så kanske hon visste, men att Patrick hade bett henne att inte säga något.

När klockan närmade sig fyra hoppades hon på att Patrick inte stod utanför och väntade, hon ville inte att Agnes skulle se honom. Tess såg till att Agnes och Maria var klara för att gå innan henne. Klockan var tio över fyra så hon väntade fem minuter till innan hon gick ut genom dörren. När hon kom ut till gatan stod det ingen där. Vilken tur tänkte hon, då hade inte Agnes och Maria stött på Patrick. Hon fick vänta till halv fem innan Patrick äntligen dök upp.

"Förlåt att jag är sen", sa han och gav Tess en kram när han kom fram. Tess kände hans värme och att han luktade gott. Hans armar runt henne gjorde att hon kände sig trygg. Kan det vara så att hon trots allt kände något för Patrick men lät sig själv inte känna?

"Jag vet ett jättebra fik här borta. Kom!"

"Okej", sa Tess och följde med.

"Har du haft en bra dag?"

"Ja. Har du?"

"Det har varit mycket att göra på jobbet idag men det har gått bra, det har gjort att dagen gått fort." När han tittade på Tess log han sitt vänliga leende.

De kom fram till ett bageri som hade stora skyltfönster ut mot gatan. När de kom in gick de förbi en liten butiksdel för att komma in till det bakre rummet där det var inrett med bord och stolar och dämpad belysning. Det gav en mysig känsla. Det verkade vara ett populärt ställe för det fanns inte många lediga bord. De satte sig ned vid ett ledigt bord lite längre in.

"Har du varit här förut?" frågade Patrick och Tess skakade på huvudet.

"De har stans godaste baguetter här", sa han och tog upp de små menyerna som stod på bordet och gav en till Tess.

När de hade bestämt sig gick Patrick fram till disken i den lilla förbutiken och beställde var sin baguette med skagenröra, en kaffe latte till sig och en kopp Earl Grey Te till Tess. Han betalade och kom tillbaka bärandes på en bricka. Patrick berättade att han hade bott i Kargvik hela sitt liv. Han var två år äldre än Agnes och de hade inga fler syskon. Han hade spelat fotboll sedan barnsben men att han hade pausat det ett tag. Han jobbade som snickare och det hade han gjort i fem år.

"Sen tror jag att Agnes har berättat lite om vad jag har gått igenom de senaste åren, eller hur?"

Tess nickade.

Patrick tittade ner i bordet.

"Det har gått så lång tid nu men det känns inte så. Jag vet inte. På något sätt hoppas jag att det inte är sant och att hon ska komma tillbaka, eller att jag ska vakna en morgon och det visar sig att det bara var en mardröm. Samtidigt som jag känner att jag accepterat det på något sätt." När han hade avslutat sin mening tittade han upp på Tess.

"Nog om mig, berätta lite om dig själv", sa han och log sitt vänliga leende.

"Vad har Agnes berättat om mig?" Tess var nyfiken på vad han redan visste.

"Nästan ingenting faktiskt. Hon berättade att du var ny i stan och att du heter Tess och att du verkar schysst."

Tess log och berättade sedan samma sak som hon hade berättat för Agnes och Maria. Att hon hade flyttat runt mycket som barn eftersom hennes mamma jobbade som utlands journalist och att hennes pappa aldrig hade funnits med i bilden. Hon berättade om när hennes mamma blev sjuk. Hon berättade samma lögn för honom som hon hade berättat för Agnes och Maria om hur hon hade hamnat i Kargvik.

"Eftersom jag aldrig känt att jag haft ett riktigt hem bestämde jag mig för att börja om, så jag tog fram en karta och pekade och då landade mitt finger på Kargvik. Eller om jag ska vara riktigt ärlig så

31

hamnade fingret i havet utanför Kargvik. Men då var Kargvik närmaste stad."

Patrick gav ifrån sig ett litet skratt. "Modigt ändå att bara lämna allt så där och tråkigt att höra om din mamma."

"Sorgen verkar vi båda ha gemensamt."

"Vad gör du på fritiden då?" frågade han.

"Ingenting egentligen, jag gillar att springa i skogen när jag är ledig." Tess ångrade sig i samma sekund som hon hade sagt de orden.

Det blev en tystnad och Patrick såg obekväm ut, som om han ville berätta något. Tess väntade på att få höra vad det var som gjorde att han kände sig så här.

"Tess jag..." han tog ett andetag och samlade till sig mod. "Det här kanske kommer låta konstigt men sedan jag såg dig för första gången och träffade dig utanför hotellet så har jag känt att..." han pausade och tittade bort en stund för att sedan fortsätta. "Jag vet inte... att jag har någon slags dragning till dig. Jag vet inte vad det är, jag känner att när jag är med dig så mår jag bra."

Tess tittade på honom och såg att han såg både vilsen och lättad ut när han berättade för henne.

"Tess jag vill att du ska veta att jag inte är intresserad av ett förhållande utan bara intresserad av att ha en vän. Någon att hänga med som samtidigt får mig att må bra."

Tess visste inte vad hon skulle svara, samtidigt kände hon sig lättad att hon slapp berätta för honom om att hon inte var intresserad och kanske såra honom och svika Agnes.

"Okej", sa hon bara.

De hade fikat färdigt och gick tillbaka mot hotellet samtidigt som Patrick fick ett meddelande på telefonen.

"Något har dykt upp, jag kan tyvärr inte skjutsa hem dig. Men jag kan följa dig till hotellet."

Tess kände sig lättad över att han inte bad om att få skjutsa hem henne. De kramades hejdå innan de skiljdes åt utanför hotellet och hon kände återigen en trygghet i hans kram.

På lördag morgon ringde väckarklockan tidigt, hon sträckte sig efter den och stängde av den. Hon tog på sig svarta byxor, en svart t-shirt och en svart hoodie innan hon gick in i badrummet och borstade tänderna och drog en borste genom håret. I köket gjorde hon i ordning en smoothie som hon kunde dricka på vägen till tågstationen. Precis innan hon skulle gå gick hon fram till garderoben och öppnade sockeln under den. Hon tog fram det stora kuvertet och la sedan ner körkortet och bankkortet i ryggsäcken.

När hon kom till tågstationen hoppade hon på tåget till huvudstaden. När hon kom fram valde hon den här gången två andra bankomater än tidigare att ta ut fem tusen kronor vardera ifrån. Sedan gick hon in på ett fik på vägen tillbaka till tåget, inte samma som förra gången. Hon köpte med sig en sallad och en juice som hon skulle äta på tåget hem. När hon hade suttit på tåget i en halvtimme plingade det till i telefonen.

Hej! Jag ska på fest hos en kompis ikväll. Vill du följa med? /Patrick.

Tess kände inte för att gå på fest. Hon hade rest i flera timmar, var trött och kände inte för att träffa massa för henne främmande människor. Hon la ifrån sig mobilen och fortsatte läsa i boken hon hade med sig. Efter tjugo minuter plingade det till i telefonen igen, det var Patrick.

Kom igen! Det blir kul! Jag lovar.

Tess kunde se framför sig hur Patrick log sitt vänliga leende när hon läste meddelandet och det fick henne att småle. Hon la undan telefonen och fortsatte att läsa i boken. När det var bara tjugo minuter kvar av tågresan fick Tess en obehaglig känsla, hon tog upp telefonen och tittade på den. Hon hade inte fått något mer meddelande. Hon tittade sig omkring men såg inget underligt men känslan var tillbaka, samma känsla hon hade fått när hon var i skogen, känslan av att vara iakttagen. Hon kände sig genast illa till mods och yr, kände att hon bara ville därifrån, ville ta sig till tryggheten. Hur skulle hon göra det? Hon satt fast på ett tåg. Hon reste sig upp och tittade sig omkring innan hon tog med sig sin ryggsäck och gick mot toaletten på tåget. När hon kom fram andades hon ut i lättnad över att det var ledigt. Hon gick in och låste efter sig. Där stannade hon kvar tills tåget kom fram till Kargviks centralstation.

Sedan såg Tess till att hon var en av de första att gå av tåget och höll sig längst fram i folksamlingen. När människorna började glesna runt om henne såg hon till att förflytta sig snabbt och gå intill olika människor och inte gå långa sträckor rakt fram. Hon gick en omväg hem där hon bytte riktning många gånger och gick på lite mer trafikerade vägar än hon brukade göra, det gjorde att det tog längre tid för henne att ta sig hem. Men när hon väl kom innanför dörren till den lilla lägenheten såg hon till att låsa alla lås och tända upp alla lampor. Sedan satte hon sig på golvet i köket och grät. När hon en stund senare hade samlat sig kände hon inte för att vara ensam, hon ville vara trygg. Hon tittade på klockan, den visade kvart i sju. Hon tog upp telefonen och började knappa på den.

Jag vill gärna gå på fest. Kan du hämta mig där du släppte av mig senast? /Tess.

Hon var alldeles svettig och kände sig smutsig så hon gick in i badrummet och tog en dusch. När hon kom ut ur duschen hade hon fått ett meddelande.

Javisst! Jag är där om trettio minuter.

Tess tittade på klockan och det hade gått tjugo minuter sedan han hade skickat. Hon tog snabbt på sig ett par svarta jeans och en ljusgrå t-shirt och en vit lång stickad kofta ovanpå det. Hon stoppade ner fötterna i skorna och tog på sig sin vindjacka. Sedan kom hon på att hon inte hade packat upp ryggsäcken när hon kom hem så hon tog med den bort till garderoben, tog fram pengarna och la ner femhundra kronor i sin plånbok innan hon la resten av pengarna och korten bakom sockeln under garderoben. Klockan var nu kvart över sju. Hon hoppades på att Patrick skulle vara sen. Hon låste upp dörren och tittade försiktigt genom springan innan hon gick ut. Sedan låste hon dörren och gick vaksamt runt huset till framsidan. Det var höst nu och mörkt ute vid den här tiden. Hon gick snabbt, nästan småjoggade två gator över till där Patrick hade släppt av henne när han hade skjutsat hem henne. När hon kom fram stod det ingen bil där. Han var sen. Hon hoppades att hon inte skulle behöva vänta länge ensam i mörkret. Hennes önskan slog in, hon såg hur Patricks bil kom emot henne längre ner på gatan. Han stannade bilen och när hon såg hans vänliga leende och varma ögon kände hon sig lugnare. På något sätt fick Patrick henne att känna sig trygg. Hon gick runt bilen till passagerarsidan, öppnade dörren och satte sig.

"Hej"

"Hej"

"Kul att du ville följa med."

"Jag hade inget bättre att göra." Tess tvingade fram ett litet leende.

"Vi ska åka hem till John, vi spelade fotboll ihop. Han har lag fest. Hur har din dag varit?"

"Bra."

Tess tittade ut genom framrutan på vägen, hon var orolig över att inte veta vart hon skulle och att lämna sin trygghetszon.

"Vad har du gjort idag?"

"Inget speciellt."

Hon sneglade på Patrick och förstod att han försökte bara lätta på den tryckta stämningen hon skapade i bilen genom att vara frånvarande. Hon hade svårt att glömma det som hade hänt på tåget men bestämde sig för att anstränga sig mer.

"Jag menar att jag inte har gjort något roligt. Jag har bara varit hemma, tagit det lugnt, städat och tvättat." Hon hoppades att hon lät trovärdig i sin lögn.

"Du då! Hur har din dag varit?"

Patrick log ett litet busigt leende.

"Tack för att du frågar", sa han med en nypa sarkasm." Jag har spelat fotboll med mitt gamla lag, och sen hängde vi en stund. Jag har också hjälpt John förbereda inför kvällens fest."

När Patrick stannade bilen tittade Tess sig omkring och insåg att hon inte hade någon som helst aning om var de var. Hon tittade ut genom rutan på hennes sida och såg att det pågick en fest i huset de stod parkerade utanför.

"Då var vi framme", sa Patrick när han knäppte upp sitt bälte och gick ur bilen. När han la märkte till att Tess inte hade gått ur bilen gick han runt och öppnade dörren.

"Hur mår du? Mår du bra? Du ser lite blek ut."

Tess mådde inte bra, hon visste inte vad hon ville, hon ville inte gå på fest med en massa för henne okända människor, men samtidigt ville hon inte vara ensam med sina demoner från sitt förflutna.

Hon tog ett djupt andetag. "Ja! Jag mår bra, jag måste blivit åksjuk bara."

"Okej, vill du vänta en stund med att gå in?"

"Nej det behövs inte." Tess tog ytterligare ett djupt andetag och Patrick sträckte sig fram och tog tag i hennes hand för att hjälpa henne ur bilen. Hans hand kändes varm och trygg. När han hade hjälpt henne ur bilen höll han henne i handen fram till huset och de gick in. De gick från hallen till köket, på vägen dit presenterade Patrick Tess för sina lagkamrater och deras flickvänner. De kom fram till köket och där stod John. Patrick presenterade dem för varandra och John räckte över en ljusröd drink med mycket krossad is till Tess.

"Mmm god", sa hon när hon smakade.

Hon tittade på Patrick med en frågande blick.

"Jag dricker inte, jag ska köra. Kom! Jag ska visa dig runt."

De gick runt i huset och Tess höll Patrick i ena handen och drinken i den andra. Patrick presenterade Tess för alla de stötte på. Trots att Tess hade känt sig vemodig till att gå dit så kände hon sig nu ganska trygg. Patrick gjorde att hon kände sig trygg eftersom han inte lämnade henne ensam. Och alkoholen i drinken hjälpte också till för att få henne att slappna av. När de hade gått runt i hela huset återvände de till köket och där träffade de Maria och Mattias.

"Hej!" sa Maria och gav Tess en kram.

"Hej!"

Tess tyckte det var skönt att träffa några fler som hon kände.

"Ditt glas är tomt, kom så fyller vi på", sa Maria och drog med Tess till John som blandade drinkar.

"Har du träffat John?" Tess nickade.

"Han har jobbat som bartender i Bali, han var där ett år tror jag." Hon tittade på John samtidigt som hon sa det och han nickade instämmande.

"Har hon smakat på din körsbärs Mojito?" John skakade på huvudet. "Kan du göra tre? En till Mattias också."

John nickade och sedan höll han upp tre fingrar. Han började dansa runt i köket och blanda i de olika ingredienserna till drinkarna.

"John blandar de godaste drinkarna. Har ni varit runt och kollat i huset? Visst är det fint? Det är Johns föräldrars hus, han brukar vakta det när de åker tillbaka till Bali ett par gånger om året."

De fick sina drinkar och Maria såg på när Tess smakade. "God! eller hur?"

"Jättegod", sa Tess och tog en klunk till.

"Kom! vi går och dansar."

Maria drog med henne till ett av rummen som var som en stor sal, där hade de gjort i ordning ett litet dansgolv. Tess såg att det var betydligt fler människor i huset nu än det var när hon hade kommit. Hon la också märke till att många utav de på dansgolvet hade hon inte träffat. Maria började dansa och Mattias som hade följt efter dem gjorde dem sällskap. Tess kände sig obekväm och inte alls på danshumör. Efter några låtar kom Patrick och tog med henne tillbaka till köket. Hon ställde ner sitt tomma drinks glas eftersom den redan var tom och det såg John så han blandade snabbt en ny.

"Var den god?" frågade han.

"Jättegod."

"Kom vi går ut här en sväng", sa Patrick.

Patrick tog med Tess ut på baksidan av huset. Där fanns det en pool. Patrick hade bara visat insidan av huset tidigare. Poolen var övertäckt eftersom det nu var tidig höst och inte direkt något badväder. Men det var belyst med ljusslingor och var mysigt i höstmörkret. Alla andra var kvar inne i huset. Patrick satte sig i en utav fåtöljerna på altanen. Tess följde efter och satte sig i soffan bredvid. De satt där i det tysta en stund och bara tittade på den stjärnklara himlen. "Det är skönt ute ikväll", sa han till slut.

Tess nickade.

"Precis sådant här väder var det när Emma åkte ut i segelbåten. Så här vindstilla som det är nu. Jag har haft svårt att förstå hur det skulle kunna blåsa upp till storm så fort ute på havet. Det märktes ingenting alls här på fastlandet."

Tess förutspådde vart detta var på väg så för att få Patrick på andra tankar sa hon. "Hur var hon? Hur var Emma? Berätta lite om henne."

Patrick blev helt ställd av frågan.

"Det brukar aldrig vara någon som frågar det. De flesta försöker byta samtalsämne och undvika ämnet Emma överhuvudtaget."

Tess tittade på Patrick när han berättade om Emma. Det lyste i hans ögon och hela hans kroppsspråk ändrades på något sätt. Han berättade att hon var kusin till hans äldsta barndomskompis Tim. Hon hade alltid varit med på ett litet hörn när han och Tim lekte när de var små och sedan när de blev äldre började de hänga istället och till slut växte det fram en så otroligt stark kärlek mellan dem att det inte gick att motstå att det skulle bli de två. Tim hade flyttat ifrån Kargvik ett år efter Emmas försvinnande, men Patrick och han hade ändå hållit kontakten. Han hade det bra.

Tess tittade nyfiket på Patrick när han berättade om sin barndom och sitt förflutna och alla påhitt de tre hade hittat på.

"Men nu ska jag inte sitta här och tråka ut dig", avslutade han med.

"Nejdå! Du tråkar inte ut mig, det är intressant att höra."

Patrick log. "Intressant? Kom det är fest, vi går in och dansar."

Patrick tog med Tess in, de gick genom köket och fyllde på glasen som hade blivit tomma. Nu hade John slutat att blanda drinkar och gick runt och minglade. Det stod lite olika drinkar uppradade på några brickor i köket så Tess tog en som såg god ut och Patrick tog en läsk ur kylskåpet. Den goda drinken slank ned snabbt och Tess kände sig väldigt avslappnad och trygg. När de kom ut på dansgolvet letade de upp Maria och Mattias som fortfarande dansade så de anslöt sig till dem. Tess blev positivt överraskad till hur bra Patrick var på att dansa. Betydligt bättre än många andra i rummet. Tess kände av alkoholen och försökte hänga med. Det var roligt att dansa, det var roligt att dansa med Patrick. Maria och Mattias drog sig undan från dansgolvet en stund vilket gjorde att Patrick och Tess blev ensamma kvar på dansgolvet från deras lilla grupp. Efter några låtar kom de tillbaka med nya drinkar och Maria räckte fram ytterligare en god drink till Tess.

Tess vaknade med ont i huvudet och hennes mun kändes torrare än en öken. Med stängda ögon sträckte hon sig efter glaset med vatten hon alltid hade på nattduksbordet men den stod inte där. Hon öppnade ögonen försiktigt, det var mörkt i rummet så hon väntade ett litet tag för att ögonen skulle vänja sig.

När hon kunde urskilja lite detaljer i rummet upptäckte hon att hon inte var hemma. Var var hon? Och vems säng befann hon sig i? Varför var hon inte hemma? Hon tittade runt i rummet för att försöka få svar på sina frågor. Hon tittade bakom sig och upptäckte att det inte bara var hon som låg i sängen. Vem var det som låg bredvid henne? Hon kände efter och hon hade i alla fall kläderna på sig, men hur hade hon hamnat här? Det sista hon mindes var att hon hade dansat och haft kul. Sedan hade hon varit på toaletten och därefter blev det lite suddigt, hon tror att hon dansade ett litet tag till och sedan minns hon inget mer.

Tess letade efter sin telefon men hittade inte den.

"Vad gör du? Kom och lägg dig igen", hördes det från sängen.

"Patrick?"

"Ja! Kom och lägg dig. Det är mitt i natten."

"Var är jag? Och hur hamnade jag här?"

Hon satte sig på sängkanten och Patrick satte sig upp.

"Vi är i Johns gäststuga, hans drinkar må vara goda men de är starka också. Det blev nog lite för mycket alkohol än vad du tål tror jag. Du blev ganska snurrig där ett tag och du somnade. Det gick inte att väcka dig så John sa att vi kunde stanna här."

"Hur mycket är klockan? Jag hittar inte min mobil."

Patrick kollade på klockan. "Kvart i fem. Din mobil ligger på byrån där borta."

Tess tittade mot byrån som Patrick hade pekat mot.

"Kom nu somna om."

Han tog armen om henne och la henne ner för att sedan låta den vara kvar och krama om henne.

"Jag är törstig."

Patrick kom upp på armbågen och tittade på henne. Ögonen hade vant sig vid mörkret i rummet nu. Hon såg hans vänliga leende.

"Då går jag och hämtar lite vatten till dig."

Han reste sig upp ur sängen och gick till andra sidan rummet och öppnade ett litet kylskåp som stod där. Rummet lystes upp av att lampan i kylskåpet tändes när han öppnade dörren, han tog fram en flaska vatten och rummet blev mörkt igen när han stängde dörren. Han tog sig tillbaka till sängen och satte sig på sängkanten och när han hade skruvat av korken på flaskan räckte han fram den till Tess. Hon kom upp på armbågarna, tog emot flaskan och drack av den.

När hon hade druckit färdigt gav hon tillbaka flaskan till Patrick, han drack också av den innan han skruvade på locket och ställde den på nattduksbordet intill sängen, sedan lutade han sig fram och hon kunde känna hans varma fuktiga läppar mot sina när han kysste henne. Han smakade gott. Hon började genast tänka på hur hon själv smakade i munnen efter alla de olika drinkarna och att hon troligtvis hade morgonandedräkt. Han måste känt att hon tvekade, för han drog sig tillbaka, tittade på henne och log. Sedan la han sig ner bredvid henne igen med armen om henne.

40

"Vi sover lite till", sa han.

Tess kände hans kroppsvärme och att han kändes trygg. Efter en stunds tittande i taket och runt i rummet somnade hon om till slut. När hon några timmar senare vaknade låg hon ensam i sängen. Hon gick runt och tittade i den lilla gäststugan som bestod av ett sovrum med sängen hon hade sovit i och en liten soffgrupp som var riktad mot en liten vägghängd tv och så byrån som Patrick hade pekat på förstås. Förutom ytterdörren fanns det en dörr till i rummet. Hon gick fram och öppnade den och blev glatt överraskad över att det var ett litet badrum.

Under tiden hon satt på toaletten hörde hon att ytterdörren öppnades och att någon kom in.

"Tess!?"

Det var Patrick. Hon spolade och tvättade händerna, sedan kom hon ut. Där stod han med en frukostkorg.

"Jag tog med lite frukost, tänkte att du kanske var hungrig."

"Ja! Jätte! Jag åt ingen kvällsmat igår."

"Johns starka drinkar på en tom mage är ingen bra kombination."

Patrick ställde ner frukostkorgen på soffbordet och började duka upp. Tess satte sig ned i soffan och plockade upp en smörgås med ost och skinka. "Har du gjort i ordning det här?"

Patrick nickade och sträckte fram ett glas juice. "Ja, jag vaknade för en stund sedan och gick upp till huset."

Tess åt sin smörgås och Patrick kunde se att hon var hungrig. "Ta en till."

Tess tog en smörgås till. "Hur mycket är klockan?"

Patrick tittade på klockan. "Klockan är halv elva."

"Oj så sent." Tess tyckte inte om tanken av att hon skulle behöva göra veckans handling på eftermiddagen och att det skulle vara mycket mera folk då.

"Vi går upp med det här till huset och säger hejdå till John innan jag kör hem dig."

"Okej."

41

Patrick släppte av Tess på samma ställe som han hade hämtat henne kvällen innan. När hon kom hem tittade hon i frysen och där låg det ett par matlådor så hon bestämde sig för att handla på vägen hem från hotellet under morgondagen i stället, hon var alldeles för trött för att handla nu ändå. Hon gick in i badrummet och klädde av sig utanför duschen. Sedan mindes hon att Patrick hade kysst henne. Varför hade han gjort det?

Oktober

Tess kom hem från hotellet på torsdag eftermiddag och gjorde i ordning ett kuvert som hon skrev oktober på, däri la hon pengarna för hyran. När hon hade knackat på dörren stod hon och väntade på att Hans eller Maggie skulle öppna dörren, men det var ingen som öppnade. Hon knackade en gång till ifall de inte hade hört knackningen första gången, men det var fortfarande ingen som öppnade. Hon la ner kuvertet med pengarna i deras brevinkast innan hon gick tillbaka hem till sig.

Tess vaknade av att det knackade på dörren. Hon låg på soffan, hon måste somnat där tänkte hon. Hon letade efter klockan men kunde inte se den. Det var mörkt så det måste varit sent. Det knackade igen. Det var säkert Maggie eller Hans som hade hittat kuvertet tänkte hon. Men varför skulle de knacka på så här sent? Var det något problem med pengarna? Hon tittade runt igen men såg fortfarande inte klockan någonstans. Hade hon flyttat på den och glömt bort det? Hon ställde sig upp för att gå till dörren när hon plötsligt fick ont i benet. Hon tittade ner och såg att hon blödde från det femton centimeter långa ärret hon hade på sin vänstra vad. Hur var det möjligt? Hade hon rivit sig på något i sömnen? Tess letade efter något att linda runt benet. Hon tog en kökshandduk från köket. Det ömmade när hon lindade det. Sedan tog hon på sig ett par svarta

43

joggingbyxor som hängde på soffryggen. Hon tog sig till dörren och låste upp alla låsen. När hon öppnade dörren stod det en lång man i en svart jacka med huva framför henne. Hon kunde inte urskilja hans ansikte men hon kunde se på kroppsbyggnaden att det inte var Hans. Snabbt tog han ett steg emot henne och tog handen om hennes hals i ett strypgrepp. Sedan tryckte han sig in i hallen fortfarande med handen om hennes hals. Tess såg då ett brett blodspår som blivit från hennes sår som ledde från soffan till dörren. Medan Tess kämpade med att få luft hörde hon att han viskade något men kunde inte höra vad det var. Tess höll precis på att tappa medvetandet när hon ryckte till så hårt att hon vaknade.

Kallsvettig låg hon på soffan. Hon drog av sig filten hon hade på sig och tittade på benet. Där fanns det inget blod, bara det långa röda ärret. Tess tittade bort mot nattduksbordet och såg att klockan nu stod där. Klockan var sjutton minuter över två. Hon drog en lättnadens suck över att det bara var en mardröm. Trots det gick hon till dörren för att försäkra sig om att alla låsen var ordentligt låsta. Sedan la hon sig i sängen och kollade på tv resten av natten. Den natten sov hon inte mer.

När morgonen kom var hon trött. Hon hoppade över sin löprunda, känslan i kroppen var inte bra. Dels var hon trött, dels var hon rädd. Det hade bara varit en dröm men den hade ändå känts så verklig. Hon stannade kvar i lägenheten fram tills det var dags att gå till hotellet. På vägen dit var hon spänd. Drömmen hade verkligen påverkat henne. Hon tänkte att Kargvik kanske inte var så säker som hon trodde, hon började fundera på om det var rätt att stadga sig. Det kanske var bättre att inte vara kvar på samma ställe för länge. Men hon hade ju nu fått vänner.

"Hej Tess!" sa Agnes när hon fick syn på henne inne i omklädningsrummet.

"Hej!"

"Oj! Mår du inte bra? Du ser lite blek ut."

"Va. Nej. Jag bara… Jag har sovit lite dåligt i natt"

"Jaha okej. Här är listan på rummen vi ska städa idag."

Tess mådde inte alls bra under dagen när de gick från rum till rum. Hon tänkte att hon bara behövde ta sig igenom arbetsdagen och sedan kunde hon sova när hon kom hem. Klockan blev fyra och det var äntligen dags att gå hem. Hela vägen hem kände hon ett obehag. Drömmen hängde över henne men hon försökte skaka av sig känslan eftersom hon trodde att han omöjligt kunde hittat henne. Hon kom hem och gjorde i ordning en ryggsäck med några ombyten kläder, en flaska vatten och ett par proteinbars för säkerhets skull. När den var färdigpackad ställde hon den längst in i garderoben. Sedan la hon sig på sängen med tv:n på i bakgrunden och försökte sova, men hon kunde inte slappna av. Hon kände sig inte trygg. Hon var även lite rädd för att somna, rädd för att drömma. Hon gick till köksdelen av lägenheten och gjorde i ordning två smörgåsar. Hon tänkte att det kanske var lättare att somna om hon åt någonting.

Klockan blev åtta på kvällen och trots att hon var jättetrött så hade hon ändå inte lyckats somna. Panikångesten var nära nu så hon började med sina andningsövningar och när hon hade samlat sig tog hon upp mobiltelefonen. Hon kunde inte vara kvar i lägenheten längre, den kändes klaustrofobisk.

Hej! Vad gör du? Vill du hitta på något? /Tess.

Hon satt i soffan med telefonen i handen och väntade på svar. Hon väntade i trettio minuter utan att få något svar. Den här gången gick det inte att stoppa panikångesten. Hon kände hur hon blev yr, synen blev suddig, kroppen kändes tung och det kändes som om hon inte fick någon luft. Tess började hyperventilera och paniken växte allt starkare. Hon försökte fokusera och göra andningsövningarna men nu var det svårare och hon fick kämpa. Det kändes som om hon höll på att drunkna. Till slut lyckades hon kontrollera andningen och komma tillbaka. Hon gick in i badrummet och klädde av sig för att sedan gå in i duschen och när de varma vattenstrålarna sköljde över hennes kropp satte hon sig på golvet i duschen och grät. Hon grät för att hon kände sig både ensam och rädd.

45

Tess kom ut ur badrummet insvept i en handduk. Hon gick till garderoben och tog på sig ett par trosor och en stor t-shirt som en gång hade varit hennes mammas. Hon passerade telefonen som låg på soffbordet på vägen till köket. Den blinkade så hon tog upp den och såg att hon hade fått ett meddelande. Det var från Patrick, han hade skickat för tjugo minuter sedan.

Jag är hos John. Vad vill du hitta på? /Patrick.

Tess funderade. Vad ville hon hitta på? Hon kunde inte bjuda hem honom eftersom hon inte ville att han skulle veta var hon bodde. Hon kollade på klockan, den visade kvart i tio. Det var för sent att träffas någon annanstans. Hon svarade honom.

Jag vet inte. Jag har tråkigt. /Tess.

Det plingade till i telefonen nästan direkt.

Jag kan komma och hämta dig. Jag är där om tjugo minuter.

Tess skyndade sig till garderoben och bytte om. Sedan gick hon in i badrummet och borstade tänderna och håret och tog på sig lite mascara och sprutade på sig lite parfym. Sedan gick hon ut till samma plats som Patrick hade hämtat henne helgen innan och väntade. Hon såg bilen närma sig. Den stannade när den kom fram till henne. Patrick log när han såg henne och hon log tillbaka innan hon gick runt och satte sig i passagerarsätet.

"Vad vill du hitta på då?" frågade han när Tess hade tagit på sig bältet.

"Jag vet inte."

"Jag behöver veta vart vi ska."

"Jag vet faktiskt inte vad som finns att göra, jag har inte bott här så länge."

Patrick log. "Då vet jag vad vi ska göra."

"Vaddå?"

"Du får se."

Patricks leende var både vänlig och busig. Det fick Tess att le tillbaka. Patrick svängde runt bilen. Ovissheten av att inte veta vart hon skulle gjorde inte henne orolig den här gången, hon kände sig trygg med Patrick. Han körde mot hamnen. Tess hade inte varit där sedan hon flyttade till Kargvik, hon hade mest hållt sig till sitt bostadsområde och i centrum. När de kom fram till hamnen körde han förbi och stannade bilen en bit längre bort.

"Har du varit här förut?"

Tess skakade på huvudet.

"Kom!"

Patrick klev ur bilen och Tess gjorde detsamma. Han tog tag i hennes hand och ledde henne mot fyren, hans hand kändes varm.

"Jag brukar komma hit ibland, jag brukar komma hit när jag behöver tänka", sa han.

Nu hade de kommit längst ut vid fyren.

"Jag brukar även komma hit ibland när saknaden efter Emma är stor. På något sätt känns det som om hon är nära här. Jag vet inte om det är för att det är havet hon försvann i att det känns som om det hör ihop."

Han tittade på Tess. "Vad brukar du göra när du saknar din mamma?"

"Jag brukar ta på mig en utav hennes gamla t-shirtar. Jag sparade tre. På något sätt får det mig att känna mig nära henne."

De stod och tittade ut över vattnet och det dröjde inte länge förrän Patrick märkte att Tess frös.

"Kom", sa han och tog tag i hennes hand och ledde henne tillbaka till bilen.

"Vill du att jag skjutsar hem dig?" frågade han.

Tess skakade på huvudet.

"Vad vill du göra då?"

"Jag vet inte." Tess ville bara inte vara ensam men det kunde hon inte säga till Patrick.

"Vill du följa med hem till mig vi kan titta på en film?"

"Ja det kan jag göra."

De satte sig i bilen igen och Patrick körde hem dem till sig. Han parkerade på en stor parkering bredvid ett höghus. Tess klev ur och följde med honom fram till porten. Patrick knappade in en kod på panelen och en grön lampa lös när dörren låstes upp.

"Hissen är trasig så vi får gå upp", sa han när dörren stängdes bakom dem.

De gick upp till femte våningen innan Patrick stannade vid en dörr. Han låste upp dörren med sin nyckel och höll sedan upp dörren för Tess så att hon kunde kliva in i hallen. Patricks lägenhet var trivsamt inredd och prydligt städad. Det var en rymlig tvårummare med kök. Patrick gick in i vardagsrummet och Tess följde efter. Han satte på tv:n och Tess slog sig ner i soffan.

"Vill du ha något att dricka?" frågade han.

"Ja. Vatten tack."

Patrick gick in i köket för att hämta två glas med vatten. När han kom tillbaka ställde han ner glasen på soffbordet och satte sig bredvid Tess i soffan. De satt där tillsammans och tittade på tv och efter en stund såg Patrick att Tess höll på att somna.

"Kom!" sa han och tog hennes hand och ledde in henne till sovrummet och sängen. De la sig i sängen mot varandra och deras blickar möttes. Patricks blick var varm och vänlig. Tess la märke till att Patricks blick landade på hennes läppar i ett kort ögonblick innan han vände bort den och tittade i taket.

"God natt", sa han och blundade.

"God natt", svarade Tess.

Tess kunde inte somna direkt, hon låg vaken och tankarna snurrade i hennes huvud.

Vågade hon stanna kvar i Kargvik? Skulle hennes förflutna hinna i kapp henne? Kanske hade den redan gjort det? Hade han redan hittat henne och visste var hon var? Om inte, hur lång tid hade hon på sig innan han gjorde det?

När hon vaknade nästa morgon låg hon ensam i sängen.

"Patrick!" ropade hon och väntade på svar.

Tess var på väg att resa sig ur sängen när han dök upp i dörröppningen. Han lutade sig mot dörrkarmen och log sitt vänliga leende.

"God morgon", sa han.

"God morgon."

"Har du sovit gott?"

"Ja", sa Tess och log tillbaka. Det var den bästa natts sömn hon hade haft sedan hon hade flyttat till Kargvik.

"Är du hungrig? Vill du ha frukost?"

Tess nickade och följde med honom ut till köket.

"Jag har inte så mycket, jag har rostbröd och flingor. Det är inte som om jag hade väntat mig frukost besök direkt", sa han retsamt och tittade på Tess. Det fick henne att le och han log tillbaka.

"Vilket som blir bra."

Patrick tog fram mjölken ur kylskåpet och ställde fram det på köksbordet tillsammans med flingorna, sedan hämtade han två skedar och två skålar. Han hällde upp i skålarna till dem båda.

"Vad har du för planer idag?" frågade han samtidigt som de åt.

"Jag har ingenting planerat. Har du?"

"Jag behöver nog handla tror jag, jag har precis upptäckt att jag inte har så mycket ätbart hemma." Han log ett retsamt leende igen. Och Tess kunde inte låta bli att le tillbaka.

"Jag ska träffa Agnes och Vilmer senare, vi ska äta lunch på en nyöppnad restaurang. Du kan följa med om du vill."

Tess tänkte att han kanske såg på henne att hon tvekade för innan hon hann svara sa han.

"Du behöver inte bestämma dig nu det är ett tag kvar tills dess."

Patrick dukade av och ställde in disken i diskmaskinen.

"Jag tror att jag har en extra tandborste som du kan använda. Jag ska kolla."

Patrik försvann ut ur köket och kom tillbaka hållandes i en tandborste.

"Här! Du kan använda den här om du vill, den är ny."

Tess tog emot tandborsten och gick sedan in i badrummet och borstade tänderna. När hon var klar kom hon ut till Patrick som satt i soffan.

"Vad vill du göra? Om du vill åka hem så kan jag skjutsa dig? Eller vill du vara kvar och hänga?"

"Jag kan vara kvar en stund till. Om det är okej för dig förstås."

49

"Ja, jag har inget planerat förrän vid lunch."

Tess gjorde honom sällskap i soffan. När de hade tittat på tv en stund såg hon i ögonvrån att Patrick tittade på henne. Hon vände sig mot honom och mötte hans blick, sedan såg hon att hans blick landade på hennes läppar. När han sakta närmade sig henne plingade det till i hans telefon. Han tog ett andetag sedan tog han upp telefonen och kollade på den.

"Förlåt. Tess det har dykt upp en grej. Jag måste åka, jag släpper av dig på vägen."

De ställde sig upp och gick till hallen där de tog på sig ytterkläderna. Tess gick bakom Patrick ner i trappuppgången och följde med honom ut över parkeringen till Patricks bil. Tess undrade vad som hade hänt. Hon såg på Patrick att det hade hänt något men Patrick sa ingenting om meddelandet han hade fått och hon ville heller inte fråga. Patrick skjutsade henne och stannade bilen där han hade hämtat henne kvällen innan.

"Det var trevligt igår."

Tess nickade och log.

"Jag ringer dig sen. Hejdå."

"Hejdå."

Tess stod kvar på trottoarkanten och såg på medan Patrick körde i väg. När bilen inte syntes längre vände hon sig om och promenerade hem. När hon kom in i den lilla hallen tyckte hon att den lilla lägenheten kändes dyster och att en dålig energi hängde över den. Hennes trygga ställe kändes inte längre trygg. Hon bytte snabbt om och tog sig bort till löparspåret och sprang sin vanliga runda, att hon inte hade sprungit så flitigt de senaste veckorna kändes. När hon kom tillbaka gjorde hon i ordning lite lunch som hon åt framför tv:n. Flera gånger under eftermiddagen kollade hon på telefonen för att se om Patrick hade hört av sig.

Det blev kväll och hon hade fortfarande inte hört något från Patrick. Klockan blev senare och senare. Till slut gick hon och la sig. När hon vaknade nästa morgon försökte hon släppa att Patrick hade sagt att han skulle ringa. Hon ville veta vad det var som gjorde att han plötsligt var tvungen att gå men hon ville inte vara påträngande och höra av sig till honom.

Hon gick tillbaka till sin söndags rutin med tidig morgonhandling följt av sin löprunda och sedan stod hon i köket och lagade matlådor som hon frös in.

När det blivit kväll och hon fortfarande inte hade hört något från Patrick började hon bli lite irriterad. Hon tänkte att Agnes kanske skulle berätta för henne när de sågs.

Oron i Tess växte när hon kom till hotellet nästa morgon och Agnes inte var där.

Maud samlade alla städerskorna utanför tvättstugan som hon gjorde varje morgon för att ge dem information om vilka rum de skulle städa.

"Agnes kommer tyvärr inte idag så Tess och Maria hjälps åt på våning fyra idag", sa hon och räckte fram listan med rum till Tess som hon tog emot. När Tess och Maria kom upp till fjärde våningen kunde inte Tess hålla sig längre.

"Vet du vad som har hänt?"

Maria skakade på huvudet. "Nej. Jag ringde Agnes igår och då sa hon att hon inte kunde prata och att hon inte skulle komma till jobbet idag."

"Kommer hon imorgon?"

"Jag vet inte, hon sa bara att hon inte skulle komma idag."

"Vad tror du kan ha hänt? Tror du att det har hänt något med Agnes?"

"Ingen aning, det lät inte på henne som om det hade hänt något med henne. Jag är bara rädd att det har hänt något med Patrick."

"Vad menar du?"

"Förra gången hon inte kom till jobbet var när Patrick hittades medvetslös av sin pappa."

"Tror du verkligen att det har hänt något med Patrick? Jag var med honom på morgonen i lördags."

Maria tittade på Tess med stora ögon. "Var du med Patrick i lördags? Vad hände?", sa hon och Tess kunde se nyfikenheten lysa i hennes ögon.

Tess berättade om helgen och vad som hade hänt.

"Jag hörde om att ni hade stannat kvar hos John, i hans gäststuga. Men jag och Agnes trodde bara att det var ett rykte för varken du eller Patrick hade nämnt det."

"Det hände ingenting mellan oss. Jag hade bara druckit alldeles för många drinkar på tom mage och Patrick hjälpte mig." Tess lämnade ute detaljen om att Patrick hade kysst henne. Maria var den sista hon skulle berätta något hemligt för. Tess hade förstått att Maria var den största skvallraren i gruppen.

"Vi får nog veta tids nog vad som står på, men just nu måste vi bli klara med de här rummen", sa Maria och räckte över ett gäng handdukar till Tess. Tess ville inget annat än att gå till sitt skåp i omklädningsrummet för att kolla på mobilen om hon hade något missat samtal eller fått ett meddelande från Patrick. Men just nu fick hon vänta till lunchrasten.

Klockan gick olidligt långsamt, men till slut blev klockan ett. Både Tess och Maria skyndade sig till sina telefoner.

"Har du hört något?" frågade Maria.

"Nej! Har du?

Maria skakade på huvudet. "Jag ska försöka ringa Agnes!"

Båda två stod och väntade medan de hörde ringsignalerna. Det ringde och ringde, men ingen svarade.

"Då får vi väl fortsätta vänta", sa Maria och la ner telefonen i fickan.

Tess försökte få ner lunchen, men maten bara växte i munnen. Det var svårt att tänka på något annat just nu. Det som var jobbigast var ovissheten.

När Tess kom hem var hon helt slut, att oroa sig hela dagen hade tagit all hennes energi. Hon kom ut ur duschen och tog på sig ett av hennes mammas gamla t-shirtar. Sedan tog hon upp telefonen och försökte ringa Patrick men när hon hörde första ringsignalen fick hon panik. Vad skulle hon säga? Hon visste inte så hon la på. Hon gick sedan och la sig tidigt den kvällen. Fastän hon var jättetrött kunde hon inte komma till ro, hon vred och vände hela natten och gång på gång när hon väl lyckades somna så vaknade hon kort därefter.

När klockan ringde på morgonen var hon jättetrött men hon släpade sig ur sängen ändå, gjorde i ordning en smoothie och tog på sig löparkläderna. Hon hade sovit dåligt men ville ändå ge sig ut i spåret för att rensa huvudet. Hon kände att det var lite kyligare än vanligt denna morgon. Det var mulet och de svaga vindarna var kalla, hon tänkte för sig själv att det var nog en bra idé att klä på sig lite mer i fortsättningen.

När hon klev in på spåret började hon först med att jogga, för att sedan gå över till att springa. Hennes telefon började ringa när hon bara hade två kilometer kvar. Hon tog upp telefonen för att kolla medan hon sprang. Hon såg att det var Patrick som ringde så hon stannade.

"Hej!"

"Hej! Förlåt att jag inte ringde. Jag vill förklara vad som har hänt, men jag vill inte göra det över telefon. Var är du?"

"Jag är ute och springer."

"Springer du?"

Tess kunde nästan höra hans vänliga leende över telefonen. "Ja!"

"Vad ska du göra idag?"

"Jag ska jobba på hotellet."

"Just det! Kan vi träffas när du har slutat? Jag kan möta dig."

"Ja det kan vi göra."

"Okej men då ses vi sen."

"Hejdå." Tess la på. Hon var glad att Patrick hade ringt men var också frustrerad över att hon inte fick veta vad som hade hänt, att hon nu skulle behöva vänta hela dagen på att få veta. De sista två kilometrarna hem var inte alls rensande för huvudet.

53

När hon kom till hotellet stötte hon på Maria, de skulle jobba ihop även den här dagen eftersom Agnes fortfarande inte var där. Maria hade inte hört något från Agnes. Tess berättade att Patrick hade ringt henne på morgonen.

"Då får i alla fall en utav oss veta vad som pågår", hade hon sagt.

Dagen gick olidligt långsamt. Tess bytte om till sina privata kläder efter dagens arbetspass och när hon kom ut på gatan vinkade hon hejdå till Maria. Hon tittade efter Patricks bil men såg den inte så hon ställde sig och väntade. Hon tog upp mobilen för att kolla om hon hade fått ett meddelande men det hade hon inte, så hon stoppade ner den igen och fortsatte att vänta. Efter tio minuters väntan dök Patrick äntligen upp i sin bil. Han stannade den vid trottoaren intill Tess så att hon kunde kliva in.

"Hej!"

"Hej!"

"Behöver du åka hem?"

Tess skakade på huvudet.

"Bra! Då åker vi en sväng."

Och där kom det där vänliga leendet igen. Tess satt och funderade på vad det var som Patrick skulle berätta. Han var precis som vanligt.

"Kul att se dig. Har du haft en bra dag?"

Tess höll på att explodera av nyfikenhet. Kunde han inte bara berätta vad det var nu istället för att småprata.

"Detsamma! Ja den har varit bra, lite annorlunda att inte Agnes varit där bara. Jag har fått jobba med Maria och det har gått bra."

Patrick stannade bilen vid utkiksplatsen på berget intill Kargvik. Därifrån kunde man se hela staden nedanför och även viken och öarna i skärgården.

"Har du varit här förut?" frågade han när han stängde av motorn.

Tess skakade på huvudet.

"Det är vackert eller hur? Jag brukar komma hit ibland när jag behöver rensa huvudet."

Nu hade Tess fått nog. "Tänker du berätta vad som har hänt? Eller tänker du bara låtsas som ingenting? Varför är inte Agnes på jobbet och när kommer hon tillbaka?"

Tess trodde att han skulle reagera på att hon nu ställde frågorna som hon ville ha svar på, men han bara log sitt vänliga leende. "Jag ska berätta vad som har hänt. Meddelandet jag fick var från Emmas pappa. Han undrade om jag kunde komma över eftersom de behövde prata om en grej gällande Emma. Efter att jag hade släppt av dig ringde jag och sa att jag var på väg. Dom bor på Grekön som ligger i skärgården. Jag åkte dit och där berättade de att polisen hade varit där och att de trodde att de hade hittat spår av Emma, några tillhörigheter som de ville ha hjälp att identifiera. Emmas föräldrar ville att jag skulle följa med eftersom jag kände henne bäst och de trodde att jag skulle ha bättre kunskap om henne för att hjälpa till. Fynden hade hittats på olika platser och förvarades i olika städer så vi fick åka runt till flera olika städer för att titta på alla bevis som de ville att vi skulle identifiera. Vi kom hem sent igår kväll. Agnes följde med som stöd. Hon ska nog vara tillbaka på jobbet imorgon."

Tess kände sig dum att hon hade frågat på det sättet. Hon hade inte förväntat sig att det skulle kunnat vara något kopplat till Emma som skulle vara anledningen till att han var tvungen att ge sig av så hastigt men nu förstod hon. Hon väntade på att han skulle fortsätta berätta men det gjorde han inte, utan han satt och tittade ut över Kargvik genom framrutan.

"Tillhörde något av föremålen Emma?"

"Nej. Det är inte första gången vi blivit kallade för att identifiera föremål eller så. Det värsta var nog sex månader efter försvinnandet när de hade hittat en kropp som de ville att vi skulle identifiera. Men det visade sig att det var en turist som hade drunknat och förts med strömmarna till grannstaden."

Tess tittade på honom med stora ögon. "Jag kan inte ens föreställa mig vad du har gått igenom."

"Efter de här tre åren har jag väl vant mig. Det jag inte kan förstå är hur man inte kan hitta ett enda spår av någon."

Hans ton hade nu ändrats. Han tittade frågande på Tess och fortsatte. "Inte ett enda spår! Hur är det möjligt? Hon seglade på en båt. De har inte ens hittat några vrakdelar."

Tess gav honom en medkännande blick.

"Ibland går tankarna till att hon kanske lever någonstans och att det är så att hon inte vill bli funnen helt enkelt. Men sen tänker jag, varför skulle hon göra det? Och varför har man då inte hittat båten? Den var efterlyst i alla hamnar, till och med internationellt."

Han pausade som för att säkerställa sig om att han hade fått ur sig alla sina tankar innan han avslutade med en suck.

"Nu vet du i alla fall varför jag var tvungen att sticka."

"Tack för att du berättar. Hur känner du dig?"

"Trött! Mest trött på att vänta. Jag vill ha ett avslut. Kunna gå vidare."

Tess gav honom en förstående blick.

"Tack för att jag kunde berätta för dig. Det är skönt att kunna prata med någon som inte var här när det hände. Emmas försvinnande har varit den stora nyheten i Kargvik i flera år. Där alla har sina egna teorier om vad som hände."

"Det måste vara fruktansvärt."

Patrick kollade på klockan. "Jag börjar bli hungrig, är du hungrig?"

"Ja, det är jag."

"Vi åker och köper lite mat."

"Okej."

Patrick vred om nyckeln och motorn startade. Sedan åkte de nerför berget och tillbaka till Kargvik.

"Vad vill du äta?"

"Jag vet inte vad det finns för ställen att äta på, jag brukar inte äta ute."

"Är du sugen på Pizza så vet jag ett jättebra ställe?"

"Jag gillar pizza."

Patrick log mot Tess. "Det är nära där jag bor, vi kan ta med och äta hemma hos mig."

"Det blir bra." Tess log tillbaka mot Patrick.

De köpte med sig två pizzor och tog med dem hem till Patrick. Han dukade upp framför tv:n. "Vill du se på en film? "Ja det låter trevligt."

När de hade ätit färdigt hjälptes de åt att duka av. De satte sig sedan tillbaka i soffan för att kolla färdigt på filmen. Patrick drog Tess nära intill sig, hon väntade på att han skulle kyssa henne men i stället la han bara armen runt henne och lutade sig tillbaka och tittade på filmen. Tess kände sig förvirrad, varför kysste han henne inte? Kanske var det på grund av allt som hade hänt de senaste dagarna. Hon kom på sig själv nu att hon ville att han skulle kyssa henne. Patrick kollade på klockan när filmen var slut. "Klockan är mycket. Kom! Jag skjutsar hem dig."

När Tess kom hem visste hon inte hur hon kände, hon visste inte var hon hade Patrick. Under kvällen hade han hållit henne nära samtidigt som han hade hållit sig på avstånd.

Tess var glad att se Agnes tillbaka på hotellet. De pratade inte mycket om vad som hade hänt. Tess hade bara frågat om Agnes var okej och hon hade svarat att det var bra. Resten av veckan var som vanligt för Tess, hon jobbade och var mest hemma. Flera gånger om dagarna kollade hon ifall Patrick hade hört av sig. Men inget! Hon hade börjat undra vad det var han ville egentligen.

På fredag eftermiddag hade hon fortfarande inte hört någonting. Helgen passerade och hon började undra om hon hade gjort något fel. Hon saknade Patrick, hon trivdes i hans sällskap, hon gillade att vara med honom.

Hon kom in i omklädningsrummet på hotellet på måndag morgon och förstod på Maria och Agnes att det var något på gång för Maria var alldeles uppspelt och pratade på fortare än någonsin. Tess uppfattade inte riktigt vad det var hon pratade om och tiden fanns inte att fråga för då kom Maud.

Tess passade på att fråga Agnes när de hade kommit upp till våningen de skulle städa.

"Vad var det du och Maria pratade om?"

"Maria berättade att hon hade träffat Tim i helgen. Maria har varit kär i Tim sedan vi var barn."

"Patricks barndomskompis?"

"Ja precis! I alla fall sa hon att han skulle nog flytta tillbaka till Kargvik och nu är Maria helt utom sig för han var tydligen snyggare än senast hon såg honom."

"Jaha."

"Maria är jättekär i Mattias men hon kommer nog sabba det, hon skulle dumpa Mattias utan att tveka om hon trodde att Tim hade minsta intresse för henne."

"Va! Tror du det?"

"Utan tvekan! Under vår uppväxt har Tim varit killen som alla tjejer ville ha. Jag ska prata med henne i eftermiddag och se om jag kan tala henne till rätta. Det vore ett misstag att förstöra det hon har med Mattias."

Tess funderade på om det var Tims närvaro som gjorde att Patrick varit frånvarande och inte hört av sig.

"Vad tycker Patrick om att Tim är tillbaka?"

"Han är glad att han är tillbaka. Men samtidigt så plågas han lite av alla de minnen de har tillsammans."

Dagarna passerade och hon hade fortfarande inte hört något från Patrick. Nu var det fredag och hon började fundera på om hon skulle spendera ytterligare en helg i den lilla lägenheten ensam. Hon tänkte att hon då skulle passa på och ta tåget för att göra sina uttag om hon inte hade något att göra.

"Det går en film på bio ikväll! Vill du hänga med och se den?" frågade Agnes då de städade det sista rummet innan de skulle gå på lunch. Tess blev lite chockad men mest glad, glad att få ha något att göra. Agnes fortsatte. "Vi blir några stycken, Vilmer och Patrick ska med i alla fall. Och jag tror att Maria och Mattias också ska med."

"Ja gärna, det låter kul."

"Vi tänkte mötas vid tjugo i sju, bion börjar sju."

Tess gjorde sig i ordning. Hon duschade och klädde på sig och åt en lättare måltid innan hon gick mot centrum där biosalongen låg. Hon var lite nervös inför att träffa Patrick. Hon var orolig att deras vänskap hade förändrats och att han inte ville umgås med henne mer. När hon kom till biosalongen stod redan Agnes, Vilmer och Patrick och väntade utanför. Hon fick en klump i halsen när hon såg Patrick. De hade inte haft någon som helst kontakt på tio dagar nu. Hon funderade på om hon skulle vända om och gå hem och skicka ett meddelande till Agnes om att hon fått förhinder. Men just då såg hon att Agnes hade sett henne och stod och vinkade. Tess gick fram och anslöt sig till gruppen och Agnes kramade om henne. Vilmer hälsade på henne och när Patrick kom fram och kramade henne kände hon värmen från hans kropp och när han släppte taget om henne önskade hon att kramen hade varat lite längre.

"Maria och Mattias blir lite sena. De kommer sen", sa Agnes.

Patrick vände sig mot Tess. "Här! Jag köpte en biljett åt dig", sa han och log samtidigt som han räckte fram biljetten.

Tess tog emot den. "Tack! Det var snällt", sa hon samtidigt som hon log tillbaka.

De gick in och köpte popcorn och dricka som de sedan tog med sig in på salongen.

Under tiden som filmen spelades upp sneglade Tess på Patrick då och då, ibland såg hon att även han sneglade på henne. Hon tänkte att om det hade varit för några veckor sedan hade han kanske dragit henne närmare eller åtminstone hållit henne i handen. Men han satt bara där på stolen bredvid henne. Hon kom på sig själv att hon ville att han skulle vara henne närmre.

Plötsligt kände Tess att hon inte alls hade någon lust att vara kvar. Hon tänkte att om de skulle föreslå att göra något annat efter bion skulle hon skylla på huvudvärk och gå hem. När salongen tändes upp och eftertexterna kom upp på skärmen kollade Tess på klockan och den var nu lite efter nio på kvällen.

De kom ut på gatan i höstmörkret och Agnes och Vilmer gick bort till några som satt på en bänk lite längre bort. Tess och Patrick följde efter dem. När de närmade sig de som satt där såg Tess att det var Maria och Mattias och att de hade sällskap av en annan kille som Tess aldrig hade träffat.

"Vi kom alldeles för sent så vi blev inte insläppta", sa Maria när de hade kommit fram till dem.

Agnes kramade om henne. Killen som satt på bänken med dem fick nu syn på Tess.

"Hej. Jag tror inte att vi har träffats", sa han och ställde sig upp. Han var lång med ljusbrunt hår, han hade ett maskulint ansikte och en atletisk kropp. Tess kände sig genast blyg när han sträckte fram handen mot henne.

"Tim!" sa han när hon tog honom i handen och det kändes som en stöt for igenom hennes kropp.

"Tess!" svarade hon och kände att hon var tvungen att undvika hans blick för att inte rodna.

"Jaha, det är du som är Tess."

Tess nickade. Hon kände plötsligt hur hennes hjärta bultade hårt.

"Har ni väntat länge?" frågade Agnes.

"Nej vi gick en liten promenad. Vi tänkte att ni kanske ville följa med och äta någonstans."

"Ja absolut!" svarade Agnes.

"Jag tror att jag ska gå hem, jag har huvudvärk", sa Tess och kunde känna alla de andras frågande blickar på henne.

"Ska du inte följa med?" frågade Maria.

"Nej. Jag vill nog hem, jag behöver nog sova bort det."

"Vad tråkigt, du får krya på dig."

"Vill du att jag skjutsar hem dig?" frågade Patrick

"Nej, men stanna du. Jag kan gå."

"Inte ska du behöva gå hem i mörkret helt själv. Jag kör dig."

Tess undrade vad han egentligen höll på med. Han hade inte hört av sig till henne på över en vecka och nu propsade han på att få köra hem henne.

"Det är ingen fara jag går gärna."

"Låt mig åtminstone följa dig då."

60

Paniken växte inom Tess. Han fick absolut inte följa henne för då skulle hon bli tvungen att visa honom var hon bodde på riktigt. Tess tänkte snabbt.

"Ja, men då kanske du kan skjutsa hem mig, jag är ganska trött."

"Okej."

Och där kom det där leendet igen.

"Ska du möta upp oss sen?" sa Agnes till Patrick.

"Jag tror att åker hem, jag är ganska trött."

De kramades hejdå innan Patrick visade vägen till bilen. De satt mest tysta i bilen och turades om att snegla på varandra emellanåt. Patrick stannade bilen på samma ställe som han hade gjort flera gånger tidigare. De sa hejdå till varandra och Tess klev ur bilen. Hon stod på trottoarkanten och väntade på att han skulle köra i väg. Men i stället satt han i bilen och tittade på henne. Plötsligt öppnade han bildörren och klev ur, gick fram till henne och la armarna om henne och drog henne tätt intill honom och kysste henne mjukt. Sedan släppte han taget om henne och gick och satte sig i bilen igen. Tess stod kvar på trottoaren och tittade på medan han körde i väg. Nu ännu mera förvirrad än tidigare.

Nästa morgon ringde väckarklockan tidigt. Tess gjorde sig i ordning för att åka med tåget till huvudstaden för att ta ut pengar. Den här gången gick hon till tre olika bankomater och tog ut fem tusen kronor på dem vardera. Sedan köpte hon med sig något att äta på tåget tillbaka hem till Kargvik. Hela dagen väntade hon på att Patrick skulle höra av sig. När klockan var tio på kvällen förstod hon att han inte skulle göra det. Hon somnade nästan direkt när hon hade lagt sig i sängen.

Morgonen därpå vaknade hon tidigt av sig självt, hon hade inte ställt väckarklockan kvällen innan. Efter frukosten tog hon ner inköpslistan hon hade på kylskåpet och tog med sig en stor ryggsäck.

När hon stod vid brödhyllan fick hon plötsligt en känsla av att hon var iakttagen. Hon försökte skaka av sig den. Sedan kände hon den igen när hon stod vid fruktavdelningen. Pulsen ökade och hon började bli rädd. Hon bestämde sig för att bara handla det mest nödvändiga så att hon kunde skynda sig därifrån. När hon stod vid mejerihyllan såg hon i ögonvrån någon som närmade sig henne och klumpen i magen blev större och hennes ben började darra. Nu hade han hittat henne!

Hon tog ett andetag och slöt ögonen för att sedan vända på sig och stirra sitt förflutna i ögonen. Men när hon hade vänt sig om blev hon chockad av att se att det inte var den hon hade förväntat sig, framför henne stod nu Tim.

"Hej! Tess eller hur? Jag trodde att det var du."

Nu kände Tess en massa andra känslor i kroppen än innan, klumpen i magen hade ändrat karaktär. Hon kände sig mer varm än kallsvettig. Hennes kinder kändes som om de brann. Hon bara stod där framför honom och fick inte fram ett ord.

"Jag ville bara säga hej. Ha en fin dag!" sa han och gick i väg.

Tess höll andan fram tills han hade försvunnit ur hennes synfält.

Tess återupplevde mötet med Tim flera gånger under tiden hon promenerade hem. Varje gång blev hon alldeles varm om kinderna. Hon bytte snabbt om när hon hade packat upp varorna och gav sig ut i löpspåret. Hon kände sig utvilad och kunde pusha sig själv lite extra på den här rundan. När hon kom hem gjorde hon som vanligt och förberedde matlådorna inför veckan. Hon kollade upprepade gånger på telefonen för att se om Patrick hade hört av sig. Och frågade sig själv vad det var han ville med henne egentligen?

Det var mitt i veckan som när Tess kom till hotellet hörde att Maria var uppspelt över något igen. Maria gick fram till Tess och tog tag i hennes händer.

"Har du hört?"

"Hört vaddå?"

"Tim har fått jobb på hotellet! Han ska jobba tillsammans med vaktmästarna!"

62

Det kändes som om Tess hjärtat hoppade över ett slag och att kinderna brann. Hon hoppades att det inte syntes utanpå. Tess blev alldeles stum.

Maria fortsatte. "Han börjar antingen nästa vecka eller veckan därpå." Hon avslutade med ett litet tjut.

Agnes berättade att hon och Vilmer hade bokat om deras spa helg till ett senare tillfälle, det kändes inte bra att åka nu. Så de skulle istället gå på Bills halloweenfest hemma hos honom på lördag. Det var tydligen årets största fest.

"Du borde hänga med!" sa hon till Tess.

"Jag vet inte, jag är inte bjuden. Det känns konstigt då att gå på fest hos någon man inte träffat."

"ALLA! Är välkomna på Bills halloweenfest bara man kommer utklädd."

"Jag har ingen utklädnad."

"Det är inga problem, jag och Maria ska gå som sexiga vampyrer. Maria har massor med kläder. Du kan låna något av henne. Kom igen, det blir kul!" Efter hon sa det kom ett vänligt leende som påminde Tess om Patrick. Tess kunde inte annat än att le tillbaka.

"Okej, Det kan jag väl göra då?"

Agnes gav ifrån sig ett liknande tjut som Maria hade gjort tidigare. "Vi ska mötas hos Maria innan och göra oss i ordning."

Tess skulle precis gå över gatan från hotellet när hon såg Patricks bil stå en bit längre fram. Hon undrade om han var där för att hämta Agnes. Sen mindes hon att Agnes hade gått innan henne. Hon gick fram till bilen och fönstret på passagerarsidan åkte ner när hon kom fram.

"Väntar du på Agnes?"

"Nej, jag väntar på dig."

Tess kunde inte hjälpa att le tillbaka när hon såg hans vänliga leende.

"Hoppa in!"

Tess lydde, hon visste inte varför men hon gjorde det.

"Vart ska vi?" frågade hon när de började köra i väg.

"Det är en överraskning!"

Tess var inte orolig, hon litade på Patrick. Men när de hade passerat stadsgränsen och var på väg ut ur Kargvik tittade hon frågande på Patrick.

"Vi ska bara åka en sväng till grannstaden, de har de godaste hamburgarna där. De är väl värda resan."

Efter fyrtio minuter var de framme. Patrick stannade bilen utanför ett litet gatukök.

"Här?" frågade Tess och pekade på det lite nedgångna gatuköket med en frågande blick.

"Ja! Lita på mig!"

De klev ur och Patrick gick fram och beställde åt dem båda. Han räckte sedan över en hamburgare till Tess. Han såg på medan hon tog första tuggan.

"God! Eller hur?"

Tess nickade samtidigt som hon tuggade och mumlade: "Mmm. God!

"Vill du följa med hem till mig?" frågade han när de hade satt sig i bilen igen.

Tess nickade.

Tess hade precis hängt av sig sin jacka och tagit av sig skorna i Patricks hall när han plötsligt tog tag om henne och kysste henne och hon kysste honom tillbaka. Tess hann knappt tänka innan han förde henne till sovrummet. Där tog han av henne tröjan och sedan la han henne i sängen med sig själv ovanpå henne. Hans hand smekte över hennes överkropp. Han pausade kyssen och deras blickar möttes. Hon väntade på att han skulle fortsätta men i stället la han sig bredvid henne. Där låg hon mer förvirrad än någonsin. När hon sneglade på honom blundade han. Hade han somnat? Varför slutade han? Där låg de alldeles stilla. Tess låg på rygg och tittade i taket medan Patrick låg på sidan tätt intill henne med ena armen om henne. Efter några minuter reste han sig upp och satte sig i sängen.

"Vill du ha lite vatten?" frågade han.

Tess tänkte att hon inte alls ville ha något jävla vatten hon ville ha en förklaring, varför höll han på som han gjorde? Men hon svarade. "Ja, tack!" som om det inte rörde henne i ryggen.

Patrick gick in i köket och kom tillbaka med två glas vatten. Han kollade på klockan.

"Det är sent. Jag ska upp tidigt och jobba. Jag kör hem dig." Tess ställde ner vattenglaset på nattduksbordet innan hon reste sig upp och tog på sig tröjan som hade hamnat på golvet i stundens hetta. Sedan fortsatte hon till hallen och tog på sig ytterkläderna.

Tess var på väg att kliva ur bilen när Patrick tog tag i henne och drog tillbaka henne in i bilen, han la ena handen bakom hennes nacke och förde hennes läppar mot hans och kysste henne. Hans läppar var mjuka och Tess kunde inte annat än att kyssa honom tillbaka. Återigen gjorde hans handlande henne förvirrad. Han slutade kyssa henne och deras blickar möttes. Sedan pussade han henne kort på munnen som för att säga att kyssen var slut och släppte taget om henne och startade bilen som för att säga att det nu var dags för henne att gå. De sa hejdå och Tess klev ur bilen.

Tess hade svårt att sova den natten, hon låg vaken en lång stund och tänkte på Patrick. När hon till slut somnade drömde hon att Patrick kysste henne med sin nakna kropp emot hennes. Hon blundade och när hon öppnade ögonen för att se på honom var det mörkt i rummet så hon hade svårt att se hans ansikte. När ögonen äntligen hade börjat vänja sig vid mörkret mötte hon hans blick. Den var inte varm och vänlig som den alltid hade varit tidigare utan nu var den mörk och kall. Nu såg hon att det inte var Patrick utan det var HAN! Hon vaknade med ett ryck.

Tess tände lampan bredvid sängen så fort hon kunde för att sedan tända alla de andra lamporna i hela lägenheten. Rädslan tog över nu. Det var mitt i natten och Tess tänkte inte somna om ifall hon skulle fortsätta på samma dröm. Istället satte hon sig i soffan och kollade på tv. Några timmar senare när det blev morgon var hon trött. Men hon fortsatte med sin vanliga förmiddagsrutin innan hon gick i väg till hotellet. Hon var mer tystlåten än vanligt när hon och Agnes städade rummen. Agnes påminde henne om Halloweenfesten hon hade gått med på att följa med till. Tess var inte alls sugen att gå på fest längre. Hon var alldeles utmattad av att gå omkring med alla frågor om Patricks beteende utan att ha någon att ventilera sig med. Hon kände inte för att prata med Agnes om det. Samtidigt som Agnes var den som kände honom bäst stod hon Patrick för nära. Som vanligt hörde inte Patrick av sig på hela dagen och inte dagen efter heller.

Tess mötte upp Agnes och Maria utanför Supermarket tidigt på lördag eftermiddag. De skulle handla inför förfesten hemma hos Maria. Maria bodde på första våningen i ett lägenhetshus med gångavstånd till färjelägret. Tess hade fått reda på att Bills fest var på Grekön, en utav de större öarna i skärgården. När de kom hem till Maria började hon med att blanda drinkar.

"Kom igen Tjejer! Ikväll ska vi ha roligt", sa hon samtidigt som hon räckte fram varsin drink till Tess och Agnes.

Tess försökte välja klänning ur Marias enorma garderob.

"Hur går det med Patrick då?" frågade Maria Tess.

De båda vände sig hastigt om när de hörde Agnes sätta drinken i halsen som hon smuttade på.

"Maria!" sa hon med en allvarlig ton.

"Vaddå? Du undrar ju också."

Maria vände sig tillbaka mot Tess och inväntade svar.

"Hur det går? Vi är bara kompisar." Tess vände sig mot Agnes.

"Vad har Patrick sagt?"

"Han säger ingenting. Vi pratar knappt längre."

"Vi har ju alla sett hur han tittar på dig. Menar du att ni inte har gjort något?" sa Maria och inväntade svar igen från Tess.

"Nej! Vi har inte gjort något. Vi är bara kompisar."

Men helt ärligt visste inte Tess vad de var.

"Säg vad du vill, men jag tror inte på dig."

"Maria nu är det bra! Vi ska ha roligt, låt Tess vara", sa Agnes och såg att Tess var tacksam över att hon hade fått stopp på Maria. Maria bytte snabbt samtalsämne. "Har du hittat något?" frågade hon samtidigt som hon ställde sig intill Tess framför garderoben som hade minst femtio klänningar. "Jag vet inte." Maria kollade på henne från topp till tå. "Jag vet!" Hon tog fram en kort svart klänning med ärmar i spets. "Den här! Och ett par fiskenätsstrumpbyxor till." De tittade på Agnes och hon höll med Maria. "Det blir Perfekt!" sa hon.

De sminkade sig som vampyrer och satte i huggtänderna innan de gav sig ut till färjan. Det var redan mörkt ute och det var fler som skulle med färjan ut till Grekön. Tess förstod att majoriteten av dem som väntade på färjan skulle gå på Bills fest eftersom de också var utklädda. Maria och Agnes kände många utav dem och de presenterade Tess för några av dem. Oron smög sig på henne, det skulle bli svårt att inte tappa bort Maria och Agnes om det skulle vara så många gäster på festen och att de alla dessutom skulle vara utklädda. Hon insåg också att hon skulle behöva förlita sig på Maria och Agnes för att hon skulle kunna ta sig hem.

När färjan kom gick den stora folkmassan ombord. Det tog tjugo minuter innan färjan kom fram till Grekön och de var bland de sista att gå av. De följde efter folkmassan som gick på en väg längs med vattnet. Musiken blev allt högre allteftersom de kom närmare. Till slut kom de fram till en enorm vit villa som var omgiven av människor klädda i olika dräkter. Maria och Agnes tog med Tess till en bar som var uppställd ute i trädgården. Där beställde de varsin drink innan de tre gick in i huset. Musiken var högre där inne och blev ännu högre när de gick ner för trapporna till garaget. Tess kom ner i det enorma garaget som hade plats för minst trettio bilar.

"Bills pappa är delägare i ett oljebolag, hans bilsamling brukar stå här. Men en gång om året får Bill lov att förvandla garaget till en nattklubb", sa Agnes.

De tog med sig Tess ut på dansgolvet. Det dröjde inte länge innan Vilmer hittade dem. Då slog det Tess att Patrick kanske också var på festen. Hon stannade kvar med Maria och Agnes, och följde med dem under alla turer som de lämnade dansgolvet för att gå till baren eller toaletten. Vilmer växlade med att vara med dem på dansgolvet och mingla bland de andra partygästerna.

De hade dansat till den medryckande musiken som Dj:n på den upphöjda plattformen spelade utan att de hade träffat Patrick. Tess fick hejda sig själv från att fråga Vilmer varje gång han dök upp om han hade sett Patrick.

När de tre tjejerna hade tröttnat på att dansa gick de ut till baren i trädgården för att hämta luft och hämta något mer att dricka. Tess stod i kön till baren och när hon vände sig om var Agnes och Maria plötsligt borta. Nu befann hon sig ensam bland hundratals främlingar utklädda i otäcka halloweenkostymer.

Hon tittade snabbt omkring sig och paniken började växa, hon tänkte att hon måste hitta dem med en gång annars skulle hon aldrig hitta dem. De var inte vid baren så hon började gå mot huset, hon tänkte att de kanske hade gått tillbaka ner till dansgolvet. På vägen dit mötte hon ett ansikte hon kände igen. Det var John. Han var utklädd till pirat.

"Har du sett Maria och Agnes?" frågade hon honom. Han skakade på huvudet så hon fortsatte att gå mot huset.

Då ropade han. "Vänta! Jag tror att jag såg dem gå däråt", och pekade mot sidan av huset, "Jag kan följa med dig och leta."

"Vad snällt."

John ledde Tess till baksidan av huset. När hon insåg att de var ensamma där försökte hon gå tillbaka, men John hindrade henne. Han tryckte henne mot väggen och försökte kyssa henne. Han var mycket större och starkare än henne, Tess försökte ta sig undan men det gick inte. Hans hand kom in under klänningen. Hon försökte stoppa honom från att stoppa ner sin hand innanför hennes trosor när någon plötslig kom och rykte bort honom från henne. Han var utklädd och det var mörkt så hon såg inte vem det var. Men när han tog tag i hennes hand för att föra henne tillbaka till tryggheten kände hon hur en stöt for igenom hennes kropp. Det var inte förrän han hade fört henne tillbaka till festen som hon såg att det var Tim. Han var utklädd till Zombie i polisuniform. Trots att han var sminkad till en zombie så kände Tess hur hennes hjärta bultade hårt och hennes händer började svettas.

"Är du okej?" frågade han henne och deras blickar möttes.

"Ja!" svarade hon och kände hur kinderna brann.

"Vem är du här med?"

"Maria och Agnes."

"Jag hjälper dig leta efter dem."

Han tog tag i hennes hand och hon kände hur hjärtat hoppade över ett slag. Han tittade på henne och deras blickar möttes igen. Hennes hjärta hoppade ännu att slag.

"Är du säker på att du är okej?" frågade han igen.

Tess fick inte fram några ord så hon nickade till svars. Med hennes hand i Tims hand följde hon med honom medan de letade efter Agnes och Maria. Hon hoppades på att han inte skulle lägga märke till hur svettig hennes hand var. De letade på framsidan av huset men de var inte där så de gick ner till dansgolvet i garaget. Tim släppte inte hennes hand en enda gång. Tess kände en lättnad när hon såg Maria och Agnes där de hade stått tillsammans och dansat tidigare under kvällen. Tim höll fortfarande Tess i handen medan han gick fram till Agnes och sa något i hennes öra. Agnes kom fram och kramade Tess. Då släppte Tim hennes hand.

"Är du Okej?" frågade hon.

"Ja!"

"Var det John?"

Tess nickade.

"Vi går och letar efter killarna."

"Killarna?" frågade Tess.

"Jag tror att Vilmer, Mattias och Patrick är däruppe och spelar biljard. Vi går upp och letar."

Patrick! Var Patrick där? När de började gå la Tess märke till att Tim inte var kvar. Det slog henne att han hade försvunnit så fort han hade släppt hennes hand.

De gick upp en våning där killarna var och hittade dem vid biljardbordet. Agnes gick fram till Patrick och sa någonting i hans öra. Han tittade på Tess. Sedan gick han fram till henne.

"Är du okej?" frågade han.

Tess nickade och han kramade om henne hårt.

"Var det John?"

Tess nickade igen.

"Vill du polisanmäla?"

Tess skakade på huvudet. "Det är okej, det behövs inte. Jag mår bra. Han var nog bara full."

Det sista Tess ville var att blanda in polisen.

"Vill du åka hem?"

"Nej. Jag tror inte det."

"Om du ångrar dig är det bara att säga till så skjutsar jag hem dig", sa han och tittade Tess i ögonen med en varm blick.

Tess ville hellre att han skulle skjutsa henne hem till sig så att de kunde fortsätta där han hade slutat. Men om han inte skulle göra det kunde hon lika gärna vara kvar.

"Jag vill ha en drink. Vem vill följa med mig till baren?" sa hon och tittade på Agnes och Maria.

"Jag följer med!" sa Maria och följde med henne.

De andra i sällskapet följde efter några steg bakom dem. När de hade fått sina drinkar fortsatte de ner till dansgolvet igen. Tess var en bra dansare, hon hade hållit igen tidigare och nu kände hon att hon ville dansa loss lite mer. Hennes danssteg var nu något mer förföriska. Hon ville att Patrick skulle lägga märke till dem. Hon såg att han såg henne men hon fick inte den uppmärksamheten hon ville ha.

"Jag behöver en drink!" sa hon till Maria.

Maria nickade och följde efter. Tess såg hur Patrick tittade ogillande när hon lämnade dansgolvet med Maria. Tess och Maria kom tillbaka med var sin drink och Tess försökte återigen få hans uppmärksamhet. När de hade dansat några låtar gick Patrick fram till Tess och tog tag om hennes handled och ledde ut henne ur huset.

"Patrik! Vad gör du?"

Han fortsatte att leda henne till sidan av huset där det var bara ett fåtal personer så att han kunde prata ostört med henne.

"Vad gör DU?" frågade han tillbaka.

"Vad menar du? Jag är på fest! Jag dansar och har roligt!"

"Kommer du ihåg vad som hände hos John när du hade druckit för mycket? Och på tal om John så blir du ett lättare byte desto mer du har druckit."

"Jag har inte druckit för mycket Patrick. Jag har bara roligt. Får inte jag ha roligt?", sa hon med en mjuk röst.

Han tog ett steg mot henne, nu stod han så nära att hon trodde att han skulle kyssa henne, hon ville att han skulle kyssa henne.

Istället öppnade han munnen och sa: "Det är klart du får, jag vill bara inte att du ska råka illa ut."

Han la sin panna mot hennes och andades ut. "Kom! Vi går in igen", sa han och började gå tillbaka till de andra. Tess var återigen förvirrad över vad det var han egentligen ville, men följde med honom. När de kom tillbaka gav Maria Tess några frågande blickar. Tess förstod vad hon försökte säga men skakade på huvudet och Maria förstod.

"Vi pratade om att ta nästa färja, den åker om trettio minuter", sa Vilmer.

Patrick nickade som om han stämde in om att det var en bra idé.

När de var tillbaka på fastlandet sa Maria och Mattias hejdå till de resterande och gick hem till Maria.

"Jag ska skjutsa hem Agnes och Vilmer. Jag kan släppa av dig på vägen", sa Patrick.

"Ja tack!" svarade Tess. Det var alldeles för sent och långt för henne att gå hem själv. Och hon visste att ingen i det sällskapet hade tillåtit henne att göra det ända.

Tess huvud bultade när hon vaknade. Hon ångrade nu att hon inte hade handlat dagen innan. Hon tog sig till affären och handlade det hon skulle ha ändå. Löprundan var extra tung, så tung att hon ångrade den också. Klockan var bara åtta på kvällen när hon gick och la sig.

Agnes frågade hur det var med henne när hon klev in i omklädningsrummet på hotellet på måndag morgonen.

"Det är bra."

"Det verkade lite spänt mellan dig och Patrick i bilen på vägen hem."

"Nejdå! Allt är som vanligt." Med det menade hon att han som vanligt gjorde henne förvirrad.

Tess höll sig till rutinerna under veckan och brydde sig inte om att titta på telefonen hela tiden för att se om Patrick hade hört av sig. Det var inget hon ville slösa energi på. På helgen höll hon sig också till de sedvanliga rutinerna och hon passade på att städa och tvätta. På söndagen hann hon även med att ta en fika med Maggie samtidigt som hon lämnade över hyran för november.

November

Tess klev in på hotellet på måndag morgon fylld med ny energi. Hon hade jobbat hårt under veckan som varit med att inte tänka på Patrick.

Tess och Agnes hade städat hälften av rummen på tredje våningen när de åkte servicehissen ner till personalrummet för att äta lunch. Tess behövde gå på toaletten innan hon skulle värma sin mat så hon gick in i omklädningsrummet. När hon kom ut igen gick hon rakt in i Tim som kom gående i korridoren och han hann precis fånga upp henne.

"Förlåt!" sa hon lite skakigt. Hon hade glömt att han skulle börja jobba där.

"Hej!"

Hans leende gjorde att Tess hjärta hoppade över ett slag. Hennes hjärta bultade sedan så hårt att hon nästan trodde att han skulle kunna höra den.

"Ska du också äta lunch nu?" frågade han.

Tess fick inte fram några ord så hon nickade till svars.

De gick in tillsammans och Tess kände sig lite darrig på benen när hon kände hur gott han luktade. Det fanns bara två platser lediga vid bordet mitt emot varandra. Som tur var slapp hon prata med honom då Maria skötte den biten. Då och då tittade Tim på Tess, pirret gick som en stöt genom kroppen och landade i magen varje gång

73

deras blickar möttes. Tess kände sig obekväm genom hela måltiden och hade svårt att få ner maten under hela tiden som han satt mittemot henne. När Tim hade ätit klart reste han sig upp och lämnade bordet. Tess såg i ögonvrån när han lämnade rummet och kom på sig själv att hon hade knappt andats under hela tiden han suttit där. Hon andades ut i lättnad över att han hade gått samtidigt som hon undrade vad hon höll på med.

Resten av arbetspasset ägnade hon sig åt att städa färdigt rummen på tredje våningen tillsammans med Agnes och de avslutade sedan arbetspasset med att ta hand om tvätten.

Nervositeten spred sig i kroppen mer och mer när Tess närmade sig hotellet dagen därpå. Hon hoppades på att inte träffa Tim den här dagen, hon tyckte inte om hur han fick henne att känna sig i hans närvaro. Hon gick snabbt in i omklädningsrummet och bytte om. När hon kom ut gick hon rakt in i Tim på precis samma sätt som hon hade gjort dagen innan och han fångade upp henne igen. Tess var oförberedd och höll andan.

"Vi får sluta mötas så här", sa han skämtsamt och deras blickar möttes i en kort sekund innan Tess riktade ner blicken i golvet. Men det var för sent, pirret gick som en stöt genom kroppen. Han släppte henne och väntade på att hon skulle lyfta blicken och titta på honom igen. Hon var tvungen, hon kunde inte motstå. Hans leende fick hennes hjärta att hoppa över ett slag.

"Ha en fin dag!" sa han innan han var borta.

Kvar stod Tess yr och knäsvag. Hon lutade sig mot väggen som stöd och andades ut. Då kom Agnes och Maria runt hörnet.

"Hur är det Tess?" frågade Agnes.

"Det är bra", sa hon och tog ett djupt andetag för att samla sig.

Paniken växte inom Tess senare på dagen då hon närmade sig lunchrummet. Hon andades ut i lättnad när hon såg att Tim inte var i lunchrummet. Hon skyndade sig snabbt med att sätta sig mittemot Agnes och bredvid Maria ifall han skulle komma in.

På något sätt kände hon sig ändå besviken när lunchen var slut och hon inte hade sett honom. Under promenaden hem tänkte hon på mötet med Tim och alla andra gånger hon stött på honom. Impulserna i kroppen gick inte att kontrollera runt honom. Hon visste inte hur hon skulle bete sig i hans närhet. Han fick henne att känna sig som en störtförälskad tonåring. Besvikelsen höll i sig nästa dag då hon inte såg Tim alls. Hon ville inte att det skulle bli helg utan att träffat honom. Undran över var han tagit vägen var stor men var inget hon kunde fråga vare sig Agnes eller Maria. Agnes och Maria hade med sig resväskorna när de lämnade hotellet. Det var den här helgen som Agnes och Vilmer skulle åka på spa men nu skulle Maria och Mattias också åka med dem. De väntade utanför på att bli hämtade och Tess vinkade hejdå till dem innan hon korsade gatan och promenerade hem. Hon visste att hon skulle få en helg hemma då alla andra var upptagna med sitt. Hon kunde inte låta bli att tänka på Tim på vägen hem. Hur snygg och maskulin hon tyckte att han var. Bara tanken av honom fick magen att pirra. Hennes händer blev lite svettiga men hon visste att han var för henne helt ouppnåelig. Inte för att Tess var oattraktiv. Tvärtom Tess var van vid att killar tyckte att hon var attraktiv. Men Tim, han var i en helt annan liga.

Tess skulle gå och lägga sig när det plingade till i telefonen.

Snälla ring mig. /Agnes

Tess tog upp telefonen och ringde upp och Agnes svarade direkt.

"Tess jag behöver din hjälp!"

"Vad är det som har hänt?"

"Jag får inte tag i Patrick, när vi bokade om spahelgen hade jag inte koll på vilken helg det var. Jag kom på när vi kom fram att det är Emmas födelsedag idag. Jag har försökt ringa honom sedan vi kom hit. Men han svarar inte. Jag är orolig Tess!"

"Vad är det du vill att jag ska göra?"

"Jag vill att du kollar om han är hemma. Kan du göra det? Jag har ringt runt och det finns ingen annan."

Oron för Patrick hördes tydligt över telefonen. Hon gick med på att gå hem till Patrick och se om han var där. Hon tog på sig varma kläder innan hon gick ut i novemberkylan. Klockan var tio på kvällen och det tog Tess fyrtio minuter att gå till Patricks lägenhet. Under tiden försökte hon ringa honom ett par gånger men telefonen var avstängd. När hon kom fram till hans lägenhetsbyggnad la hon märke till att hans bil stod på parkeringen.

Hon gick fram till porten och knappade in den fyrsiffriga koden som Agnes hade skickat till henne. När hon gått upp i trappan och stod utanför hans dörr tog hon ett djupt andetag innan hon knackade. Ingen öppnade, hon väntade någon minut innan hon knackade igen. Hon tog upp telefonen och ringde honom igen. Telefonen var avstängd. Hon knackade en sista gång innan hon ringde Agnes. Det gick bara fram en signal innan hon svarade.

"Har du hittat honom?"

"Nej! Han är inte hemma."

"Tess vi måste hitta honom!"

"Jag såg att hans bil står kvar här."

"Var kan han vara Tess?"

Tess tänkte på alla gånger hon hade varit med Patrick.

"Jag tror jag vet var han kan vara. Jag ringer upp dig snart!" Tess småsprang ner i trappan.

När hon kom till fyren såg hon Patrick sittandes på bänken nedanför. När hon närmade sig honom tittade han upp, han måste hört hennes fotsteg på grusvägen.

"Tess?!" sa han förvånat. "Vad gör du här?"

"Du måste ringa Agnes, hon är jätteorolig."

Patrick tog upp sin telefon. "Den är död."

"Låna min", sa hon och räckte fram sin telefon till Patrick. Han tog emot den och Tess satte sig varsamt på bänken bredvid honom. Hon kunde bara höra hans sida av samtalet.

"Det är jag!"

"Jag är okej."

"Vid fyren."

"Den är död"

"Hon är här."

"Jag ringer dig imorgon."

"Ja. Jag lovar!

"Jag älskar dig."

Han räckte telefonen till Tess. "Hon vill prata med dig."

"Jag vet inte hur jag ska kunna tacka dig för att du hittade honom. Lova mig att du ser till att han kommer hem."

Tess lovade Agnes och sedan la hon på.

De satt på bänken i det tysta, Tess väntade på att Patrick skulle säga någonting men det gjorde han inte. Till slut bröt hon tystnaden.

"Vad gör du här?"

"Idag är Emmas födelsedag."

"Agnes berättade", sa Tess med ett lugn i rösten.

"Jag kände för att vara nära henne idag. Så jag kom hit. Jag hade med mig en bukett Dahlior, det var hennes favoritblomma. Jag strödde ut blommorna i havet."

"Det var fint av dig."

"Sen när jag skulle gå härifrån, kände jag att jag inte kunde. Jag ville inte gå hem så jag bara satt kvar."

"Hur känner du nu?"

"Jag vet inte."

Deras blickar möttes och hon gav honom ett leende. "Jag har lovat din syster att se till att du kommer hem."

Att höra de orden fick honom att le. Sedan ställde han sig upp. "Då är det bäst att inte göra henne besviken."

De småpratade under den femton minuter långa promenaden hem till Patrick.

"Jag ska bara gå upp och hämta nycklarna så kör jag hem dig."

"Jag lovade Agnes att se till att du kom hem, att du sen skulle ut och köra runt i halva stan var inte vad jag lovade", sa hon.

Patrick log varmt. "Och jag tänker inte låta dig gå hem själv genom halva stan mitt i natten."

De båda stod utanför porten och tittade på varandra. Sedan fortsatte Patrick.

"Då finns det bara en lösning. Du följer med mig upp."

77

"Och sen då?" frågade hon medan han knappade in siffrorna till porten och öppnade dörren. Han tog tag i hennes hand och ledde in henne i trappuppgången.

"Jag kör hem dig imorgon."

Tess följde med honom in och sedan in till sovrummet, han klädde av sig och la sig under täcket med endast kalsongerna på sig. Han sneglade lite på Tess medan hon tog av sig sin jumper, hon lät bh:n och linnet vara på, sen tog hon av sig jeansen innan hon kröp ner under täcket. När Patrick släckt lampan väntade hon på att han skulle komma närmare men i stället låg han bara där. Tess funderade på om hon skulle närma sig honom men skrotade den tanken då han kanske inte var mottaglig med tanke på vilken dag det var. Hon låg och tänkte massa tankar innan hon somnade.

Hon vaknade av att han kysste henne, han tog av henne på överkroppen och smekte hennes bröst, sedan kände hon hans blöta mjuka läppar på hennes bröstvårta. Hon blundade och njöt. Hans läppar fortsatte att kyssa henne längs magen ner till troskanten. Tess vred sig av kåthet, hon ville ha honom NU! hela hennes kropp skrek att hon ville ha honom. Han kom tillbaka upp och mötte hennes läppar och gav henne en kort kyss. Hon kände att han tittade på henne så hon öppnade ögonen för att möta hans blick. Hans blick var mörk och den var ond. Hon försökte skrika men fick inte fram något ljud med hans hand i ett stryptag runt hennes hals. Hon sprattlade och försökte ta sig loss men det gick inte. Hon kunde höra en röst ropa.

"Tess! Tess! Vakna! Vakna!"

Hon öppnade ögonen och rykte till. Hon blev rädd och försökte ta sig undan men Patrick höll kvar henne i ena armen.

"Det är jag Patrick! Du hade en mardröm."

Tess satte sig på sängkanten, skärrad.

"Kom och lägg dig igen", sa han.

Tess kände hur tårarna rann ner för kinderna. Hon ville inte att Patrick skulle se att hon grät. Hon försökte torka bort dem diskret.

"Det var bara en dröm, kom!"" Han drog henne mot sig och hon la sig ner igen, sedan strök han sin hand över hennes kind och lutade sig över henne och kysste henne. Hon kysste honom tillbaka samtidigt som tårarna rann nerför hennes kinder. Han slutade kyssa henne när han märkte att hon grät. "Det är okej", viskade han och torkade bort tårarna innan han la sig ner och höll om henne.

Tess förstod när hon vaknade att hon hade lyckats somna om och sovit några timmar för nu hade det börjat ljusna ute. Hon tittade på Patrick som sov. Hon smög ur sängen och tog på sig kläderna. Sedan smög hon ut ur lägenheten och promenerade hem. När hon kom hem bytte hon om innan hon promenerade bort till löpspåret.

Väl hemma tog hon en lång varm dusch. När hon kom ut ur duschen ringde hennes telefon. Hon tog upp den. Det var Patrick, hon ville inte prata med honom men svarade ändå.

"Hej."

"Hej! Var är du?"

"Jag är hemma."

"Varför smög du ut?"

"Jag ville inte väcka dig."

"Vill du följa med ut i kväll?"

"Följa med ut?"

"Nattklubben Daisko har varit under renovering i några månader och har öppningspremiär ikväll. Vill du följa med?"

"Nej! Jag tror inte det."

"Du är skyldig mig för att du smög ut i morse."

Tess kunde höra i hans röst att han log skämtsamt. Det fick henne att mjukna och le.

"Kan jag inte vara skyldig dig en annan gång?"

"Nej. Vi kan vara hemma hos mig innan. Det är gångavstånd ifrån mig. När ska jag hämta dig?"

Tess tvekade innan hon svarade.

"Vid åtta."

"Bra! Då ses vi då."

Tess gick och tittade i garderoben. Hon insåg ganska snabbt att hon inte hade någonting att ha på sig. Hon slängde snabbt ihop en smoothie som hon drack upp innan hon tog sig till butikerna i centrum för att leta efter något hon kunde ha på sig. Efter cirka en timme hittade hon en klänning som skulle vara perfekt och ett par svarta strumpbyxor att ha till.

Hon stod och väntade på Patrick i sin nyinköpta figurnära svarta klänning, den var kort och hade smala axelband. Hon hade sminkat sig lite mer än vanligt och håret var uppsatt i en hög tofs. Klänningen var inte så varm så hon hade tagit på sig sin långa dunjacka utanpå. Patrick log när hon satte sig i bilen.

"Hej!"

"Hej!"

"Vad fin du är."

"Tack!"

När de kom in i Patricks lägenhet gick de in till köket.

"Vill du ha något att dricka?"

"Ja tack! vad har du?"

"Jag har vin, öl, cider eller så kan jag blanda dig en drink om du vill?"

"Cider blir bra!" sa hon.

Patrick öppnade kylskåpet och räckte fram en cider till Tess och tog fram en öl till sig själv. Då slog det Tess att hon aldrig hade sett honom dricka tidigare.

"Kom vi går in här", sa han och gick mot vardagsrummet. "De andra borde vara på väg snart."

"De andra?" Tess visste att de andra inte kunde vara Maria och Agnes med sina pojkvänner eftersom de fortfarande var på spa.

"Det är bara några från det gamla laget och så. De flesta träffade du hemma hos John. Du behöver inte oroa dig, John kommer inte."

Han såg hur hon först spände sig för att sedan slappna av.

Tess såg hur han tittade på henne där de satt ensamma i soffan. Patrick hade en blick som Tess inte hade sett förut, den var varmare än vanligt. Tess såg sedan hur han ställde ner sin öl på bordet för att sedan närma sig henne. Sen tog han båda armarna om henne och drog henne nära och kysste henne passionerat. Blodet pumpade runt i hennes kropp. Hans händer rörde sig över hennes kropp och hon flämtade till i ett litet stön när han smekte hennes bröst utanpå klänningen. Han lutade henne tillbaka i soffan och kysste henne på halsen, när han sen hade fingertoppen precis ovanför klänningskanten och skulle dra ner den och blotta hennes ena bröst hörde de hur det knackade på dörren. Patrick stannade tvärt och när det knackade igen tittade han upp på Tess och log ett busigt leende. Det fick Tess att ge ifrån sig ett litet fniss. Patrick satte sig upp i soffan och gav ifrån sig ett ljud av frustration innan han gick för att öppna dörren. Under tiden satt Tess kvar i soffan och klunkade i sig det som var kvar av hennes cider.

Tre av Patricks fotbolls kompisar kom in och två utav dem hade med sig sina flickvänner. Tess hade träffat samtliga på Johns fest. Hon hälsade på dem när de kom in. Patrick hade med sig en ny cider till Tess när han kom tillbaka från köket. Innan han satte sig satte han på musik.

Det dröjde inte länge innan det knackade på dörren igen och fler av Patricks kompisar anslöt sig till festen. Det droppade in fler och fler människor allt eftersom. Tess gick runt och minglade bland dem. Då och då fick hon ögonkontakt med Patrick, han log sitt vänliga leende och hade varma ögon men passionen hon hade sett i dem tidigare under kvällen var nu borta.

Hon gick till köket för att hämta en ny cider och blev kvar där med några tjejer som pratade med varandra. Medan hon stod där kände hon hur hon plötsligt blev varm och att det pirrade till i magen. Då hejade tjejerna på någon som kom in i köket och ställde sig precis intill henne. Hon vände på huvudet och såg att det var Tim. Han stod så nära henne att hon kunde känna värmestrålningen från hans kropp och det fick hennes hjärta att slå snabbare.

Han vände sig mot Tess och sa hej. Hon fick kämpa för att få fram det enklaste av ordar.

"Hej!"

81

Tim tryckte sig mot Tess för att släppa förbi Felicia som ville lämna köket, han fick lägga sin arm om henne för att de inte skulle ramla. Nu pirrade det till i hela Tess kropp. När deras blickar möttes höll hon andan. Hans blick var djup och intensiv, attraktionen till honom var olidlig. När Tim backade undan kunde hon andas igen. Han stod kvar i köket och pratade med dem som var där. Tess fick kämpa för att inte tappa bort sig själv när han stod intill henne. Gång på gång fick hon påminna sig själv att andas. När hon inte klarade mer gick hon till badrummet. Där satt hon på toalettstolen och gjorde sina andningsövningar i ett par minuter innan hon gick ut igen. Men det var som bortblåst för den första hon träffade på när hon kom ut i hallen var Tim, deras blickar möttes och det kändes som om hennes hjärta gjorde en volt.

"Hej", sa han.

Tess hejade tillbaka och tittade snabbt ner i golvet innan hon gick till köket och hämtade en ny cider. Resten av tiden hos Patrick försökte hon undvika Tim så gott som det gick, hon kunde inte kontrollera sina kroppsimpulser i hans närhet.

Klockan närmade sig elva och de andra som var på festen började gå mot nattklubben. Tess stannade kvar för att gå med Patrick eftersom hon kände honom bäst, eller i bästa fall kanske bara de två stannade kvar och kunde fortsatta där de hade avslutat tidigare.

När i stort sett alla andra hade gått upptäckte Tess att hon var ensam kvar med Patrick och Tim. Hon kände sig väldigt obekväm och ville inte alls vara i den konstellationen. När trion hade gått ner i trappuppgången och kommit ut genom porten vände sig Patrick mot dem.

"Jag tror att jag glömde stänga balkongdörren, jag kommer strax", sa han och försvann in igen.

Kvar stod Tess och Tim. Tess kände sig obekväm och det kändes som en evighet innan Patrick kom tillbaka. Hon försökte till varje pris att inte få ögonkontakt med Tim.

När Patrick kom ut genom dörren andades hon ut av lättnad. De tre gick tillsammans de tio minuterna det tog för dem att komma fram till nattklubben Daisko.

Patrick och Tim pratade med varandra hela vägen och Tess lyssnade på dem. Efter ett tag la hon själv märke till att varje gång Tim pratade höll hon andan för att kunna höra hans djupa lena röst bättre. När de kom fram till Daisko ställde de sig i kön. Nu hade Tess helt glömt bort tidigare händelse med Patrick. Hon var för fokuserad på att hålla hennes kropp i schack så att ingen annan skulle märka hur Tim påverkade henne. Då och då fick hon och Tim ögonkontakt när de stod i kön, nu var det inte bara en djup intensiv blick han gav henne utan nu hade han börjat le mot henne när inte Patrick såg. Hon anade att Tim visste hur han fick henne att känna och retades med henne. Tio plågsamma minuter stod de i kön innan de kom in.

"Vill du ha något att dricka?" frågade Patrick henne när de var på väg mot baren.

Tess skakade på huvudet.

Tim och Patrick tog varsin öl innan de gick ut på dansgolvet. Tess som vanligtvis var en bra dansare höll nu igen. Hon ville inte göra bort sig. Tim fortsatte att le mot henne när deras blickar möttes och Patrick inte såg. Hon ansträngde sig för att inte titta åt hans håll och när hon senare tittade upp var Tim borta. Nu var det bara hon och Patrick som dansade. Nu kunde hon äntligen slappna av. De dansade en stund bara dem två innan Patrick närmade sig henne och sa i hennes öra. "Följ med till baren."

"Jag behöver gå på toaletten", sa hon.

"Vill du ha något att dricka?"

"Ja! gärna en cider."

"Möt mig vid borden där borta sen", sa han och pekade mot några bord som stod en bit ifrån baren. Hon nickade innan hon gick mot toaletterna.

Tess var på väg tillbaka till Patrick när någon plötsligt tog tag i hennes handled och drog in henne i en mörk vrå. Först blev hon rädd eftersom hon inte såg vem det var men sen hörde hon Tims varma röst i sitt öra.

"Jag har velat göra det här sen första gången jag såg dig", sa han och kupade händerna om hennes ansikte och kysste henne. Tess blev först chockad. Hans läppar var mjuka och han smakade gott, hon kunde inte motstå att kyssa honom tillbaka. Sedan kände hon alla de känslorna hon hade försökt hålla i schack röra sig igenom kroppen samtidigt. Han avslutade kyssen och sedan var han borta. Hon hade aldrig upplevt en så intensiv kyss förut, hon blev tvungen att stå kvar och samla sig innan hon letade rätt på Patrick.

Patrick satt redan vid ett bord tillsammans med några av hans kompisar som hade varit hemma hos honom tidigare under kvällen. Tess kände en lättnad över att Tim inte satt med dem, hon gick fram till bordet och gjorde dem sällskap.

När de hade druckit upp gick hela gänget ut på dansgolvet igen. Tess var hela tiden på sin vakt ifall Tim skulle dyka upp. Men det gjorde han inte. Hade han gått hem?

"Det är sent. Ska vi gå?" frågade Patrick när klockan var över två.

Under tiden de hämtade sina jackor funderade hon på hur hon skulle ta sig hem, Patrick hade alltid kört hem henne men nu hade han druckit. Hon hoppades lite på att han ville ta med henne hem.

"Vill du att jag följer dig hem?" sa han när de precis hade gått ut genom dörrarna till nattklubben. Där kom det, frågan som fick henne att förstå att han inte hade tänkt fortsätta där de hade slutat.

"Jag bor så långt åt andra hållet, det blir långt för dig att gå. Jag kan ringa en taxi istället." Hon ville inte att han skulle följa henne hem. Hon ville inte att han skulle veta exakt var hon bodde.

"Eller om du vill så får du sova hos mig."

Hade han ångrat sig nu? Nu var Tess förvirrad igen.

"Men då får du lova att du inte smyger ut igen."

Hans busiga leende fick henne att le tillbaka mot honom.

"Jag lovar."

"Bra! Vi ska bara vänta på Tim."

84

Tim? varför skulle de vänta på Tim? Det var nästan som om Patrick hade hört hennes tankar.

"Han kommer inte hem till ön så han ska sova hos mig."

Tess hjärta sjönk, samtidigt som hon blev nervös. Sista gången hon såg Tim kysste han henne. Hon kunde fortfarande nästan känna hans läppar mot hennes.

Patrick tittade på sin telefon. "Vi kan börja gå, han kommer i kapp oss."

Det dröjde inte många minuter innan Tim kom i kapp dem. När Tess såg honom blev hon alldeles varm om kinderna.

De kom upp till Patricks lägenhet och Patrick tog fram sänglinnen så att Tim kunde bädda i soffan.

"Tim du sover på soffan. Tess vill du sova i sängen?"

Tess såg att Tim tittade på henne samtidigt som Patrick frågade. Hon nickade.

"Vill du låna en t-shirt att sova i?"

"Jag tack!"

Patrick gav henne en t-shirt som hon bytte om till i badrummet. När hon kom ut sneglade hon på Tim som hade klätt av sig och höll på att bädda i soffan i enbart kalsonger. Hon kände hur hjärtat slog snabbare. Från första gången hon såg honom tyckte hon att han hade en sexig kropp, nu när han stod framför henne med sina väldefinierade muskler hade han den sexigaste kropp hon någonsin sett. Hon tog sig snabbt till sängen och la sig under täcket. Tess tittade på Patrick när han kom in i sovrummet och klädde av sig för att sedan lägga sig i sängen.

Han släckte lampan och sa. "God natt."

"God natt", sa Tess.

De hörde Tims röst från det andra rummet. "God natt!"

Tess låg vaken länge och tänkte på vilken märklig situation hon hade hamnat i. Patrick hade inte rört henne trots att han säkert hade kunnat göra det med Tim i det andra rummet.

Tess vaknade några timmar senare och var törstig, Patrick låg och sov bredvid henne. Hon smög i mörkret till köket. När hon öppnade

85

ett av skåpen fick hon en känsla av att hon var iakttagen. Hon vände på huvudet och fick syn på Tim som stod i dörröppningen. Det pirrade till i magen igen.

"Jag tar också gärna ett glas", viskade han.

Tess tog fram ett glas och räckte fram det till honom. Deras händer nuddade vid varandra när han tog emot det och Tess var tvungen att hålla andan. Hon flyttade på sig så att han kunde komma åt kranen för att fylla på sitt glas. Hela tiden försökte Tess undvika att de skulle få ögonkontakt, men det hjälpte inte så mycket för hon kunde ändå känna hur han tittade på henne med sin intensiva blick. Tess stod med ryggen mot diskbänken när han ställde ned sitt glas på bänken bredvid henne. Hon kunde känna värmestrålningen ifrån hans kropp när han närmade sig henne och det pirrade till i hela hennes kropp. Plötsligt tog han tag om hennes höfter och lyfte upp henne och satte henne på diskbänken. Sedan drog han henne nära och kysste henne. Tess gav efter och kysste honom tillbaka. Han stod mellan hennes ben och hon kunde känna hans stånd trycka mot insidan av sitt lår.

Tess blev genast kåt och hela hennes kropp skrek efter honom. Sedan tog han hennes ansikte i båda händerna och lutade sin panna mot hennes och andades ut i en viskning. "Vi kan inte göra så här."

Tess satt stum och när deras blickar möttes kysste han henne igen. Tim slutade kyssa henne och viskade. "Förlåt." Innan han gick tillbaka och la sig.

Tess satt kvar på köksbänken chockad och kåt. Hon tog några djupa andetag innan hon tog sig ner och smög tillbaka till sängen och kröp ner bredvid Patrick.

Tess vaknade av att Patrick och Tim stod i köket och pratade. Hon gick in i köket och där stod dem och dukade fram frukosten.

"Vi fixar frukost, vill du ha?" frågade Patrick när han såg henne komma in i köket.

"Ja tack!"

Tess försökte fokusera på Patrick för att inte avslöja sig. Det var svårt eftersom hon hela tiden kände Tims intensiva ögon på sig när

Patrick inte såg. Hon satte sig mittemot Patrick vid det lilla köksbordet och Tim satte sig bredvid henne. Nu var det lättare att undvika ögonkontakt men nu hade hon honom för nära. Tess satt mest tyst medan Patrick och Tim pratade. Hon hade svårt att förstå hur han kunde bete sig som om ingenting hade hänt.

"Jag tänkte gå hem nu", sa Tim när han var klar med frukosten.

Tess satt kvar vid bordet när Patrick följde med honom till dörren. Hon hörde dem prata lite men kunde inte urskilja vad de sa. Precis innan han skulle gå stack Tim in huvudet i köket.

"Hejdå! Vi ses imorgon."

Tess ryckte till och sen kom hon på vad han menade. "Ja. Just det, på hotellet. Hejdå!"

Tess kände en lättnad när hon hörde dörren stängas och att det bara var hon och Patrick kvar. Patrick började duka av och hon hjälpte till.

"Jag tror inte jag kan köra hem dig på ett tag."

"Det är ingen fara jag kan gå hem."

"Jag kan följa dig om du vill."

"Det behöver du inte. Jag kan gå själv."

Tess hoppades att han skulle låta henne gå själv. Och det gjorde han. Tess gick den fyrtio minuters långa promenaden hem till sig och tog en välbehövlig dusch när hon kom hem. Sedan tog hon fram lite pengar från lönnfacket under garderoben och stoppade ner inköpslistan i ryggsäcken innan hon gick till Supermarket.

Under veckan som kom var det omöjligt att inte stöta på Tim, varenda gång Tess var nere i källargången var han där. Hon började nästan tro att han stod där och väntade på henne. De sa inte så mycket till varandra förutom vanliga vänlighetsfraser. Men blickarna han gav henne när ingen såg på fick hela hennes kropp att minnas när hon satt på diskbänken hemma hos Patrick och hur det kändes när han kysste henne. Ibland kunde hon inte hindra sig från att rodna men tycktes lyckas dölja det för de andra.

"Maria ska ha tjejkväll på lördag. Du hänger väl med?" sa Agnes till Tess när de städade ett utav de sista rummen på torsdag eftermiddag.

"Jag vet inte. Jag tänkte mest ta det lugnt i helgen."

"Kom igen! Vi ska vara hos Maria och kolla på film. Sen kanske vi går till Daisko efteråt. Du behöver inte följa med ut, du kan vara med innan om du vill."

"Nej, jag tror att jag ska vara hemma."

"Okej men ångrar du dig så är du välkommen."

Tess tittade på telefonen som blinkade på soffbordet. Hon tog upp den och såg att hon hade fått ett meddelande av ett nummer hon inte kände igen. Hon fick en klump i magen innan hon öppnade det.

Vad snygg du var idag. /Tim.

Klumpen förvandlades nu till fjärilar i stället.

Hur fick du mitt nummer?

Jag lurade av det från Maria. Vad gör du?

Jag är hemma, gör ingenting. Vad gör du?

Jag tänker på dig.

När Tess läste de orden fladdrade det till i hela magen. Hon visste inte vad hon skulle svara på meddelandet så hon lät det vara. Nästa dag när hon träffade på Tim på hotellet kände hon sig mer nervös än vanligt. Det var meddelandena som hade påverkat henne. Hon fick också för sig att hans blick var nu intensivare än tidigare. Hur den nu kunde vara det.

Tess hade försovit sig till tåget och fick nu småspringa till stationen, hon hann precis innan dörrarna stängde sig. När hon kom till huvudstaden gick hon till tre olika bankomater och tog ut fem tusen kronor på dem vardera. Hon köpte sedan med sig något att äta till lunch på tåget tillbaka till Kargvik. Tess kom hem trött från tågresan men var ändå rastlös. Hon tog upp telefonen och ringde Agnes. Tess blev hämtad någon timme senare av Agnes och Vilmer. Vilmer släppte av de båda tjejerna hemma hos Maria. Flera utav tjejerna som hade varit hos Patrick helgen innan var nu hemma hos Maria.

Först kollade de på en riktig tjejfilm medan de drack vin och åt Tapas. Sedan spelade de sällskapspel och drack drinkar. Tess var glad att hon hade följt med för hon hade riktigt roligt. Att vara i tjejernas sällskap distraherade henne från att tänka på Tim.

"Vi ska gå till Daisko nu. Ska du hänga med?" frågade Agnes.

Tess hade inte tänkt följa med från början men ångrade sig när hon hade så roligt i tjejernas sällskap. Och kanske var det också alkoholen som hjälpte henne att fatta det beslutet.

"Ja, jag följer med."

När de kom fram var det ingen kö. De gick in och beställde i baren. Tess tog en cider. Sedan gick de nio tjejerna som hade varit hemma hos Maria till dansgolvet. Tess tyckte det var skönt att vara ute med tjejerna, nu kunde hon slappna av. Det tog inte lång tid innan det var fullt på nattklubben. Tjejerna varvade med att dansa och gå till baren. Plötsligt kände Tess sig iakttagen men inte som hon brukade känna när Tim tittade på henne. Utan det var samma känsla hon hade haft när hon var i skogen och på tåget. Paniken växte och hon kände att hon inte fick någon luft.

"Jag går bara ut och tar lite luft", sa hon till Maria.

När Tess kom ut passerade hon kön och fortsatte en bit till så att hon fick lite andrum. Hon tog några djupa andetag och kände att hon började komma tillbaka. Då hörde hon något bakom sig som fick henne att vända sig om, hon fick syn på en man längre bort som var svår att urskilja. Samtidigt som Tess tittade åt hans håll försvann han runt hörnet. Åh nej! Han hade hittat henne! Genast kände hon hur det blev svårt att andas igen och synen blev suddig. Hon behövde ta sig in igen, men kroppen var stelfrusen och hon kunde inte röra sig. Hon hoppade till när hon hörde Mattias röst.

"Hej Tess!"

Hon vände sig om och såg både Mattias och Tim gående emot henne. Tim såg med en gång att något var fel. Han skyndade fram till henne och fångade upp henne innan hon föll ner till marken.

"Hej! Hur är det med dig?"

Han fick inget svar av Tess som bara hängde i hans famn.

Mattias gick i väg för att hämta Agnes och Maria och Tess började få tillbaka lite färg och kraft och kunde stå upp lite grann med hjälp av Tim.

"Hej!" sa Tim medan han tog av sig jackan och hängde den över hennes axlar.

Hon klämde fram ett något förvirrat "Hej!"

"Hur är det?"

Tess kom ihåg vad som hade hänt och stelnade till. "Jag måste härifrån!"

"Vill du gå in igen?"

"Nej! Jag måste härifrån. Jag kan inte vara här, jag måste härifrån!"

Tim hörde allvaret i hennes röst. "Jag hjälper dig, vi hämtar din jacka först."

Tim ringde Mattias som kom ut med Tess jacka och Tim sa till honom: "Säg till Maria och Agnes att hon behövde åka hem."

Tim hjälpte henne på med jackan.

"Var bor du?"

"Nej, jag kan inte gå hem, jag kan inte förklara, men jag kan inte gå hem." Allvaret i rösten var kvar.

"Vart ska du då?"

"Jag vet inte men jag kan inte vara här."

"Vill du att jag ringer polisen?"

"Nej! Inte polisen! Jag måste bara härifrån!"

Tim misstänkte att hon blivit drogad och förstod att han inte skulle få någon adress av henne.

Tess vaknade med fruktansvärd huvudvärk. Ögonen var tunga och svåra att öppna. När hon öppnade dem såg hon att hon inte var hemma, sedan såg hon Tim. Han satt på sängkanten och tittade på henne. Hon satte sig upp och huvudet värkte ännu mer.

"Var är jag?"

"Du är hemma hos mig."

"Hos dig? Hur kom jag hit?"

"Jag hjälpte dig."

Tess tittade frågande på Tim.

"Vad är det sista du minns från igår?" frågade han.

"Jag minns att jag var på Daisko med Maria och Agnes, vi dansade. Sen minns jag inget mer."

Tim berättade om när han och Mattias hade hittat henne och att han sedan hade tagit med henne hem till sig.

"Jag tror att du blev drogad."

"Drogad?"

"Hur mår du nu?"

"Jag har ont i huvudet."

"Jag går och hämtar vatten till dig. Vill du ha något annat?"

Tess skakade på huvudet. Samtidigt önskade hon att hon inte hade gjort det. Under tiden Tim var borta såg hon sig om i rummet. Det var inte mycket till rum, det fanns en säng, en garderob, ett sängbord och en byrå som det stod en liten tv på. Fönsterna var likadana som Tess hade i sin lägenhet så hon förstod att hon befann sig i en källare. Tim kom tillbaka efter en stund med ett glas vatten.

"Här", sa han och räckte glaset till Tess.

"Tack! Var är vi någonstans?"

"I gästrummet i mina föräldrars källare, jag bor hos dem temporärt."

Tess drack upp det sista ur glaset och räckte det tillbaka till Tim.

Deras fingrar snuddade vid varandra, det gjorde att dem båda tittade upp på varandra och deras blickar möttes. Tess såg hans varma djupa blick och kände hur det pirrade till långt inne i magen. Men det varade bara i en kort sekund innan han snabbt vände bort blicken. Det hade aldrig hänt förut. Tidigare hade det alltid varit Tess som vänt bort blicken.

"Min pappa har båten så jag kan inte köra hem dig förrän senare."

Båten? Var var hon egentligen? Hon harklade sig lite. "Båten?"

"Vi är på Rågö, man kan bara ta sig härifrån med båt."

"När kommer han tillbaka?"

"Jag vet inte, någon gång i eftermiddag."

91

De satt i det tysta. Tess försökte lista ut varför han betedde sig så annorlunda, varför det kändes som om han inte ville ha henne där.

"Vad ska vi göra fram tills dess?"

Tim svarade inte. Hade han hört henne? Han satt och stirrade på händerna sen sa han efter en lång stund. "Jag vet inte."

Tess ogillade sättet som Tim betedde sig. Han var så avskärmad på något sätt och hon förstod inte varför.

"Finns det inget annat sätt?"

"Nej det finns det inte, vi har en båt till men den är trasig."

"Var finns det en toalett?"

"Det finns en här nere. Jag ska visa dig."

Tim ställde sig upp så att Tess kunde ta sig ur sängen, hennes huvud värkte och när hon ställde sig upp blev hon yr och tappade balansen. Tim som stod bredvid henne fångade upp henne. Han stod med armarna om henne och när Tess tittade upp fick de ögonkontakt. Tess kände hur känslorna rusade runt i kroppen. De stod kvar och tittade på varandra. Den vägg som Tim hade byggt upp var nu borta. Tess ville bara att han skulle kyssa henne. Intensiteten i hans blick växte och Tess väntade in kyssen.

Istället viskade han. "Jag kan inte."

Tess tittade frågande på honom.

"Oavsett hur mycket jag vill, och tro mig jag vill! så kan jag inte göra så mot Patrick."

"Patrick?"

"Jag vill inte såra Patrick."

"Men vad har Patrick med dig och mig att göra?"

"Patrick är jättekär i dig, så jag kan inte."

"Patrick! Kär? I mig?"

"Ja, du är den första han har haft känslor för sedan Emma. Jag kan inte göra så mot honom." Tess visste inte riktigt vad hon kände för Patrick men det hon visste var att hon inte ville såra honom.

"Du har kanske rätt."

Nu tittade de på varandra med besvikelse i blicken.

"Jag skulle visa dig toaletten."

Tim visade henne till en liten toalett lite längre ner i källargången. När hon kom tillbaka till rummet låg Tim i sängen och kollade på tv. Han gjorde en gest med handen för att visa att hon kunde göra honom sällskap. Han låg innerst så hon la sig ytterst. När Tess vaknade senare förstod hon att hon hade somnat. Hon vände på huvudet och såg på Tim som låg kvar bredvid henne, han hade också somnat. Tv:n var fortfarande på så hon fördrev tiden med att kolla på den tills Tim vaknade. Hon kunde känna hur han rörde sig i sängen bakom henne. Samtidigt som hon vände sig och la sig på rygg tog han armen runt henne och kysste henne, kyssen var både mjuk och intensiv på samma gång, hon kunde nästan inte andas. Han stannade upp och tittade henne i ögonen. Sedan la han sin panna mot hennes och andades ut ett tungt andetag.

"Förlåt", viskade han.

Tess låg kvar stum och visste inte vad hon skulle säga samtidigt som Tim klev över henne.

"Jag ska kolla om min pappa är tillbaka med båten", sa han och lämnade rummet.

"Jag tänkte att du kanske var hungrig", sa Tim när han kom tillbaka bärandes på en bricka med smörgåsar och en kanna Juice.

"Ja! Jättehungrig."

Tim ställde ner brickan på sängen. De satt mittemot varandra och åt av smörgåsarna som låg på brickan. Varje gång deras blickar möttes kände Tess att det fladdrade till i magen.

"Hur går det med båten?"

"Den är tillbaka, så jag kör hem dig sen."

De satt i det tysta och åt upp av det som var på brickan.

"Jag ska bara bära bort det här så sticker vi sen."

"Jag behöver bara gå på toaletten innan."

"Okej. Men vänta sedan på mig i rummet tills jag kommer tillbaka."

"Okej."

Tess behövde inte vänta länge i rummet innan Tim var tillbaka.

"Har du allt?" frågade han.

"Ja." De skulle precis gå ut när Tim plötsligt stannade och vände sig mot Tess, han tog tag om henne och kysste henne intensivt, hon kunde inte motstå att kyssa honom tillbaka. Han tog tag i hennes höfter och lyfte upp henne och tryckte henne mot väggen. Känslorna rusade runt i hennes kropp. Hon ville ha honom. Hon ville ha honom Nu! När han kysste henne på halsen gav Tess ifrån sig ett litet stön. Han släppte ner henne och fortsatte kyssa henne på munnen. Hon kände hans hand mellan sina ben utanpå jeansen. Hon höll andan av upphetsning. Hon höll på att spricka av kåthet. Hon visade tydligt att hon ville ha honom genom att dra hans kropp närmare sig trots att han inte kunde komma närmare. Plötsligt slutade han tvärt och gav ifrån sig ett vrål av frustration. Tess stod kvar förvirrad och kåt.

"Jag är ledsen", sa han och tog ett steg tillbaka. "Kom! Jag kör hem dig."

Sedan tittade han ner på sitt stånd som syntes genom hans jeans. "Vi kanske ska vänta en stund." Hans busiga leende fick Tess att le tillbaka trots att hon stod vid väggen frustrerad. Han gick och satte sig på sängkanten. Tess gjorde honom sällskap och satte sig bredvid. Tims stånd verkade inte ge med sig. Samtidigt verkade han inte generad.

"Du kanske kan prata med mig om något tråkigt så att vi kommer härifrån."

Tess ville inte att han skulle köra hem henne, hon ville vara kvar. Hon ville att Tim skulle ångra sig och ligga med henne.

"Vad får dig att tro att Patrick är kär i mig?"

Tim log ett brett busigt leende. "Tack!" sa han som för att visa Tess att hon hade förstått uppgiften. Han fortsatte. "Han har sagt det."

"Men varför har han inte sagt något till mig?"

"Jag vet inte. Jag tror att han har svårt att veta vad han vill på grund av det som hände med Emma."

"Men det var ju så längesedan."

"Det var det. Men den relationen de hade. Det går inte att beskriva, men den var väldigt speciell. Jag har nog aldrig träffat ett par så kära som dem."

"Han beter sig väldigt konstigt för att han skulle vara kär i mig."

"Du då? Hur känner du för Patrick?"

"Jag vet inte. Just nu känner jag mig mest förvirrad över lag."

"Vad är det du är förvirrad över?"

"Vad jag vill. Vad Patrick vill. Och vad du vill."

"Jag kan egentligen bara hjälpa dig med ett av de svaren."

"Vad vill du?" sa hon och höll andan medan hon väntade på hans svar.

"Jag vill ha dig."

Det kändes som om Tess hjärta gjorde en volt när hon hörde honom säga de orden.

Sen fortsatte han. "Men jag skulle aldrig kunna göra så mot Patrick. Jag önskar bara att jag hade träffat dig först."

"Men om jag inte är intresserad av Patrick?"

"Det spelar ingen roll, jag kan inte. Kom jag kör hem dig", sa han.

Tess kunde se att hans stånd nu var borta.

De gick ut genom en dörr i källaren för att komma ut i trädgården. Tess tittade upp mot den enorma strandvillan medan hon följde efter Tim. Hon följde efter Tim genom trädgården och sedan genom en liten skog innan de kom fram till ett område med massa strandvillor i olika färger och storlekar.

"Var är vi?" frågade Tess.

"På Rågö. Det är en bilfri ö. Går bara att ta sig hit med personfärja från Grekön eller båt. Men idag går det ingen färja."

Tess tittade på husen med stora nyfikna ögon. "Hur många är det som bor här?"

"Jag tror att det är ungefär sjuttio hus."

De kom fram till en brygga med flera båtar. Tim pekade på en stor motorbåt.

"Här är båten. Jag släpper av dig i Kargvik så slipper du vänta på färjan på Grekön."

"Okej", svarade hon.

Tim klev ombord och när hon tog tag i hans hand när han skulle hjälpa henne ombord kände hon återigen hur det fladdrade till i magen.

"Här ta på dig den här", sa han när han räckte henne en flytväst. Tim backade ut båten och körde den mot Kargvik. Väl framme la han till båten intill en brygga nära hamnen.

"Klarar du dig härifrån?"

Tess nickade och gav tillbaka flytvästen till Tim innan hon klev av båten upp på bryggan. Hon stod kvar på bryggan medan han vinkade och körde i väg. Hon vinkade tillbaka och tittade en stund medan han körde i väg innan hon vände sig om och promenerade hem.

När Tess vaknade på måndagsmorgonen gick hon till Supermarket istället för att hålla sig till sin vanliga rutin med att ta sin löprunda. Hon hade inte varit hemma under helgen och kylskåpet ekade tomt. Hon slängde snabbt ihop en sallad när hon kom hem, den skulle hon ta med sig som lunch.

Hon hoppades på att få se Tim när hon ställde in sin lunch i lunchrummet, men han var inte där så hon gick vidare till omklädningsrummet och tog på sig sin uniform. Under tiden kom Agnes in.

"Hej! Tess."

"Hej!"

"Vad var det som hände i lördags?"

Tess stelnade till. Vad skulle hon berätta för Agnes? Hon kunde inte berätta att hon hade varit hos Tim. "Jag kommer faktiskt inte ihåg så mycket."

"Mattias sa att han och Tim hade hittat dig utanför Daisko och att du inte mådde bra, så Tim såg till att du kom hem."

"Som sagt så minns jag inte så mycket, jag minns att Tim hjälpte mig hem. Igår sov jag nästan hela dagen."

"Hur mår du nu då?"

"Jag mår bra."

Maria kom in och ställde samma fråga som Agnes så Tess berättade samma historia för henne. Tess och Agnes var på femte våningen och städade rum fram till lunch. När de kom ut ur hissen till källargången kunde Tess höra Tims röst, det knöt sig i hennes mage. När hon rundade hörnet och kom in i rummet stod han bredvid köket och pratade med en utav de andra vaktmästarna. Tess höll nästan andan för att höra hans mjuka manliga röst bättre. Tim tittade upp när hon kom in i rummet och de fick ögonkontakt i en millisekund innan hon tittade ner i golvet, men det räckte för att det skulle kännas som om hennes hjärtat hoppade över ett slag.

"Hej!" sa han med sin lena röst och log.

"Hej!" sa hon och tvingade sig själv att möta hans blick.

Tess log tillbaka samtidigt som det kändes som hennes kinder brann. Hon hoppades att ingen annan såg det. Hon tog med sig sin lunch och satte sig bredvid Agnes och Maria. Hon hade svårt att fokusera på vad de pratade om hela tiden då Tim var i rummet. Till slut gick han och Tess kunde slappna av. På eftermiddagen fortsatte Tess och Agnes med att städa men nu var de på våning fyra och städade. Agnes kom ut ur ett av rummen och sa till Tess.

"Jag tror inte att ventilationen fungerar i det här rummet. Är det likadant i ditt?"

Tess gick längre in i rummet och kände på ventilerna. "Nej, jag tror inte att det fungerar här heller."

Agnes tog upp jobbtelefonen hon alltid hade på sig och ringde Maud för att berätta om ventilationen. "Maud sa att Tim skulle kolla på det."

Samtidigt som Tess hörde Agnes säga hans namn kände hon hur hjärtat stannade till i bråkdelen av en sekund. Sedan slog den allt snabbare.

"Skulle han komma hit?"

"Jag vet inte, det sa hon inte, men vi får städa färdigt på den här våningen ändå."

När Tess hade städat två rum till kände hon plötsligt att hon var iakttagen, hon vände sig om och där stod Tim i dörröppningen snyggare än någonsin.

"Hej!" sa han, igen med sin lena manliga röst.

"Hej!" lyckades Tess klämma fram igenom sin tunghäfta.

"Jag ska bara ta en titt på ventilationen. Den verkar inte fungera."

"Just det."

Han gick in i rummet och kände på ventilerna. Tess kunde inte låta bli att titta på hur han rörde sin kropp när han gick. Han var så sexig. Tess kände hur det pirrade i magen när hon tittade på honom.

"Den verkar inte fungera. Jag ska kolla i de andra rummen också."

När han hade gått andades Tess ut och insåg att hon bara hade andats ytligt under hela tiden Tim befann sig i rummet, hon satte sig ner en stund på sängkanten eftersom hon kände sig yr. Hon ryckte till när hon hörde Agnes röst. "Det var alla rummen på den här våningen, Tim skulle kolla de andra också. Hur är det Tess?"

"Det är bra, jag blev lite yr bara."

"Det är ingen vidare luft härinne, kom vi går till balkongen och hämtar lite luft."

Tess följde med Agnes till balkongen. De stannade där i några minuter innan de återvände för att städa färdigt de rummen de hade kvar. Det dröjde inte länge innan det började knaka i de gamla ventilationsrören följt av ett swooshande ljud. Ventilationen hade nu kommit i gång.

Tess höll på att bädda sängen när hon kände att hon inte var ensam i rummet. När hon vände sig om såg hon att Tim stod bakom henne. Hon mötte hans blick, det var en blick som sa att han ville ha henne.

"Nu verkar det fungera igen", sa han.

Tess nickade. Hon stod där framför honom och kunde inte få fram några ord. Han stod så nära att hon kunde känna värmestrålningen från hans kropp.

"Har du fått i gång det?" hörde hon Agnes säga när hon dök upp bakom Tim.

Tim vände sig om mot Agnes. "Ja nu verkar det fungera igen", sa han och lämnade rummet.

Tess sa hejdå till Maria och Agnes innan hon lämnade hotellet och när hon kom ut genom dörren såg hon att Patrick stod utanför och väntade.

"Hej!" sa han.

"Hej!"

"Hur är det?"

"Det är bra. Hur är det själv?"

"Det är bra", sa han och log sitt vänliga leende som Tess så väl kände igen och kunde inte motstå att le tillbaka.

"Jag väntar på Agnes", sa han.

"Okej. Hon kommer nog snart."

"Vill du ha skjuts?"

"Nej. Det går bra, jag kan gå."

"Säkert?" frågade han och log igen.

"Säkert!"

Det plingade till i Tess telefon så fort hon hade klivit innanför dörren.

Det var kul att se dig idag. Jag har saknat dig. Vill du hitta på något? /Patrick.

Jag kan tyvärr inte. Kanske en annan dag. / Tess.

Tess hade tröttnat på hans spel. Att de bara skulle träffas när det passade honom.

Det var lördag morgon och Tess skyndade sig till tåget. När tåget kommit fram till huvudstaden gick hon som vanligt till tre olika bankomater och tog ut fem tusen kronor från dem vardera. Men den här gången skiljde sig från de tidigare resorna till huvudstaden. Den här gången passade hon även på att köpa en ny klänning. Agnes hade frågat henne tidigare under veckan om hon ville vara med och fira Vilmers födelsedag. Hon gick in i tre olika klädbutiker innan hon hittade en som hon tyckte om. Sedan köpte hon med sig en sallad att äta på tåget. När tåget anlände hemma i Kargvik skyndade hon sig tillbaka hem för att göra sig i ordning. Hon hade bestämt med Maria och Mattias att de skulle hämta henne. Tess var försenad så de stod redan och väntade på henne på samma plats som Patrick brukade hämta och lämna henne. Hon hoppade in i bilens baksäte och fick en liten chock. Där satt Tim naturligtvis, hon hade lyckats undvika honom större delen av veckan, bara stött på honom någon enstaka gång i lunchrummet sedan ventilationen krånglade.

"Hej!" sa han och log ett sexigt leende. Det fick Tess hjärta att slå hårdare. Och det pirrade i hela magen.

"Hej!" sa hon tillbaka. Hon satt tyst resten av bilresan hem till Vilmer. Hon lyssnade på de andra tre som pratade med varandra. När hon tittade på Tims läppar drömde hon sig tillbaka till hans passionerade kyssar. Hon kunde känna värmen sprida sig mellan hennes ben. Hon längtade efter hans läppar och längtade efter hans händer på hennes kropp. Bilen stannade och de var framme. När hon klev ur bilen kände hon igen Patricks bil som stod på parkeringen.

Hon gick förbi den och följde efter de andra som gick mot den lilla stugan där Tess varit en gång tidigare då de hade tittat på film. När hon kom in i Vilmers lilla stuga såg hon en hel del välkända ansikten som hon mött hos John såväl som Patrick. Hon tittade runt i rummet men såg inte Patrick och märkte att Tim nu också inte syntes till.

"Kom vi går till köket och hittar något att dricka", sa Maria när hon tog tag i Tess arm och drog henne mot köket. Hon öppnade kylen och räckte Tess en cider.

"Här! häng med och dansa."

"Dansa?"

"Ute på terrassen, kom jag ska visa dig."

Maria tog med Tess genom dörren intill köket som ledde dem ut till en enorm terrass. Vilmer hade riggat med musik och lampor så att det nu var ett spektakulärt dansgolv. Maria fick syn på Agnes, Vilmer och Patrick så hon drog med sig Tess till dem. Tess grattade Vilmer och hälsade på Agnes när de kom fram, sedan tittade hon på Patrick och han mimade ett "Hej" och log.

100

Tess gjorde likadant tillbaka. Hela sällskapet dansade till den medryckande musiken. Tess försökte koppla bort att Tim var där någonstans, hon hade inte sett honom sen de kom och det var nu flera timmar sedan.

Patrick närmade sig henne. "Följer du med mig och hämtar något att dricka?"

Tess nickade, för att sedan följa med honom till köket.

"Cider?" frågade han när han öppnade kylskåpet

"Ja, Tack!" Patrick räckte henne en cider och tog fram en cola till sig själv.

"Följer du med och tar lite luft?"

Tess nickade igen och följde efter Patrick ut på framsidan av stugan.

"Du hörde aldrig av dig", sa han.

"Nej, det gjorde jag inte."

"Jag har saknat dig Tess."

Tess stod och tittade på honom och funderade innan hon svarade: "Varför då?"

"Vad menar du, varför då?"

"Vad är det du har saknat hos mig?" Nu hördes en tydlig irritation i hennes röst.

"Jag har saknat ditt sällskap, jag har sagt det förut att jag mår bra av att vara med dig."

"Du visar det jävligt konstigt då!"

"Är du arg på mig?"

"Jag vet inte Patrick."

"Du verkar arg på mig, vad har jag gjort?"

"Det handlar väl kanske mer om vad du inte har gjort."

"Jaha okej, jag förstår."

De båda stod och tittade på varandra en lång stund utan att säga någonting. Tess hoppades på att hon skulle få en förklaring. Men Patrick sa ingenting.

"Jag går in och dansar igen", sa hon och lämnade kvar honom ute i mörkret. Hon hade hoppats på att han skulle stoppa henne men det gjorde han inte.

Tess hittade de andra ute på dansgolvet och anslöt sig till dem. Agnes såg att det var något med Tess så hon mimade "Är allt okej?" Tess nickade åt henne och de fortsatte att dansa.

Tess la märke till att Patrick inte hade följt efter henne in. Efter några låtar fick hon dåligt samvete så hon lämnade dansgolvet för att gå och leta efter honom. Först letade hon inne i stugan för att sedan gå ut på framsidan där hon hade lämnat honom. Hon hörde en röst bakom sig och hoppade till.

"Om du letar efter Patrick så har han åkt", sa Tim med sin lena röst.

"Har han åkt? Varför då?"

Tess kände hur varm hon blev i kroppen när Tim närmade sig henne.

"Jag pratade inte med honom, jag såg bara när han åkte."

Tess förstod att det var hon som var anledningen till att han hade åkt. Hon ångrade genast allt hon hade sagt till Patrick.

"Tror du att han kommer tillbaka?"

Tim såg på henne att det var något. "Har det hänt något?"

"Jag var arg på Patrick och sa saker som jag inte skulle ha gjort."

Tim tog ännu ett steg närmare henne och nu kunde hon känna hans värmestrålning.

"Jag förstår. Han kommer säkert över det."

Tess tittade upp och mötte hans blick, den var både varm och intensiv. Hans läppar var mjuka och fylliga, hon ville känna dem emot hennes. Hjärtat började slå snabbare.

"Var har du varit? Jag har inte sett dig."

"Jag har varit lite här och var, försökt hålla mig på avstånd från dig."

"Försöker du hålla dig borta från mig? Varför då?"

"Därför att varenda gång jag ser dig vill jag kyssa dig, och oavsett hur snygg du är i den där klänningen så vill jag bara slita av dig den."

Tess var inte beredd på det svaret, hon stod chockad och tittade på honom, samtidigt som hon längtade efter honom. Han stod bara ett steg ifrån henne, hon ville inget hellre än att han skulle ta det steget och kyssa henne. De stod och tittade på varandra i tystnad en lång stund innan Tim vände bort blicken.

"Jag tror att jag ska gå in igen innan jag gör något jag ångrar." Medan Tess såg på när han försvann genom dörren in till stugan kände hon sig ensam och ville hem. Hon tog upp telefonen och funderade på om hon skulle ringa Patrick. Men ångrade sig och gick tillbaka in i stugan istället. Hon gick till köket och tog ännu en cider innan hon letade reda på Agnes och Maria. Hon hittade dem på dansgolvet, Tess anslöt sig till dem och försökte ha roligt men hade svårt att bortse från att hon hade sårat Patrick. Hon visste att Tim var där någonstans och undvek henne samtidigt som det enda hon ville var att vara honom nära. När hennes cider var tom gick hon och hämtade en ny. Hon såg hur Tim lämnade köket när hon närmade sig. Det gjorde lite ont i Tess att han fortsatte undvika henne.

Hon tröttnade på att dansa och hittade några tjejer som hon hade träffat några gånger tidigare som stod och pratade så hon gjorde dem sällskap. När cidern var slut gick hon och ställde sig i toalettkön. Medan hon väntade i kön kände hon hur benen kändes lite vingliga och när hon kom ut från toaletten kände hon sig även lite snurrig så hon gick ut för att ta lite luft. Väl därute kände hon hur hon började tappa kontroll över kroppen. Sen hörde hon en röst.

"Hej! Tess hur är det med dig?"

Hon tittade upp och blev rädd, hon såg att det var John. Han kom emot henne och tog tag om henne. "Mår du inte bra?"

Tess skakade på huvudet. Hon tittade sig omkring men såg ingen annan. Kroppen kändes kraftlös och hon kunde inte röra sig, hon försökte ropa på hjälp men kunde inte. När hon insåg att hon var ensam med John och inte kunde försvara sig blev hon riktigt rädd.

"Kom jag ska hjälpa dig, jag kan köra hem dig."

Tess insåg vad som var på väg att hända när han började ta med henne till parkeringen. Hon försökte ta sig loss men kunde inte, hon var maktlös. Hon kände tårarna när de rann över hennes kinder innan allt blev svart.

Hon försökte öppna ögonen, men de sved och kroppen var öm.

Till slut när hon lyckades öppna ögonen såg hon ändå ingenting, det var mörkt där hon befann sig så hon kunde inte urskilja någonting. Det sista hon kom ihåg var att hon stod i toalettkön och började känna sig konstig.

Hon hade svårt att hålla sig vaken så hon somnade om.

Hon kände att han inte var långt efter henne. Det var svårare att springa genom skogen när det var mörkt och det var snårigt där hon sprang. Men det var Tess enda chans att försöka fly. Ändå kände hon hur han kom allt närmare. Hon försökte springa snabbare men det gick inte, de barfota fötterna blödde och sved. Plötsligt kände hon hur han tog tag i hennes arm. Och nu stod han framför henne ansikte mot ansikte. Hon skrek det högsta hon kunde innan han höll handen för hennes mun. Tess var livrädd och visste att det bara kunde sluta på ett sätt. Han släppte handen från hennes mun och hon kunde se det onda i hans blick, hans läppar prydde ett brett leende som talade om att han njöt av att han nu hade henne i sitt grepp.

Hon hörde en bekant röst som lät som om den var långt borta. Allteftersom den kom närmare hörde hon att det var "Tess!" som någon ropade. Hon blundade och när hon öppnade sina ögon såg hon Patrick framför sig. Han var lutad över henne.

"Tess!" hörde hon honom säga.

Hon kom upp på sina armbågar och såg sig runt och såg att hon var i Patricks sovrum. Hon tittade frågande på honom.

"Du hade en mardröm", sa han.

Tess la sig ner igen och kände en lättnad, samtidigt som hon undrade hur hon hade hamnat hemma hos Patrick.

Han räckte henne ett glas vatten som hon drack upp. Hon försökte lista ut hur hon hade hamnat där, men det enda hon mindes var att hon stod i toalettkön. Drömmen hade även etsat sig fast på hennes näthinna så det var svårt att tänka på något annat. Hon kände sig fortfarande lite svag och snurrig och var inte riktigt säker på att det hon såg var på riktigt.

"Hur mår du?" frågade Patrick.

"Jag vet inte. Hur hamnade jag här?"

"När jag kom tillbaka till Vilmers fest hittade jag dig ensam på parkeringen. Du kunde inte stå och inte prata."

Tess tittade frågande på honom.

"Jag minns inte."

"Hur mycket hade du druckit?"

"Jag hade bara druckit några cider."

"Då borde du inte däckat."

Tess skakade på huvudet och han fortsatte. "Vad är det sista du kommer ihåg?"

"Jag stod i toalettkön."

"Minns du ingenting efter det?"

"Jag minns att jag kände mig konstig när jag stod i kön."

Tess såg Patricks fundersamma min. "Vad tänker du på?" frågade hon.

"Nej, det vore omöjligt, Jag känner alla som var där."

"Vaddå?"

Han tvekade innan han svarade. "Att du blivit drogad."

Tess spärrade upp ögonen. Igen? Tänkte hon.

"Vi kanske borde ringa polisen? Eller åka med dig till sjukhuset för att få dig undersökt?"

"Nej! Inga poliser och inget sjukhus!"

Patrick tittade förvånat på henne. "Men vem vet vad som hänt dig innan jag hittade dig? Vi borde åtminstone göra ett blodprov för att veta om du blivit drogad."

"Nej det behövs inte jag mår bra!"

Patrick förstod inte rädslan han såg i hennes blick. "Är du säker?"

"Ja!"

"Men om du inte tänker åka till sjukhuset så vill jag att du stannar här ett tag så att jag kan hålla ett öga på dig."

"Okej", sa Tess och log. Det fick honom att le sitt varma vänliga leende tillbaka.

"Okej, Jag ska ta en Dusch. Vill du ha någonting under tiden?" Tess skakade på huvudet. Tess var trött och somnade om när Patrick stod i duschen. När hon vaknade igen stod han framför garderoben i bara kalsonger. Hon studerade honom när han tog fram en t-shirt. Hon tänkte för sig själv att om hon inte hade träffat Tim så hade attraktionen till Patrick varit starkare. Han måste känt att hon tittade på honom för han sa utan att vända sig om. "Du kan också duscha om du vill."

Han gav henne en t-shirt, ett par mjukisbyxor och en handduk innan hon gick in i badrummet.

Det kändes skönt när de varma vattenstrålarna rann över hennes kropp. Hon passade på att känna på sitt underliv när hon stod i duschen för någonstans i bakhuvudet tänkte hon att det ändå kanske inte var omöjligt att hon blivit våldtagen. Men allt kändes som vanligt.

När hon kom ut ur badrummet kände hon att det luktade mat. När hon stack in huvudet i köket såg hon Patrick stå framför spisen.

"Lagar du mat?"

"Sätt dig, det är snart färdigt."

Tess satte sig vid det dukade bordet i köket. Och när maten var färdig serverade han henne en tallrik med köttfärssås och spaghetti.

Efter lunchen satt de i soffan och kollade på tv. Tess var trött så hon slumrade till och när hon vaknade igen upptäckte hon att hon låg i Patricks trygga famn och att han tittade på henne.

"Är du hungrig?" frågade han.

Tess skakade på huvudet och somnade om igen. När hon vaknade en stund senare låg hon ensam i soffan, när hon tittade ut genom fönstret såg hon att det nu var mörkt ute så hon kollade på klockan och den var tjugo i åtta. "Patrick!" ropade hon, sedan såg hon lappen på bordet där det stod:

Kommer snart. Är och hämtar mat.

Patrick kom tillbaka efter en liten stund med två pizzor. De satte sig vid bordet i köket och delade på dem.

"Förlåt för det jag sa till dig igår", sa hon när han la upp en slice på hennes tallrik.

"Det är ingen fara, jag förstår."

"Det var inte meningen att du skulle åka."

Patrick log mot henne innan han svarade. "Det var inte därför jag åkte. Jag skjutsade hem Felicia, hon mådde dåligt."

"Jag trodde…"

"Jag vet vad du trodde, och jag har redan svarat dig. Jag förstår."

Vad var det han förstod? Tess förstod nu ingenting. Han måste sett på henne att hon behövde en förklaring.

"Jag har inte varit rättvis mot dig. Jag är nog inte rättvis mot mig själv heller. Samtidigt som jag tycker om att vara med dig så känns det på något sätt fel."

Han lutade sig tillbaka i stolen innan han fortsatte. "Det är svårt att förklara. Men det sista jag vill är att du ska bli arg på mig. Jag har sagt det tidigare att jag mår bra när jag är med dig."

Tess rynkade på ögonbrynen och det var som om han kunde läsa hennes tankar. Han fortsatte att förklara sig. "Jag vet att jag ger blandade signaler och att det kan gå dagar innan jag hör av mig. Men det är för att skuldkänslorna äter upp mig."

Tess tittade på honom med en förstående blick. Hon visste inte riktigt vad hon kände för Patrick. Hon tyckte om att vara med honom, men ville inte såra honom eftersom hon var mer intresserad av Tim. Å andra sidan hade Tim varit tydlig med att det inte kunde bli något mellan dem.

"Vill du sova här? Jag kan köra hem dig när jag åker till jobbet imorgon?"

De kollade en stund på tv innan de gick och la sig. Tess la sig under täcket, hon hade tagit av sig byxorna men lät t-shirten vara på. Patrick låg bredvid henne med endast kalsonger på sig under täcket.

107

Tess låg och väntade på att han skulle närma sig henne men det gjorde han inte.

"Förresten vem är Sam?" frågade han efter en stund.

Det var tur att det var mörkt i rummet så att Patrick inte kunde se hur hon frös till is och skräcken i hennes blick när han nämnde Sam.

"Sam?" sa hon frågande. "Du sa det när du drömde."

"Jag vet inte, det var ju en dröm." Hon ljög, hon visste mycket väl vem Sam var.

Tess låg vaken en lång stund innan hon somnade. Patrick somnade nästan med en gång. Hon vaknade på morgonen av att Patricks alarm ringde. Efter att han stängde av den rullade han tillbaka där han hade legat tätt bakom Tess med armen om henne. Hon kände hela hans värme mot baksidan av hennes kropp. Hon undrade hur länge de hade legat så när hon plötsligt kände hans stånd mot baksidan av sitt lår. Alarmet ringde igen och han rullade bort ifrån henne och satte sig på sängkanten.

"Klockan är sju, vi måste gå upp nu om jag ska hinna skjutsa hem dig innan jobbet."

Han gick fram till garderoben och började klä på sig. "Du kan låna hem mina kläder om du vill."

Patrick släppte av henne på samma ställe som han alltid hade gjort tidigare och hon promenerade hem.

December

När Tess gick mot hotellet på måndagen började det snöa. Det var bara två veckor kvar till jul så det var nästan förväntat. Tess och Patrick hade umgåtts mer och mer under de senaste veckorna. Samtidigt fortsatte hon att undvika Tims blick när hon var på hotellet, men det gjorde inte att hon inte kände när han tittade på henne i smyg. I mitten av veckan fick hon ett meddelande från Patrick.

Vill du ses sen?

Patrick väntade på henne utanför hotellet när hon hade slutat jobba för dagen, och körde hem henne till sig. De satt i soffan och kollade på tv. De hade hittat en serie som de båda tyckte om.

"Är du hungrig?" frågade han henne när de hade sett flera avsnitt. Hon tittade på honom och svarade. "Ja! Jättehungrig." Och de båda skrattade lite.

"Det finns en hyfsad bra Thai restaurang nära här, vi kan gå dit?"

"Det låter bra."

De klädde på sig för att gå ut i vinterkylan. De bestämde sig för att äta där så att maten inte skulle kallna på vägen tillbaka. Tess gillade att umgås med Patrick på det här sättet, hon visste att han tyckte om henne men trots det kändes det som om de bara var kompisar. Stämningen mellan dem var lättare sedan de hade pratat ut efter Vilmers fest.

På vägen tillbaka hem till Patrick lyste snön upp i vintermörkret och knastrade under deras skor.

"Vill du sova hos mig?" sa han när de nästan var framme.

"Det kan jag göra."

Nästa morgon vaknade hon av att hans alarm ringde. Han stängde av den och rullade tillbaka till henne och höll om henne. Hon kände hans stånd mot baksidan av sitt lår, hon trodde att det var som förra gången att han inte la märke till att det var så men sen rullade han över på rygg och suckade. "Förlåt!"

Hon vände på sig och la sig vänd mot honom. "Det gör ingenting", sa hon med en mjuk röst.

Det fick Patrick att le sitt varma vänliga leende tillbaka mot henne.

"Kom! Vi måste gå upp nu."

När Tess kom till hotellet stod Tim i korridoren och pratade med en utav vaktmästarna. När hon gick förbi dem och den andra vaktmästaren inte såg gav han henne en blick som fick hennes kinder att brinna.

Hon möttes av Maria och Agnes i omklädningsrummet.

"Vad gör du i helgen?" frågade Agnes.

"Jag gör ingenting!"

"Då ska du följa med till Daisko på lördag, de ska ha jul tema. Det blir roligt. Vi ska vara ett gäng tjejer hemma hos mig innan", sa Maria.

"Det låter kul, men jag tror inte det. Jag vill nog ha en lugn helg hemma." Tess var orolig för att bli drogad igen.

"Ska du vara hemma och ha tråkigt? Jag tror att killarna ska vara hemma hos Gabriel innan. Sen möter vi upp dem på Daisko senare."

De tittade på Tess fundersamma min.

"Okej då, jag följer med." Det kändes betryggande att veta att Patrick kanske skulle vara där. Och hon behövde inte dricka någonting inne på Daisko, då skulle chansen att bli drogad igen minimera.

Tess hade på sig en åtsittande tomteklänning och röda strumpbyxor under sin tjocka vinterjacka. Hon tog på sig en vanlig svart mössa och la den obligatoriska tomteluvan i väskan innan hon gick ut i snön och promenerade hem till Maria. Hemma hos Maria spelade tjejerna spel och dansade till julmusik för att komma in i den rätta stämningen innan de gick vidare till Daisko.

"Jag fick meddelande från Vilmer precis, de ska snart gå ut", sa Agnes.

Tjejerna gjorde sig i ordning och gick ut tillsammans för att gå de femton minuterna som det tog att gå från Marias lägenhet till Daisko. De kom fram och såg killarna stå en bit framför dem i kön.

Tess försökte se om hon kunde se Patrick. Men det var för mycket folk mellan dem.

Tjejerna stod i kön i närmare trettio minuter innan de blev insläppta. De gick direkt till dansgolvet för att leta reda på killarna. Agnes och Maria fick syn på sina pojkvänner som stod och dansade med resterande i grabbgänget. Tess log mot Patrick när hon såg honom och han log tillbaka. Han hade på sig röda byxor med röda hängslen, en vit t-shirt och en tomteluva. Han kom fram till Tess och sa i hennes öra. "Vad fin du är ikväll."

Tess log mot honom igen. "Tack!" svarade hon. Tess ångrade inte att hon hade följt med ut. Hennes och Patricks dynamik hade förändrats sedan de hade pratat. Hon kunde vara mera avslappnad med honom och de hade roligt i varandras sällskap. Musiken som de dansade till var varannan hitlåt och varannan jullåt. När de hade dansat en stund fick Tess en obehaglig känsla av att hon var iakttagen. Samma känsla som hon hade fått i skogen. Nu visste hon att det inte var någon substans som fick henne att känna så eftersom hon inte hade druckit något inne på Daisko. Hon såg också att Patrick tittade på henne.

"Är du okej?" mimade han.

Hon skakade på huvudet. Han närmade sig henne och tog med henne längre bort ifrån musiken. "Vad är det som har hänt?"

"Jag vet inte, jag fick en skum känsla bara."

"Det måste vara mycket mer än en skum känsla Tess. Jag ser det på dig." Patrick kunde se skräcken i Tess blick.

"Jag måste härifrån!"

"Vad är det som har hänt?"

"Jag kan inte förklara, men jag måste härifrån."

"Ska jag följa dig hem?"

Tess skakade på huvudet.

"Vill du följa med hem till mig?" frågade han och Tess nickade som svar.

"Okej", sa Patrick och log sitt varma vänliga leende. Men det gav ingen effekt på Tess, skräcken i hennes ögon syntes fortfarande. De hämtade sina ytterkläder i garderoben och började gå hem till Patrick. Det hade börjat snöa. Tess sa ingenting och inte Patrick heller, han försökte läsa av Tess för att lista ut vad som pågick. När de hade kommit en bit stannade hon till och tittade åt det hållet de kom ifrån för att försäkra sig om att de inte var förföljda. Patrick såg frågande på när hon gjorde detta. Sedan fortsatte de att gå igen. När hon stannade och tittade bakåt igen kunde Patrick inte hålla sig.

"Tess! du måste berätta för mig, vad är det som pågår?"

Tess svarade inte, istället tog hon upp pekfingret mot läppen för att visa att de skulle vara tysta. Nu såg Patrick ännu mera frågande ut. När de började gå igen tog hon snabbare steg och Patrick hängde på. Strax innan de kom hem till Patrick tittade hon sig omkring en sista gång.

När de stod i Patricks hall kunde han inte hålla sig längre. "Tess! du måste berätta vad som pågår."

"Jag kan inte, du skulle inte förstå."

"Försök Tess."

"Jag kan inte", sa hon och han kunde nu se att hennes ögon var tårfyllda. Han kramade om henne och hon gav efter och grät i hans famn.

Han hjälpte henne till sängen och bäddade ner henne.

"Gå inte", sa hon när han var på väg bort från sängen. Han log mot henne och la sig ner och höll om henne tills hon somnade.

Drömmen den natten tog henne tillbaka. Hon gömde sig bakom husknuten och hjärtat bultade så hårt att hon var säker på att det hördes flera kvarter bort. När kusten var klar, Smög hon stapplande över gatan till nästa gränd. Benet värkte och byxbenet på jeansen var täckt med blod. Hon hade inte vågat kolla hur illa det var med benet, det enda hon visste var att det gjorde fruktansvärt ont. När hon kom över gatan kände hon sig iakttagen. Hon fick panik och sprang haltandes flera kvarter i mörkret. Hennes ben värkte mer och mer för varje steg hon tog. Och när hon trodde att hon var i säkerhet hörde hon en röst som ropade. "Sara!"

Tess vaknade med ett ryck så hårt att hon även väckte Patrick som låg bredvid henne.

"Vad är det?" frågade han. När han inte fick något svar tittade han på Tess och såg samma skräck i hennes ögon som han sett tidigare under kvällen.

"Kom! Vi går och kollar på tv." Han tog med sig Tess till soffan.

"Jag går och fixar lite Te", sa han och försvann in i köket.

Han kom tillbaka med två koppar Te och satte sig bredvid Tess i soffan. Det syntes på Tess att det var något som hade skrämt upp henne ordentligt och Patrick vågade inte fråga igen vad det var. De fortsatte att kolla på serien som de gillade. Till slut somnade de båda i soffan.

När Tess vaknade var det fortfarande mörkt ute. Hon såg snöflingorna falla utanför fönstret.

Patrick låg bakom henne i soffan med armen om henne med hans hand vilande på hennes mage. Hon märkte att han var vaken när han flyttade sin hand och började smeka hennes lår. Hon hörde hur hans andning hade förändrats.

Hon slöt ögonen och njöt av hans hand på hennes kropp när han förde in handen under t-shirten som hon hade lånat av honom. Det pirrade till i magen när hans hand smekte hennes mage, hon höll andan när hon kände hans fingrar närma sig hennes bröst. Hon öppnade ögonen när hon kände att hans hand stannade strax under hennes bröst. Hon vände på huvudet för att titta på honom, då kysste han henne medan hans hand smekte över hennes bröst. Hon gav ifrån sig ett stön samtidigt som hon kysste honom. Hans hand fortsatte sedan ner över hennes kropp och stannade till mellan hennes ben. Hon gav ifrån sig ytterligare ett stön när han smekte henne utanpå trosorna. Hennes kropp gav efter, hon var kåt och ville ha honom. Han la sig över henne och hon kunde känna hans stånd trycka mot henne samtidigt som han kysste henne. Men plötsligt slutade han.

"Förlåt...", sa han och satte sig upp. Tess låg i soffan och kände sig mera förvirrad än någonsin.

"Det är okej", svarade hon trots att hon inte kände så, hennes underliv pulserade och hon var kåt. Han vände ansiktet mot henne och tittade på henne för att sedan kyssa henne igen. Hon drog honom mot sig och ville att han skulle komma närmare när han slutade abrupt och gav ifrån sig ett vrål av frustration innan han satte sig upp igen.

"Vad är det för fel på mig? Det har ju gått tre år!"

"Det är ingen fara", sa Tess med en mjuk röst och la sin hand på hans lår. När han tittade på henne log hon mot honom och han log tillbaka.

"Det börjar ljusna, jag kör hem dig", sa han.

Det hade kommit några centimeter snö under natten men var inte för mycket så att det inte gick att ta sig fram på vägarna och de stora vägarna var redan plogade.

Patrick stannade bilen där han alltid hade lämnat och hämtat Tess.

"Jag hoppas att du litar på mig så pass mycket någon dag att du känner att du kan berätta för mig var du faktiskt bor", sa han.

"Det hoppas jag med", sa hon innan hon klev ur bilen.

Tess stod över sin löprunda, dels för att det var jobbigt att springa i spåret när det hade kommit nysnö, dels för att hon hade blivit skrämd dagen innan.

"Vi behöver fler handdukar", sa Agnes när de höll på att städa på fjärde våningen.

"Jag kan gå ner och hämta dem", sa Tess. Hon åkte hissen ner till tvättstugan och hämtade en vagn med handdukar. När hon klev in i hissen och dörrarna nästan stängde sig stack en hand fram genom dem och de öppnades igen. Tess stod med vida ögon medan hon såg Tim kliva in i hissen. Dörrarna till hissen stängdes och hela hissen fylldes med hans goda doft. Där stod de med vagnen emellan dem utan att säga ett ord. Men Tims blick sa allt. Tess kunde känna en smärtsam längtan efter honom. Hissen stannade på våning tre och Tim log mot henne innan han klev ur.

"Har det hänt något?" frågade Agnes när Tess kom tillbaka med handdukarna.

"Nej! Vaddå?"

"Du rodnar."

"Det var bara varmt i hissen", svarade hon snabbt.

"Vill du följa med och fira jul hos mina föräldrar på julafton? Jag tänkte att du kanske inte ville fira jul själv."

"Tack det var snällt av dig, men jag ska faktiskt fira jul med mina hyresvärdar." Tess hade träffat Maggie och Hans för någon vecka sedan och de hade bjudit in henne.

"Okej. Men då får du i alla fall komma till Vilmer på juldagen. Vi äter tillsammans allihop och byter klappar med varandra. Och sedan brukar vi ha julklappslekar."

Dagen efter när Tess kom fram till hotellet gick hon in i lunchrummet för att lämna sin matlåda. När hon sedan skulle gå ut ur lunchrummet gick hon rakt in i Tim. När deras kroppar stötte emot varandra kände hon en stöt gå igenom hela kroppen som landade i bröstet. Där stod hon som förstelnad och stirrade på hans mjuka fylliga läppar, hon såg att han tittade på hennes. De hörde en dörr öppna sig och Tim log innan han gick därifrån.

Tess stötte på Tim en gång till på fredagen när hon höll på att städa en utav sviterna på femte våningen. Agnes var på en annan våning och städade. Det var bara två sviter som behövde städas på den femte våningen så Tess hade tagit dem själv.

Hon såg honom komma emot henne i korridoren. Tess kände hur hennes hjärta slog allt snabbare för varje steg han närmade sig henne.

"Det har visst varit problem med värmen i den här sviten", sa han med sin lena röst och pekade mot sviten som Tess precis städat. Han försvann in i sviten och Tess kunde inte se honom längre, hon stod kvar i korridoren och hörde hur han grejade med elementet medan hon ställde i ordning sakerna på vagnen. Det blev tyst igen och han dök upp i dörröppningen bakom henne.

"Nu borde det vara lagat", sa han och hon vände sig mot honom. Återigen stod de och tittade på varandra utan att säga någonting. Hon såg att han tittade på hennes läppar. Vilket förde hennes blick till hans fylliga mjuka läppar. Han tog tag i hennes hand och drog in henne i sviten som han hade precis kommit ut ur. Där tryckte han henne mot väggen. Samtidigt som deras läppar möttes kände Tess som en våg genom kroppen och hon tappade nästan andan. De kysstes passionerat och intensivt. Han tryckte sin kropp hårt mot hennes. Han stannade upp och deras blickar möttes. Hans blick var varm. Han lyfte upp henne och bar henne till sängen där han la sig ovanpå henne och fortsatte att kyssa henne, det pirrade i hela hennes kropp då hans händer rörde sig över henne. Sen plötsligt slutade han kyssa henne.

"Vi kan inte göra så här, inte här", viskade han.

Tess låg under honom, hans läppar bara någon centimeter ifrån hennes. Hon hörde dovt vad han viskade över hennes bultande hjärta och andfådda andetag. Hon trånade efter honom och ville bara att han skulle fortsätta. Men det gjorde han inte, istället ställde han sig upp och lämnade rummet.

Tess låg kvar någon minut innan hon klev ur sängen och rättade till den.

Det var söndag och Julafton. Tess var på hotellet vid tio för att ta ett extra arbetspass eftersom det var högre beläggning under julhelgen och hon hade sagt att hon kunde ställa upp.

Hon skulle äta julmiddag med Hans och Maggie vid sex tiden och det skulle hon ändå hinna till. Det var Tess och några utav helgstäderskorna som jobbade den dagen. Maria och Agnes var lediga. Tess hade gått med på att jobba ett längre arbetspass då de andra ville sluta redan vid tre så att de kunde spendera lite mera tid med sina familjer.

Klockan blev tre och hon sa hejdå till de andra medan hon var i tvättstugan och fyllde på sin städvagn. Innan hon åkte upp med vagnen i hissen gick hon in till lunchrummet för att hämta något att dricka. När hon vände sig om stod Tim i dörröppningen. När hon såg honom kändes det som om hennes hjärta stannade i ett ögonblick. Hon hade inte sett honom sedan de kysstes i sviten på våning fem. Han log mot henne och när hon log tillbaka tog han några snabba steg mot henne och stannade strax framför henne och tittade in i hennes ögon med en trånande blick innan han kysste henne. Tess älskade att kyssa honom, hans läppar var underbara och han smakade alltid så gott. De blev avbrutna av Tims telefon som ringde. Han svarade och sedan försvann han runt hörnet. Tess stod kvar och hämtade sig innan hon hämtade vagnen för att fortsatta städa färdigt rummen.

När klockan var fem var det dags för henne att sluta för dagen och hon hade inte sett Tim något mer under resten av dagen. På kvällen hade hon en trevlig middag hos Hans och Maggie, de bytte några julklappar med varandra innan hon gick hem till den lilla lägenheten. Hon var trött och gick till sängs tidigt den kvällen.

Hon hade gått med på att jobba på måndagen också då många ville vara lediga även den här dagen. Hon hade varit på sin vakt hela dagen ifall Tim skulle dyka upp men hon såg honom aldrig. När arbetsdagen var slut vid fyra kunde hon andas ut. Hon promenerade hem på de snötäckta trottoarerna. När hon hade klivit ur duschen kollade hon på klockan och fick bråttom, det var bara trettio minuter

117

kvar tills Patrick skulle hämta henne. Hon skyndade sig med att sminka sig och föna håret, sedan tog hon på sig ett par svarta smala jeans och en mörkröd blus. Hon småsprang till platsen där Patrick skulle hämta henne. Hon såg att han redan var där när hon närmade sig.

"Vad fin du är!" sa han när hon satte sig i bilen.

"Tack! Du med", svarade hon honom andfådd och tog på sig bältet.

Vilmers stuga hade juldekorerats från golv till tak och i mitten hade det dukats upp ett juligt långbord.

"Vad fint!" sa Tess när hon klev innanför dörren.

"Det är Agnes som har dekorerat", sa Patrick med ett leende. De gick till köket där resten av gänget var samlat. Tess hjärta stannade till när hon såg att Tim också var där.

När de satte sig till bords var hon glad över att han satt vid andra änden av bordet så att de inte såg varandra. Patrick satt bredvid henne och mittemot dem satt Maria och Mattias. Agnes och Vilmer hade dukat upp en stor julbuffé i köket.

Tess planerade noggrant sina resor till köket för att inte stå där samtidigt som Tim. Och det verkade som om han gjorde detsamma. Efter maten delades julklapparna ut. Alla hade blivit tilldelad någon som de skulle köpa en julklapp till och det skulle hållas hemligt. Tess hade fått att hon skulle köpa till Mattias. Till honom hade hon köpt en mössa med matchande halsduk. Vilmer som delade ut klapparna räckte henne ett litet paket med hennes namn på. Hon öppnade den och hittade ett vackert silverarmband som pryddes av två gröna stenar.

"Vad fint!" sa Patrick när han tittade på den.

Tess viskade till honom. "Var det du?"

Han skakade på huvudet. Hon blickade ut över rummet och såg att Tim tittade på henne. När ingen såg log han ett varmt leende.

Agnes och Vilmer dukade fram desserten när alla var klara med julklappsutdelningen. Och efter desserten var det dags för lekar.

Tess var inte något vidare bra på lekarna och åkte ut i de första omgångarna. Patrick däremot gick in i lekarna helhjärtat. Tess tog på sig jackan och gick ut på altanen för att ta lite luft. När hon kom ut såg hon att Agnes även hade dekorerat därute med lampor och andra juldekorationer. Hon hörde en len röst säga.

"Den påminde mig om dina gröna ögon."

Tess tog upp armbandet som hon hade stoppat ner i fickan. "Den är jättefin."

"Jag ska hjälpa dig ta på den."

Hon räckte över den till honom och sträckte fram sin handled. Deras blickar möttes för en kort sekund innan han hastigt vände ryggen till henne.

"Vad gör du?" frågade hon honom och fnissade lite eftersom hon tyckte att hans beteende var lustigt.

"Jag kan inte titta på dig", sa han på ett skojigt sätt.

"Varför inte?"

"Du vet varför!"

Tess blev allvarlig, hon ställde sig framför honom och tittade honom i ögonen. "Berätta för mig."

Han tog tag i hennes hand och ledde henne runt hörnet av stugan bort från alla lampor och så att ingen eventuellt skulle kunna komma ut och se dem. Hans blick mötte hennes och nu såg hon allvaret i hans blick.

"Därför att varje gång jag ser dig vill jag bara kyssa dig och slita av dig kläderna, varje gång jag inte kan göra det gör det lite ont i mig."

Tess höll andan när hon hörde vad han sa. Hon visste inte vad hon skulle säga tillbaka. Hans blick såg nästan plågad ut.

"Kyss mig", viskade hon.

Med en gång kupade han händerna om hennes ansikte och tryckte sina läppar mot hennes. Den här kyssen var ännu bättre än de tidigare kyssarna, den hade mer passion, den hade mera djup. Tess ville aldrig att de skulle sluta. Men han släppte hennes ansikte med händerna och sedan var hans läppar stilla innan han backade undan så att han stod på en armlängds avstånd ifrån henne. "Vi kan inte göra så här", viskade han.

"Varför inte?"

"Jag kan inte göra så mot Patrick. Kan du?"

Tess skakade på huvudet. Tim försvann sedan bakom hörnet och tillbaka in i stugan. Tess stod kvar en stund ensam i mörkret. När hon kom tillbaka till altanen mötte hon Patrick.

"Där är du!" sa han när han såg henne.

"Hej!"

"Är allt bra?"

"Ja!" svarade hon och log trots att hon inte kände så.

"Vad gör du härute?"

"Jag tog lite luft bara."

"De har flyttat på borden därinne nu så att man kan dansa, vill du följa med in?"

"Okej", sa hon och tvingade fram ett leende.

Diskret letade hon efter Tim medan hon dansade men såg inte honom någonstans.

När festen hade börjat gå mot sitt slut satte sig Patrick och Tess i bilen.

"Vi ska bara vänta på Tim innan jag kör hem dig."

Det pirrade till i hela Tess när hon hörde Patrick säga Tims namn.

"Tim?" sa hon frågande.

"Han ska sova hos mig, han kan inte ta sig hem till ön ikväll."

"Jaha", sa hon och försökte få det att låta som om hon inte brydde sig.

"Agnes har ordnat så att vi kan ha nyårsfest hos våra föräldrar. Vill du följa med dit?"

"Ja, gärna."

De väntade i nästan tio minuter innan Tim kom och satte sig i baksätet i bilen.

Bilresan hem till henne kändes stelt och det var ingen utav dem som pratade mycket. När Patrick stannade bilen sa Tess hejdå innan hon hoppade ur. Innan hon hann stänga dörren sa Tim: "Vänta så

120

ska jag hoppa fram." Han klev ur bilen och samtidigt som han gick runt till passagerarsidan gav han Tess en blick som fick henne att längta efter honom. Tess stod kvar på trottoarkanten och vinkade på dem medan de körde i väg. Det var kallt ute så hon tog raska steg hem. När hon kom hem skyndade hon sig i säng eftersom hon skulle jobba på hotellet dagen efter.

Promenaden till hotellet kändes motigt då hon var trött, natten hade inte bjudit på tillräckligt mycket sömn. Hon hade kommit hem alldeles för sent. Men hon tog sig igenom arbetsdagen och köpte med sig en pizza på vägen hem. Den hade kallnat lite så hon värmde den i mikron innan hon åt den.

Nästa dag tog Tess sovmorgon och njöt av att vara ledig. Hon tog sig till spåret och joggade en runda. Det kändes att hon hade legat på latsidan med sina rundor och inte sprungit lika ofta det senaste. Sedan tog hon dagen som den kom. Satte på en tvätt och gick en sväng till Supermarket för att fylla på i kylen. På eftermiddagen passade hon på att storstäda hennes lilla lägenhet.

Tess tog på sig en silvrig glittrande klänning med smala axelband och djup rygg som hon hade köpt i huvudstaden när hon hade varit där under lördagen. Hon hade även på sig svarta tunna strumpbyxor och svarta stövlar med högt skaft och liten klack. Hon hade sminkat sig lite extra eftersom det var nyårsafton och håret lät hon vara utsläppt. Hon tog med sig sin ryggsäck som hon hade packat eftersom Patrick hade sagt att de skulle sova över i hans och Agnes föräldrars hus. Sedan gick hon ut och mötte upp Mattias och Maria som skulle hämta henne.

De kom fram till bilfärjan och åkte över till Grekön, där körde de i fem minuter innan de kom fram till ett stort hus som låg intill vattnet.

"Då var vi framme!" sa Maria när Mattias hade stängt av bilen.

Tess tog med sig sin ryggsäck och följde med de andra uppför trappan till ytterdörren där de ringde på.

Agnes öppnade, hon var klädd i en lång svart glittrande figurnära klänning. De gick in i den stora hallen och därifrån kunde de se att hela huset var dekorerat med massor av vita, silvriga och svarta ballonger och andra dekorationer i samma färger. Patrick hade berättat för Tess att det var ett färgtema på nyårsfesten, därav Tess silvriga klänning. Hon tog av sig jackan och Agnes utbrast: "WOW! Tess du ser fantastisk ut!"

"Tack!" sa Tess och kände hur hon blev varm om kinderna. Hon försökte avleda uppmärksamheten från sig själv. "Är det du som har dekorerat? Det är verkligen jättefint."

"Tack Tess! Ni är bland de första som har kommit, jag och Patrick hjälper Vilmer i köket. Maria och Tess ni kanske kan duka?"

Patrick fick syn på Tess när hon kom in i köket. Han stannade upp när han såg henne. Agnes som såg hans reaktion utbrast: "Visst ser hon fantastisk ut!"

Hon fick Tess att rodna igen och det tog bara någon sekund innan Patrick svarade: "Ja, det gör hon." Samtidigt la Tess märke till hans varma vänliga leende.

När Tess och Maria hade dukat färdigt bordet kom Patrick fram till dem. "Ska jag visa er var ni ska sova?"

Tess tog med sig sin ryggsäck och följde efter Patrick, Maria och Mattias en trappa ner.

"Ni två kan sova i det här gästrummet om ni vill", sa han till Maria och Mattias och de gick in i det rummet som han hade föreslagit. Tess följde sedan med honom till rummet som låg intill. "Och det här rummet kan du ta om du vill."

Tess gick in i det fint inredda gästrummet och tittade sig omkring. Hela tiden kände hon hur Patrick tittade på henne. Hon la sin ryggsäck på dubbelsängen innan hon vände sig om och mötte hans blick.

"Du ser verkligen fantastisk ut", sa han och log.

"Du är snygg i din kostym."

"Tack! Ska vi gå upp till de andra?"

Tess nickade och följde sedan med honom upp en våning. Fler utav gästerna hade nu anlänt och var i allrummet där Tess och Maria hade dukat fint på det stora långbordet.

Patrick försvann in i köket för att hjälpa till med de sista förberedelserna. Tess stod och minglade med de andra gästerna när hon kände en bekant doft. Hon tänkte först att det var Mattias parfym men hon kunde inte minnas att hon känt den doften på honom förut och i så fall borde hon känt den i bilen på vägen dit. Doften från maten i köket hade blandat sig med den så det var svårt att urskilja den. Sen slog det henne att det var Tims doft. Hon hade inte sett honom än men visste nu att han var där någonstans.

Hon hörde hur det knarrade i trappan till övervåningen så hon vände sig om och tittade dit men såg ingen där. Agnes meddelade att maten strax var klar och att de snart kunde sätta sig till bords. Vilmer kom ut från köket bärandes på en bricka med välkomstdrinkar som han ställde ner på en skänk. Sedan kom Agnes och Patrick ut från köket och ställde sig bredvid Vilmer och brickan med drinkarna.

”Är alla här?” frågade Agnes. Då hördes trappan knarra igen och Tim kom nerför den klädd i svarta kostymbyxor med silvriga hängslen och en vit skjorta. Tess hade aldrig sett honom så snygg. När han hade kommit ner och ställt sig med de andra fortsatte Agnes.

”Nu är alla här! Vi vill först hälsa alla välkomna. Så jag tänkte att vi skulle börja med en skål. Alla får varsitt glas först.”

Alla fick varsitt glas, tjejerna fick med silvrig fot och killarna fick med svart fot, de skålade välkomna innan Agnes fortsatte att prata.

”Om alla tittar under sitt glas ser ni att det står en siffra under, siffran står för eran bordsplacering.”

Alla började titta under sina glas för att se vilken siffra de fått. Tess hade fått siffran åtta. Agnes uppmanade alla att de kunde gå och sätta sig så att hon och Vilmer kunde bära ut förrätterna under tiden. Tess hittade sin plats på ena långsidan en bit ut på kanten. Hon blev glad när hon såg att Patrick kom och ställde sig mittemot henne och satte sig ner. De log mot varandra och sedan kom Gabriel och satte sig på hennes vänstra sida. Hon kände den välbekanta doften närma sig och tittade åt höger för att se Tim dra ut stolen på hennes högra sida och sätta sig.

I hennes huvud utspelade sig allt detta i slowmotion. Hon fick nästan panik av tanken på att han skulle sitta bredvid henne hela kvällen och att hon inte visste hur hon skulle uppföra sig. Tim hälsade på Patrick som hälsade tillbaka. Han gav ett kort leende till Tess som om hon vore vem som helst innan han hälsade på och pratade med Nadia som satt till höger om honom. När förrätten var framdukad skålades det igen och alla fick lov att äta. Under förrätten samtalade Tess med Patrick, Gabriel och Maria. Maria satt till höger om Patrick, mittemot Gabriel. Tim höll sig vänd ifrån Tess och det var som om han låtsades att de inte kände varandra och det var hon tacksam för. Det gjorde att hon kunde slappna av lite under middagen även om hans underbara doft påminde henne hela tiden om hur nära han var.

När de var klara med förrätten lämnade alla bordet så att det kunde dukas av. Tess följde med Maria till skänken där det hade ställts fram flera vinflaskor, de tog varsitt glas vitt vin och satte sig i fåtöljerna intill.

Tess såg till att hålla ryggen mot Tim för att låtsas som att han inte var där. Agnes, Vilmer och Patrick dukade fram varmrätten och ställde fram flera flaskor vin på bordet innan de meddelade alla att de fick sätta sig. Tess fortsatte att prata vidare med samma bordsgrannar hon hade pratat med under förrätten och fortsatte att låtsas som om att Tim inte fanns och han verkade göra detsamma. Fram tills han la sin hand på hennes lår under bordet. Tess fick svårt att uppfatta vad de andra pratade om under tiden som hans varma hand låg på hennes lår.

Hennes hjärta slog så hårt att hon hörde pulserandet i öronen. Tess tittade sig omkring för att se om hennes bordsgrannar hade lagt märke till det som pågick under bordet men det verkade inte som det. Tim tog tillbaka sin hand och lämnade bordet nästan direkt när varmrätten hade börjat dukas av. Tess drack upp sitt vin innan hon gick en trappa ner för att gå på toaletten.

När hon kom ut från toaletten blev hon överraskad av att Tim stod framför henne med en trånande blick.

Han tog handen om hennes handled och viskade. "Kom!".

Tess följde med honom till slutet av korridoren i källaren, där öppnade han en dörr och de gick in i ett rum som såg ut att vara tvättstugan. Tess trodde att han hade tagit med henne dit för att kyssa henne, hon hoppades det. Istället stod han med ryggen mot henne med händerna på ett bord med blicken neråt. Han stod där alldeles tyst som om han funderade på vad han skulle säga. Tess kände sig osäker på varför han hade tagit med henne dit.

"Vad gör vi här?" viskade hon. Han stod kvar utan att röra sig, tog några andetag innan han lyfte huvudet och tittade in i väggen framför sig.

"Jag vet inte vad jag ska göra Tess", viskade han.

Hon trodde att han skulle fortsätta och att hon skulle få en förklaring. Men han stod bara kvar och sa ingenting. "Vad du ska göra med vaddå?"

"Med dig!"

"Jag förstår inte."

Nu vände han sig om mot henne, tog ett steg emot henne och kramade henne. Hon njöt av att ha hans starka armar runt henne. Han lättade på sitt grepp om henne och hon ville bara ha honom närmare.

Hon ställde sig på tå och viskade i hans öra. "Kyss mig!"

"Jag kan inte."

"På grund av Patrick?"

Tim nickade.

Tess var mycket förvirrad nu och till och med lite irriterad.

"Men vad gör vi här då?"

"Jag vet inte."

Tess tittade på honom med en frågande blick och han svarade igen.

"Jag vet inte", han pausade innan han fortsatte. "Du är så snygg i den där klänningen att jag inte kan tänka klart."

Hon närmade sig honom och tvingade honom att möta hennes blick samtidigt som hon viskade mjukt. "Kyss mig."

Han tvekade i ett par sekunder innan han gav efter och kysste henne. Han lyfte upp henne och satte henne på bordet som han tidigare stått lutad mot. Hon särade på sina ben så att han kunde komma närmare henne. När han drog ner klänningen och kysste hennes bröst gjorde hon allt för att kväva sitt stön. Det pirrade i hela kroppen och hon ville ha honom NU! Han kom upp och kysste henne på munnen igen innan han böjde sig ner och kysste henne utanpå trosorna. Hon kunde känna hans varma andedräkt genom hans mjuka läppar, vilket gjorde att hon fick kämpa ännu hårdare för att kväva sina stön. Hans händer gled in under klänningen och när hon trodde att han skulle ta av henne trosorna la han istället sin panna mot hennes mage och vilade den där en stund. Hela Tess kropp skrek att hon ville ha honom.

"Vi borde gå tillbaka till de andra", sa han med sin lena röst och undvek hennes blick när han reste sig upp.

Tess tittade storögd på honom och tänkte att han måste skämta.

"Innan de börjar leta efter oss", sa han.

Tess mjuknade och insåg att han hade rätt.

"Det är nog bäst om du går ut först. Jag behöver ändå några minuter", sa han och Tess tittade ner på hans stånd som syntes igenom byxorna.

Hon tog sig ner från bordet och rättade till klänningen innan hon smög ut i korridoren. Hon kom uppför trappan och var glad att se att de inte hade dukat fram desserten än.

"Var har du varit?" frågade Maria när hon såg Tess.

"Jag gick på toaletten."

"Du var borta länge."

"Jag trodde att det var upptaget så jag väntade på att någon skulle komma ut. Men sen insåg jag att det faktiskt var ledigt." Både hon och Maria skrattade åt hennes påhittade svar.

Tess såg över Marias axel när Tim kom uppför trappan. Hon sneglade på de andra i rummet och det verkade inte som om någon hade lagt märke till honom. Han försvann in i köket.

Vilmer kom ut ur köket och sa att de skulle börja servera desserten och att alla kunde sätta sig. Tess fyllde på sitt vinglas innan hon satte sig vid bordet igen. Tim kom och satte sig på hennes högra sida och återigen betedde de sig som främlingar. Men när han hade ätit upp sin dessert så landade hans hand återigen på hennes lår. Nu smekte han med sina fingrar längs insidan av hennes lår, det pirrade till inte bara i magen på Tess. Hon höll andan en kort stund och försökte koppla bort vad som hände med hennes kropp. Patrick hade sagt något till henne men hon hade inte uppfattat vad han sa, han satt och tittade frågande på henne.

"Vad sa du?"

"Jag undrade om du ville ha mer vin?"

Tess tittade på sitt tomma glas och nickade.

"Ja, Tack!"

Tess såg nu att de andra gästerna hade börjat lämna bordet.

"Tim!" sa Patrick och Tess nästan hoppade till synligt.

Tim vände sig frågande mot Patrick, fortfarande med handen på Tess lår.

"Hjälper du mig flytta undan borden? Så kan vi ha ett dansgolv här."

Tim nickade till svar, sedan tog han tillbaka sin hand innan han ställde sig upp. Tess tog med sig sitt glas och satte sig i en utav fåtöljerna. Patrick kom fram till henne när han hade möblerat färdigt.

"Vill du dansa?" frågade han henne.

Men det ville hon inte så hon skakade på huvudet.

Han sträckte fram handen. "Följ med mig då."

Hon tog tag i hans hand och följde efter honom. Hon såg i ögonvrån att Tim såg på när hon följde efter Patrick uppför trappan. Han ledde in henne i ett sovrum. Hon gick in och han studerade henne från dörröppningen medan hon kikade runt i rummet.

"Är det här ditt gamla rum?"

Han nickade. Hon la märke till tältsängen som också stod i rummet. Han såg att hon tittade på den.

"Tim ska sova i den", sa han.

Tess log mot Patrick samtidigt som hon gick runt i rummet och kollade. Samtidigt stod Patrick kvar i dörröppningen och studerade henne.

"Du ser verkligen fantastisk ut i den där klänningen", sa han.

Tess såg hur Tim sneglade på dem en stund senare när de kom nerför trappan. Tess och Patrick gick fram till Maria och Mattias och gjorde dem sällskap på dansgolvet.

När klockan var kvart i tolv gick alla ut på den stora altanen som vette ut över vattnet. Alla hade med sig var sitt champagneglas.

"Här ta min kavaj", sa Patrick och hängde den över Tess axlar. Tess såg en glimt av missnöje i Tims blick medan han såg på dem. Den missnöjda blicken blev ännu mera tydlig när Patrick bestämde sig för att hålla om Tess. Det verkade bara som om det var Tess som såg detta. När det bara var tio sekunder kvar började alla räkna ner "Tio... nio... åtta... sju... sex... fem... fyra... tre... två... ett... GOTT NYTT ÅR!" Patrick lutade sig fram och kysste henne lätt samtidigt som fyrverkerierna lyste upp hela himlen och Tess såg i ögonvrån hur Tim smet tillbaka in i huset. Sedan såg hon hur Agnes tittade på henne med en gillande blick då hon precis hade bevittnat deras kyss. Tess kände sig obekväm och blev glad när Maria kom förbi.

"Nu går vi in och dansar", sa hon och nästan föste in alla i huset. De dansade på ett bra tag till innan de började bli trötta. Tess hade inte sett till Tim sedan tolvslaget och det verkade inte som om någon annan la märke till att han var borta. De som inte skulle sova över hade åkt vid ett tiden. Tess tänkte att Tim kanske hade ångrat sig över att vara kvar och hade åkt med dem istället. Vilmer och Agnes var bland de första att gå och lägga sig, sedan gick resten och la sig.

Tess trodde nästan att Patrick skulle föreslå att få sova med henne men det gjorde han inte. Hon gick ner till gästrummet och gjorde sig i ordning för sängen. Hon tog av sig kläderna hon hade på sig och tog på sig en utav sin mammas gamla t-shirtar som hon hade packat med sig. Sedan tvättade hon av sig sminket och borstade tänderna innan hon kröp ner i sängen. När hon låg där i sängen kunde hon höra Maria och Mattias hur de stönade och sängen knarrade på andra sidan väggen. När de var klara blev det tyst och Tess låg vaken i sängen utan att kunna sova. Hon försökte en lång stund innan hon klev ur sängen och smög uppför trappan.

Det var alldeles tyst och mörkt i huset. Hon smög in i köket och gick fram till köksön där hon tog fram ett glas ur ett utav lådorna. Samtidigt hörde hon hur det knarrade i trappan. Först blev hon rädd men sedan såg hon att det var Tim som kom nerför trappan iklädd bara kalsonger. Hon kände sig både rädd och nervös samtidigt. Han gick runt köksön och ställde sig bredvid henne. Hon förväntade sig att han också skulle ta fram ett glas, men istället ställde han sig precis bakom henne och tog glaset ur hennes hand och ställde det på köksön framför dem. Hon kunde nu känna hela hans värmestrålning emot baksidan av hennes kropp när han stod bakom henne.

Han flyttade undan hennes hår från nacken och när hon kände hans fuktiga varma läppar i nacken pirrade det till i hela kroppen. Hon flämtade till. Tim pausade för att visa med fingret mot läpparna att hon var tvungen att vara tyst. När han fortsatte att kyssa hennes hals förde han in händerna under t-shirten och smekte båda hennes bröst. Den ena handen lät han sedan vara kvar medan den andra gled ner över magen och innanför hennes trosor. Hon höll andan för att inte stöna när hon kände hans fingrar inuti henne. Hon ville blunda men fick kämpa för att hålla ett öga mot trappan ifall någon annan skulle komma. Sedan försvann han ner bakom henne och kysste hennes skinka samtidigt som han tog av henne trosorna. Nu skrek Tess kropp efter honom mer än någonsin tidigare. Hon andades ytligt för att vara så tyst som möjligt. Sedan ställde han sig upp bakom henne och hon kunde känna hans ollon mot sitt kön.

Sakta tryckte han sig mot henne och hon var våt så han gled in. Nu ville hon känna hela honom inuti henne. Men istället retades han genom att sakta bara föra in ollonet fram och tillbaka. Hon fick kämpa med allt hon hade för att inte göra ifrån sig något ljud. Plötsligt pausade han fortfarande kvar i henne. Hon vände huvudet för att möta hans kyss och kände samtidigt hur hela han gled in i henne. Hennes stön kvävdes i hans mun. Han hann bara med några stötar innan de hörde att det knarrade i trappan igen. Tess öppnade ögonen och blickade ut över köksön mot trappan samtidigt som Tim drog sig ur henne och försvann.

Nerför trappan kom Vilmer alldeles yrvaken och in i köket.

"Hej! Är du vaken?" viskade han till Tess när han såg henne.

"Ja, jag var törstig", viskade hon fram nästan stammandes, samtidigt som hennes hjärta rusade.

"Jag med."

Hon tog snabbt upp glaset på köksön och sträckte det mot honom. "Här!"

Hon ville inte att han skulle komma runt till hennes sida ifall han skulle se hennes trosor som låg på golvet. Han tog emot den och Tess tog fram ett nytt som hon ställde på köksön. Vilmer tog fram en kanna vatten ifrån kylskåpet och hällde upp i deras glas.

"Okej då! God natt", viskade han innan han vände sig om och gick uppför trappan igen.

Tess böjde sig ner och tog på sig trosorna samtidigt som hon undrade var Tim hade tagit vägen. Då hörde hon hur det knarrade i trappan igen. Den här gången var det Patrick som kom ner.

"Hej! Är du vaken?"

Tess nickade till svar.

"Kan du inte sova?

Hon skakade på huvudet.

"Kom", sa han och tog tag i hennes hand. Han ledde ner henne till gästrummet där hon la sig i sängen med honom bredvid. Hon hoppades att han inte skulle försöka något eftersom det inte ens hade gått tio minuter sedan hon hade Tim inuti henne, hennes underliv var fortfarande vått och pulserade. Men som tur var la han bara armen om henne och till slut somnade hon.

Januari

När hon vaknade nästa morgon låg hon ensam i sängen. Hon kollade på klockan och den visade halv nio. Hon tog på sig ett par jeans och en t-shirt innan hon gick uppför trappan till köket.

"Hej!" sa Agnes när hon fick syn på Tess.

"Hej!"

"Alla andra ligger fortfarande och sover."

"Vill du ha hjälp?"

"Ja, gärna. Har du sovit gott?"

Tess nickade för att sedan hjälpa Agnes duka fram en stor frukostbuffé på köksön.

Vilmer kom ner för trappan när de nästan var klara. Precis när de skulle sätta sig vid bordet kom Maria och Mattias och gjorde dem sällskap. Nu var det bara Patrick och Tim i sällskapet som saknades.

Tess stod vid köksön och hällde upp en skål med yoghurt när Tim och Patrick kom nerför trappan tillsammans. Hon fick en stor klump i magen och blev påmind om hur det hade känts när hon hade haft Tim inuti henne bara för några timmar sedan. Hon kände hur det pirrade i hennes underliv samtidigt som hon rodnade när deras blickar möttes i ett kort ögonblick.

Hon möttes av Patricks varma leende vilket gjorde att hon kände sig smått illa till mods av skuldkänslor.

"God morgon", sa Patrick när han gled förbi henne och tog en kopp kaffe.

Tess höll andan när hon kände värmestrålningen från Tims kropp då han kom och ställde sig intill henne, han tog fram en skål och väntade på att hon skulle ställa ner yoghurten.

Tess satte sig vid det runda bordet bredvid Patrick, sedan kom Tim och satte sig på hennes andra sida. Tess fick trycka undan känslorna av både panik ock skratt eftersom hon befann sig i en sådan märklig situation. Hon kände hur Tim la sin fot emot hennes under bordet. Hon undrade om han gjorde det medvetet. Men det spelade ingen roll. Det fick henne att bli alldeles varm, hon svettades om händerna och i nacken. När Patrick lämnade bordet för att hämta något att äta passade Tim på att lägga sin hand på Tess lår under bordet. Nu fick hon nästan panik av hur varm hon var. Han tog genast tillbaka sin hand när Patrick var på väg tillbaka. Tess drack av det kalla vattnet för att försöka kyla ner sig.

Efter frukosten gick Tess ner för att packa sina grejer. Och när hon kom upp igen såg hon hur Patrick sa hejdå till Tim innan han stängde igen ytterdörren.

"Vi måste åka om femton minuter om vi ska hinna med färjan", sa han när han vänt sig mot Tess.

Maria och Mattias släppte av Patrick först innan de åkte vidare för att släppa av Tess. Hon tackade för skjutsen innan hon klev ur bilen.

Det första hon gjorde när hon kom hem var att ta en dusch. Hon tänkte på Tim i duschen och förde handen mellan sina ben och tillfredsställde sig själv innan hon klev ur.

Veckan som kom var tortyr varenda gång hon såg Tim på hotellet, det enda hon ville var att känna honom nära, känna hans läppar mot hennes. Hon kollade sin mobil vid lunchen på torsdagen och hon hade fått ett meddelande från Patrick.

Det har kommit nya avsnitt på vår serie. Vill du se dem med mig på lördag?

Hon svarade att hon ville det och de bestämde att han skulle hämta henne efter lunch. När Tess kom hem den eftermiddagen plingade det till i telefonen. Tess tog upp den och såg att hon hade fått ett meddelande.

Jag kan inte sluta tänka på dig. Kan vi ses i helgen? /Tim

Det kändes som om Tess hjärta stannade. Det tog emot att svara.

Jag ska träffa Patrick på lördag. /Tess

Det dröjde flera timmar innan hon fick ett svar.

Säg att du är sjuk.

Tess kände inte att det var rättvist mot Patrick så hon svarade Tim.

Jag kan inte.

Hon hörde inte mer från Tim den kvällen.

Tess hade ungefär två kilometer kvar på sin löprunda på lördag morgon när det plingade till i hennes telefonen, men hon ville inte stanna så hon läste inte meddelandet förrän hon hade sprungit färdigt.

Kan jag hämta dig senare? Det har dykt upp en grej. / Patrick

OK. Skrev hon tillbaka.

Jag hör av mig sen. /P

Tess promenerade hem och grejade hemma under tiden som hon väntade på att Patrick skulle höra av sig.

Det hade blivit sent och till slut fick hon ett meddelande.

Kan vi ses imorgon istället? Det verkar dra ut på tiden här. /P

Okej. God natt. / T

Tess hade varit vaken ett tag när meddelandet kom från Patrick.

Kan jag hämta dig klockan ett?

Hon svarade honom innan hon gick ut i löpspåret. Sedan kom hon hem, duschade och åt lunch innan hon gick ut för att möta upp Patrick. Han var redan där och väntade på henne. Hon hoppade in i bilen och de åkte hem till honom och kollade på de nya avsnitten som hade kommit innan han skjutsade hem henne.

Tess svalde hårt när hon gick förbi omklädningsrummet och såg att Tim stod där i bar överkropp. Han såg att hon såg honom och då såg hon honom le ett sexigt leende som gjorde henne svag i benen. Hon stannade till när hon såg att han var på väg mot henne. När han kom fram till dörröppningen kikade han ut i korridoren för att försäkra sig om att de var ensamma.

"Kan vi träffas i helgen?" viskade han.

Hon kände hur det pirrade till i magen.

"Kanske", viskade hon tillbaka. De hörde en dörr öppnas så Tess fortsatte in till sitt omklädningsrum.

Tess var nervös när hon åkte den fyrtio minuter långa tågresan till Oscarstad. Hon var så nervös att hon mådde illa. Desto närmare hon kom desto mer trodde hon att pirret i magen skulle få henne att spy. När hon klev av tåget såg hon Tim stå där på perrongen. Han hade sett henne samtidigt som dörrarna öppnade sig. Han gick emot henne för att möta henne och omfamnade henne med en stor kram. Och när han kysste henne trodde hon nästan att hennes ben skulle ge vika.

"Ska jag ta din väska?" sa han och tog ryggsäcken ifrån henne innan hon hann svara. Sedan tog han hennes hand. En stöt gick igenom hennes kropp som landade i hennes mage.

"Kom! Vi ska hitåt."

Det tog ungefär fem minuter att gå från tågstationen till hotellet som Tim hade bokat åt dem. De ville inte riskera att någon de kände skulle se dem tillsammans hemma i Kargvik. Hotellet var ungefär i samma storlek som Kargviks Stadshotell men hade inte lika många stjärnor. De checkade in och åkte hissen upp till tredje våningen där de hade sitt rum. Tess hann bara få av sig jackan och skorna innan Tim föste ner henne på sängen och kysste henne passionerat. Sedan drog han upp hennes tröja men lät den sitta kvar på hennes armar så att den täckte hennes ansikte. Bh:n knäppte han upp och använde för att knyta ihop hennes handleder.

Allting gick så snabbt att hon blev lite rädd. Men när hon kände hans varma blöta tunga på sin bröstvårta kunde hon inte låta bli att ge ifrån sig lätta stön. Det pirrade ännu mera i magen när han knäppte upp hennes jeans, sedan drog han av henne både trosorna och jeansen på samma gång.

Hon kände sig först obekväm då hon låg där naken och blottad och kunde inte se honom med hennes tröja fortfarande för hennes ögon. Men den känslan varade inte länge då hon kände honom kyssa henne mellan benen. Hans blöta tunga och mjuka läppar fick hela hennes kropp att vrida sig, känslorna rusade runt i kroppen och hon växlade mellan att hålla andan och att flämta. När han slutade kände hon hur han lämnade sängen, sedan hörde hon ett prassel och kände hur sängen gungade till och att han var tillbaka i sängen.

Han la sig ovanpå henne innan hon kände honom komma in i henne. Hon fick bita sig i läppen för att inte stöna högt. Hon särade på benen så mycket som hon kunde för att han skulle komma djupare in i henne. Den sköna känslan i underlivet ökade för varje stöt och när han sedan ökade takten kände hon att hon närmade sig en orgasm. Hon kunde höra hur hans andning hade tilltagit. Hon kunde inte låta bli att stöna, nu var hon nära. Då hörde hon Tim ge ifrån sig ett stön. Han la sig platt på henne i någon sekund innan han drog sig ur henne och försvann in i badrummet.

Kvar låg Tess med blandade känslor, hon var inte klar, hela hennes underliv var vått och pulserade. Hon kände att han var tillbaka när sängen gungade till. Han hjälpte henne av med kläderna som höll fast hennes armar och täckte hennes ansikte. Han log när han tittade på henne, han var nöjd. Han lutade sig fram och kysste henne passionerat för att sedan föra ner handen mellan hennes ben. Hon stönade lätt när hans fingrar kom in i henne. Hon fortsatte att stöna samtidigt som han kysste henne. Hon vred kroppen för att det var skönt och det var omöjligt att ligga still och när hon inte trodde att hon skulle orka mer greppade hon hårt om Tim och flämtade hårt samtidigt som hon fick en orgasms. När hon öppnade ögonen mötte hon Tims blick och såg att han var nöjd. Han log mot henne och hon log tillbaka innan han pussade henne snabbt på munnen.

"Jag ska ta en dusch", sa han och försvann in i badrummet.

Tess tog på sig täcket och somnade helt utmattad under tiden som Tim duschade. Det var som om hon äntligen hade fått en ordentlig urladdning av spänningen som hade byggts upp emellan dem. När han kom ut väckte han henne försiktigt.

"Vill du också duscha?" frågade han.

Hon nickade innan hon tog med sig sina grejer och gick in i badrummet.

När hon kom ut satt Tim på sängkanten och väntade på henne.

"Är du hungrig? Ska vi gå ut och käka någonstans?" frågade han henne.

Samtidigt som hon nickade ställde han sig upp och gick fram till henne och kysste henne med sina händer kupade om hennes ansikte. Han satte sig sedan tillbaka på sängkanten och tog med sig henne. Hon satt grensle över honom medan de fortsatte att kyssas passionerat, hans händer fann sin väg in under hennes tröja. Hon flämtade till när han greppade med ett fast grepp om hennes bröst. Han började knäppa upp hennes jeans varpå hon ställde sig upp och tog av sig på underkroppen. Under tiden hade Tim hasat ner sina byxor och kalsonger.

Han tog fram och trädde snabbt på en kondom innan han hjälpte henne tillbaka så att hon satt grensle över honom igen. Hon kunde känna hans stånd emot hennes underliv. Han kysste henne samtidigt som han gled in i henne. Hon stönade till, det var skönt att känna honom inuti sig samtidigt som hon var lite öm från tidigare. Hon började röra sig rytmiskt och han hjälpte henne. Först långsamt för att sedan öka både intensiteten och takten. De stönade tillsammans först lågt och allteftersom intensiteten ökade, ökade även deras stön. När Tess inte trodde att hon skulle orka mer kom orgasmen, hon flämtade till och greppade hårdare om Tim. Bara några sekunder efter hon hade kommit la hon märke till att han också nådde klimax. De satt kvar en stund och hämtade andan, han var fortfarande kvar i henne när han pussade henne och när deras blickar möttes kunde hon återigen se att han var nöjd.

Han hjälpte henne kliva av honom medan han höll kvar kondomen, sen försvann han in i badrummet.

Tess hade redan klätt på sig när han kom ut.

"Skulle vi gå och äta lite?" sa han samtidigt som han log sitt sexiga leende.

Tess fnissade samtidigt som hon nickade. De tog på sig ytterkläderna innan de lämnade rummet. Januari luften var frisk i Oscarstad. De gick hand i hand bland gatorna för att hitta till restaurangen. Till slut kom de fram till den italienska restaurangen som receptionisten på hotellet hade rekommenderat dem. Tim beställde en köttbit och Tess beställde pasta. De delade på en flaska rött vin. Tess blev först orolig när Tim föreslog att de skulle dela på en flaska ifall hon skulle bli tvungen att visa legitimation. Men hon hade tur, det var ingen som frågade.

Under middagen berättade Tess samma historia för honom som hon hade gjort för alla de andra om hennes bakgrund och hur hon hade hamnat i Kargvik.

Tim berättade vagt om sin uppväxt i Kargvik men desto mer om de två åren han hade bott i Tyskland. Han hade bott hos sin farbror som ägde ett stort företag som han jobbade på. Hans dagar bestod mest av arbete och träning. Ett par gånger hade han varit ute och testat på den tyska stadens uteliv, men det var inget att ha.

Snön lyste upp i vintermörkret och knastrade under deras skor när de promenerade tillbaka till hotellet. De kom tillbaka upp på rummet och Tess tog av sig ytterkläderna innan hon satte sig i sängen.

"Jag har en flaska vin. Ska vi öppna den?" frågade Tim.

Tess nickade medan hon satte på tv:n som hängde på väggen med fjärrkontrollen som hon höll i handen.

Tim räckte henne ett utav dricksglasen från hotellet som han hade hällt upp vinet i och la sig intill henne i sängen. Hon såg på när han tog en klunk och la märke till hans trånande blick som studerade hennes kropp. Han lät henne smaka på vinet innan han ställde bort deras glas. Sedan kysste han henne intensivt och viskade flämtande.

"Jag kan inte få nog av dig."

Först tog han av sig på överkroppen för att sedan ta av Tess alla sina kläder, därefter tog han av sig resterande av sina kläder så att de båda var nakna. Han började med att kyssa hennes styva bröstvårta samtidigt som han smekte henne våt med sin hand. Han skyndade sig och hämtade en kondom som han trädde på snabbt innan han trängde sig in i Tess. Tess höll andan då hon var öm från tidigare. Men det gick snabbt över och kändes mera skönt i stället. De rörde sig rytmiskt tillsammans. Hon stönade för att visa att hon tyckte det var skönt. Det fick Tim att jobba mera intensivt. Vilket gjorde det ännu skönare för Tess, hon kände att orgasmen var nära, men kunde läsa av Tim, att han var ännu närmre.

"Vänta på mig!" flämtade hon. Deras blickar möttes och han gav henne en blick som om hon var galen.

Hon hörde honom viska. "Kan inte." Och han kunde inte.

Tess hörde i hans stön och kände hur han rörde sin kropp att han kom. Han la sig färdig ovanpå henne för att hämta andan innan han drog sig ur henne och försvann in på toaletten. Tess låg kvar i sängen otillfredsställd med ett pulserande ömt underliv. Hon hade lagt sig under täcket när Tim kom tillbaka, han tog upp vinglasen och räckte henne ett innan han gjorde henne sällskap under täcket. De kollade på tv en stund innan de båda somnade. Tess vaknade efter några timmar och gick på toaletten. Hennes underliv gjorde riktigt ont när hon torkade sig med pappret. Hon fräschade till sig innan hon tog på sig trosor och la sig tillbaka i sängen bredvid Tim.

Hon somnade snabbt om och vaknade senare av Tims händer på hennes kropp. Hon flämtade till när handen smekte henne över magen för att landa på hennes bröst, samtidigt kunde hon känna hans stånd trycka mot hennes ömmande underliv. Det enda som hindrade honom från att komma in i henne var hennes trosor. Hon ville ha honom, men hennes underliv var för ömt.

Hon vände sig om och la sig vänd mot honom. Hans hand smekte över hennes kropp och var på väg mellan hennes ben när hon hindrade honom. Han tittade frågande på Tess.

"Det är lite ömt", viskade hon.

Hon såg i hans blick en glimt av besvikelse men att han samtidigt var nöjd. Han log ett mjukt leende.

"Okej", sa han och kysste henne mjukt.

De bestämde sig för att ta var sin dusch innan de gick ner och åt av frukostbufén. När de senare kom upp på rummet igen packade de sina saker och checkade ut. Tim följde med Tess till tågstationen för att vinka av henne, han skulle ta ett senare tåg. De höll om varandra länge och kysstes passionerat innan Tess klev på tåget.

Det var jobbigt att se honom på hotellet dagen efter, att inte kunna röra vid honom och att behöva hålla avstånd. Och blickarna han gav henne när ingen såg gjorde det inte lättare. Hon påmindes om hur det kändes att vara med honom. Vid lunchen såg hon att hon hade fått ett meddelande från Patrick. Agnes fyllde år snart och han ville ha hjälp med att planera en fest för henne. Tess svarade att hon gärna ville hjälpa till. De bestämde att de skulle ses någon dag och planera lite.

Några dagar senare fick Tess ett meddelande medan hon väntade på att Patrick skulle hämta henne utanför hotellet. Hon trodde det var Patrick som hade skickat att han skulle bli lite sen. Men när hon tog upp telefonen och läste meddelandet gick det som en stöt genom kroppen som landade mellan hennes ben.

När kan jag träffa dig igen? Stod det och det var från Tim.

När hon hade läst meddelandet såg hon Patrick komma körandes. Hon hann inte svara på det nu så hon stoppade undan telefonen innan hon hoppade in i bilen. De åkte hem till Patrick för att komma på idéer till Agnes fest. Agnes hade alltid lagt mycket tid och energi på alla fester hon själv anordnade och Patrick kände att den här festen var tvungen att hålla samma klass. Det var fem veckor kvar till Agnes födelsedag och för att det skulle bli så bra som möjligt var de tvungna att snabba på. Men redan från start körde de fast. Efter flera timmar då de inte hade kommit på några bra idéer körde Patrick hem henne.

Tess hade inte svarat på Tims meddelande eftersom hon varit upptagen så hon svarade honom när hon kom hem.

Jag vet inte.

Det tog bara några sekunder innan han skickade tillbaka.

Jag måste träffa dig. Kan inte sluta tänka på dig.

Jag vill träffa dig med. Skrev hon tillbaka.

Att hon inte ville ta med honom hem till sig och att han bodde ute på Rågö gjorde att det var svårt för dem att träffas. De hade också kommit överens om att ingen annan fick veta att de träffades. Och på hotellet kunde de inte träffas eftersom det alltid fanns en chans att de kunde bli påkomna. Att åka tillbaka till Oscarstad varje helg var inte hållbart. Dessutom hade hon gjort upp planer med Patrick på lördagen. De skulle kolla i lite butiker i Kargvik för att se om de kunde komma på något tema till Agnes fest.

Hon hade precis satt sig i Patricks bil när hon såg Tim komma ut från personalingångsdörren. Han såg henne sitta i Patricks bil när de körde i väg. Patrick hade också sett honom så han vinkade åt Tim medan de körde i väg och Tim vinkade tillbaka. Det gjorde lite ont i Tess. Samtidigt som hon ville hjälpa Patrick så ville hon också vara med Tim.

På vägen hem till Patrick hade det börjat snöa, de satt uppe sent med att försöka komma på temat till festen. Återigen körde de fast. De hade varken tema eller lokal till festen och inbjudningarna behövdes skickas ut snart.

När det blev sent och Patrick skulle köra hem henne kom de ner i trappuppgången och fick en smärre chock, det hade snöat hela eftermiddagen och nu var hela Kargvik täck av minst en halvmeter snö. Och det fortsatte att snöa.

Patrick tittade på Tess. "Jag tror inte att jag kan köra hem dig."

Tess instämde. De vände sig om och gick tillbaka upp till Patricks lägenhet. Tess sov hos Patrick den natten och när de vaknade på morgonen hade det kommit ännu mera snö. De kollade ut genom fönstret och såg att hela Kargvik var insnöad.

Patrick och Tess ringde till sina arbetsplatser och meddelande som nästan alla andra av Kargviks invånare att de var insnöade och inte kunde jobba den dagen. Tess fick som svar att hon kunde komma in senare på eftermiddagen när det gick att ta sig fram på vägarna igen, gästerna på hotellet kunde ändå inte checka ut. Tess och Patrick tillbringade en del av dagen med att fortsätta planera Agnes fest, men när de inte kom vidare såg de på de nya avsnitten som hade kommit på deras serie.

Klockan var tre på eftermiddagen när Patrick släppte av Tess på hotellet. Bara någon minut efter henne kom Tim också in till lunchrummet. Hon såg honom bara snabbt och förstod på hans sura min att han hade sett henne kliva ur Patricks bil. Hon blev glad när hon såg att Maria också hade lyckats ta sig till hotellet. Maria förklarade att Agnes var hos Vilmer och att de fortfarande var insnöade. Maria och Tess städade på samma våning den dagen. När schampoflaskorna var slut åkte Tess hissen ner till källaren för att hämta fler. När hon stod i förrådet kunde hon plötsligt känna Tims doft, han hade smugit sig bakom henne. Hon kände av hans värmestrålning att han stod strax bakom henne. Hon vände sig om och deras blickar möttes, tusen känslor for runt i Tess kropp när han la sina händer på hennes höfter.

"Följ med mig hem", viskade han.

"Jag kan inte... jag ska träffa Patrick imorgon", viskade hon tillbaka och la snabbt märkte till hans ogillande blick.

"Träffa honom en annan dag."

Hon skakade på huvudet innan hon svarade. "Jag kan inte."

Han tog ett djupt andetag och hans blick mjuknade, han lutade sig mot henne för att kyssa henne när de såg att hissen började röra sig. När hissdörrarna öppnades var han borta och Maria klev ut.

"Jag behöver hämta en ny dammsugarpåse", sa hon.

Sedan åkte de upp tillsammans för att städa färdigt rummen som stod på deras lista.

Klockan var halv åtta på kvällen när de var klara med alla rummen. När de var på väg tillbaka ner med vagnarna ringde det i telefonen som Maria hade på sig. Det var chefen i receptionen. Han undrade om någon utav dem kunde stanna kvar någon timme tills nattreceptionisten kunde komma in. De hade haft problem med insnöad personal under dagen och behövde någon som kunde stå i receptionen en timma eller två. Tess sa att hon kunde ställa upp eftersom Maria skulle bli hämtad av Mattias.

Hon gick ner till receptionen och blev snabbt visad vad hon skulle göra fram tills hon blev avlöst. Fredagskvällen var ovanligt lugn på grund av vädret. De hade inte många boende på hotellet eftersom många utav gästerna som skulle anlänt under dagen hade avbokat. Tess behövde bara svara ett par gånger i telefonen under kvällen. Hon tog deras nummer och hälsade att de skulle bli uppringda senare.

När nattreceptionisten kom inrusande var hon otroligt tacksam över att Tess hade ställt upp. Klockan var tio på kvällen när Tess kom ner till omklädningsrummet igen. Hon stannade upp när hon gick förbi herrarnas omklädningsrum och såg Tim byta om. Han tittade upp och log när han såg henne.

"Är du kvar?" frågade han henne.

"Ja, jag hjälpte till i receptionen. Varför är du kvar?"

Han kom närmare innan han svarade. "Det var något strul med bubbelpoolen."

Han stod nära nu, Tess kunde känna den starka attraktionen hon hade för honom. Hennes hjärta började slå snabbare.

De båda visste att de var ensamma men kikade sig omkring båda två innan deras läppar möttes. Han drog in henne i omklädningsrummet och det gjorde lite ont när han tryckte henne mot väggen. Mellan de intensiva kyssarna viskade han. "Jag vill följa med dig hem."

"Det går inte."

Hon hade förklarat för honom tidigare att hon inte fick ta hem någon för hennes hyresvärdar.

"De behöver inte veta."

"Nej, jag kan inte."

"Följ med mig hem då."

"Jag kan inte."

Hon såg frustrationen i hans blick. Under andra omständigheter hade hon inte tvekat på att han skulle följa med henne hem. Men å andra sidan utan de omständigheterna hade hon aldrig befunnit sig i Kargvik. Han kysste henne passionerat en sista gång innan han tog sin väska och bara gick därifrån. Tess kunde fortfarande känna smaken av honom när hon gick för att byta om.

Tess såg att hon hade fått ett meddelande från Patrick när hon tog upp sin mobil. Där stod det att han kunde skjutsa hem henne om hon ville så hon ringde upp honom.

Hon blev glad när hon såg bilen. Och tacksam över att hon inte behövde gå hela vägen hem i kylan. Hon funderade på hur Tim skulle ta sig hem till ön i kylan och natten. Hon ångrade att hon inte hade följt med honom hem.

"Ska jag hämta dig vid tio?" frågade Patrick när de var framme där han brukade lämna henne.

Tess nickade.

Tess var genomfrusen när hon kom hem. Hon gick in i duschen och tänkte på Tim för att bli varm.

Tess och Patrick hade kollat vad Kargviks butiker hade att erbjuda när det närmade sig lunchtid. De hade inte kommit längre i sitt planerande av Agnes fest men nu var de hungriga så de gick in på ett fik och åt lunch.

"Det verkar hopplöst att planera den här festen", sa Patrick

"Vi kanske försöker göra för mycket på en gång."

"Vad menar du?"

"Vi kanske skulle ta en grej i taget. Lokal till exempel. Vi kanske skulle bestämma plats först och bestämma resten utefter det."

De åt upp och åkte sedan vidare hem till Patrick där de ringde runt till några platser som de kanske kunde tänka sig men de var alla redan uthyrda. Patricks telefon ringde och han gick in till köket för att

143

svara. Tess hörde att han pratade men kunde inte urskilja vad det handlade om.

"Det var Mattias. Han undrade om vi vill följa med på bio vid fem, jag sa att du var här och att jag skulle kolla med dig", sa han när han kom tillbaka.

"Ja, men det kan vi göra."

Vilmer och Agnes stod också utanför biografen och väntade med Maria och Mattias.

Tess kunde se hur nöjd Agnes såg ut när hon såg Tess och Patrick komma gående tillsammans. De gick in och ställde sig i kön. Det var nästan deras tur när hon hörde Tims lena röst. "Vilken tur att jag hann!"

De andra hälsade på honom samtidigt som Tess hjärta bultade så hårt att hon nästan var säker på att det syntes.

Patrick satt mellan dem i salongen, Tess hade svårt att fokusera på filmen. Hon hade sett Tims missnöje i kön att Patrick stod så nära henne.

Efter bion var alla hungriga så de bestämde sig för att köpa med sig pizza hem till Patrick. Vilmer och Agnes åkte med Maria och Mattias till pizzerian och Tess och Tim åkte med Patrick direkt hem till honom.

"Hur går det med båten?" frågade Patrick när de hade börjat åka.

"Den går bra!" svarade Tim.

"Vilken tur, för det tog verkligen hela dagen att fixa den."

De pratade på om när de fixade med båten och Tess kunde lista ut att det var den dagen hon skulle träffat Patrick men att han fått förhinder. Tim visste att Patrick hade planer med Tess den dagen.

Hemma hos Patrick var Tess nervös när hon var tillsammans med dem båda två. Hon ville inte att Patrick skulle märka att det var något mellan henne och Tim. Men Tim var så snygg och hon hade svårt att kontrollera sin kropps reaktioner i hans närhet. Hon försökte att inte tänka på tiden de hade tillbringat i Oscarstad tillsammans.

De befann sig ensamma i köket när Patrick gick på toaletten. Tim tog sig snabbt fram till henne och innan han hann kyssa henne hörde de hur dörren till trappuppgången öppnades. De andra hade anlänt med pizzorna.

De dukade upp en pizzabuffé i köket men satte sig i soffan och åt framför tv:n.

När Tess gick för att hämta en bit till i köket följde Tim efter henne. Han ställde sig alldeles intill henne och hon trodde att hon skulle bli galen av att ha honom så nära utan att kunna göra någonting. Hon såg på Tim att han ville säga något men var rädd för att någon skulle komma in. När Tess kom tillbaka såg hon att Maria kollade misstänksamt på dem.

Efter maten satt hela gänget kvar hemma hos Patrick och spelade spel. Patricks lägenhet var för liten för att Tess och Tim skulle kunna vara ensamma någonstans och det plågade henne. När det var dags att gå erbjöd sig Vilmer och Agnes att köra hem Tess. Maria och Mattias tog med sig Tim eftersom han hade båten nära Marias lägenhet.

Tess satt i bilen när hon fick ett meddelande från Tim.

Möt mig vid båten. Jag väntar på dig.

Tess tvekade innan hon svarade.

Hon stod på trottoaren och såg på medan Vilmers bil körde i väg. Sedan vände hon sig om för att gå de trettio minuterna det tog för att ta sig till bryggan där Tim hade sin båt.

Tess hann inte ens ner på bryggan innan han rusade fram till henne och kysste henne, hon kunde känna av intensiteten i hans kyssar hur mycket han hade längtat efter henne.

"Kom!" sa han och tog med henne längs bryggan till båten. Han såg att hon tvekade när hon såg båten så han kysste henne igen.

"Följ med mig, mina föräldrar är inte hemma."

Tess fortsatte att tveka en stund till innan hon lät honom hjälpa henne ombord på båten. De tog på sig flytvästarna innan han startade båten och styrde den hem till Rågön i mörkret. Den här gången stannade han båten vid bryggan intill huset och de behövde bara gå över den snötäckta gräsmattan för att komma fram till huset. Han låste upp samma dörr som de hade gått ut ur senast hon var där. Men han tog inte henne till gästrummet som hon tidigare varit i utan tog med henne upp en våning.

Han tog först av sig sina ytterkläder innan han kysste henne och hjälpte henne av med hennes ytterkläder som blev liggande på golvet. De rörde sig mot nästa trappa. Tim tog av sig på överkroppen för att sedan fortsatta ta av Tess kläderna. När de nådde fram till nästa trappa var hon helt naken.

Trappan under henne var hård när hon la sig på trappstegen. Men det var inget hon tänkte på längre när hon kände hans blöta läppar kyssa hennes bröst. Hon flämtade till och han fortsatte kyssa henne neråt på magen tills han var emellan hennes ben och kysste henne där.

Hon var så kåt nu att hon inte visste var hon skulle ta vägen. Trappan under henne var hård och obekväm, men hon ville inte för allt i världen att han skulle sluta. Så hon tittade frågande på honom när han slutade. Då lyfte han snabbt runt henne så att hon satt grensle över honom. Han gled lätt in i henne samtidigt som hon stönade mjukt.

Hon satt stilla med honom hård inuti henne medan de kysstes. När de sedan började röra på sig hade hon inte mycket att ta stöd mot så hon lutade sig bakåt och placerade händerna på hans knän för stöd. Samtidigt lutade han sig bakåt mot trappstegen med händerna på hennes höfter. Hon kunde känna hur stark han var när han förde hennes kropp ovanför sig. Hon hjälpte till så gott hon kunde för att hålla takten. Han var skön och njutningen i underlivet närmade sig snabbt. Samtidigt som hon var nära var det obekvämt och svårt att slappna av. Då drog han henne närmare och omfamnade henne, känslan av hans hud och värme mot hennes kropp fick njutningen att öka ännu mer. Hon stönade högre och när hon till slut kom greppade hon hårt om honom flämtande. Och det räckte bara med några sekunder till för att han också skulle komma.

De satt kvar lutade mot varandra och hämtade andan.

"Ska vi gå och duscha?" frågade han henne efter ett tag.

146

Hon tittade på honom och nickade. De lät sina kläder ligga kvar utspridda över golvet och hon följde efter honom uppför trappan. Han ledde in henne i ett stort badrum med väggar i vit marmor och vidare in i duschen. När han vred på kranen till duschen regnade de varma vattenstrålarna ner på dem från taket. Han närmade sig henne och kysste henne och med hans händer på hennes rygg tryckte han hennes nakna kropp närmare hans. Han backade in henne mot väggen i duschen innan han kysste hennes bröst. Hon tog tag i ledstången på väggen för stöd när han fortsatte att kyssa henne ner mellan hennes ben. Hon blev genast våt. Hon stönade och flämtade om vartannat, hon var så nära när han slutade. Han ställde sig upp och hon kunde känna hans hand smeka henne istället, hon vred sig när hon kände hans fingrar inuti henne.

Hon greppade hårdare om ledstången, han fortsatte att kyssa henne tills hon kom och hon stönade i hans mun. Sedan backade han tillbaka in under vattnet och tog med sig henne. Han tog fram en flaska schampo och hällde i hennes hand innan han tog av den själv och tvättade sitt hår. Tess schamponerade sitt hår och sedan tvålade in sig med tvålen han hällde upp i hennes hand.

De hade inte sagt ett ord till varandra i duschen förrän Tim sa med en allvarlig min. "Är du också hungrig?"

Det fick Tess att skratta. "Ja, jag är hungrig."

Hon fick en handduk av Tim när de hade gått ur duschen. Sedan följde hon efter honom nerför trappan till köket som hon hade varit för upptagen för att se när de kom in. Tess satte sig iklädd bara handduken på ett utav barstolarna vid köksön medan Tim dukade fram bröd, pålägg och juice.

"Varför bad du Patrick om hjälp med båten när du visste att han hade planer med mig?" frågade hon.

Han stod tyst en stund innan han svarade.

"Jag tänkte att jag kunde hindra honom från att träffa dig, men det gick inte som planerat." Hon såg på honom att han skämdes lite. "Jag står inte ut med tanken av att du umgås med honom."

"Jag hjälper honom planera Agnes födelsedagsfest."

"Därför måste du sova hos honom?"

"Han skulle köra hem mig men vi blev insnöade. Det hände ingenting, vi är bara vänner." Hans ansiktsuttryck ändrades och hans blick blev intensiv. Tess tittade frågande på honom när han gick bort till sina byxor som låg på golvet och tog upp något ur fickan. Han kom tillbaka till henne och sträckte ut sin hand.

"Jag vill avsluta det vi påbörjade på nyår!", sa han.

Hon tog tag i hans hand och ställde sig upp. Tim ställde sig bakom henne och flyttade bort håret från hennes nacke innan han kysste henne där. Sedan hukade han sig ner bakom henne och kysste henne på rumpan, hans hand gled upp på insidan av hennes lår och smekte henne våt. Tess bet sig i läppen av njutning. När han ställde sig upp hade han tagit av sig handduken och hon kunde känna hans stånd mot sitt underliv. Hon tog stöd med händerna på köksön innan han slet av henne handduken och greppade hårt om hennes bröst. Det gjorde inte ont, det gjorde bara henne kåtare. Sen kände hon hur han retades med att bara föra in ollonet in och ut. Hela hennes kropp skrek att hon ville att han skulle komma hela vägen in. Han fortsatte att retas. Hon stod nästan inte ut. Hon stönade högt när han sedan kom hela vägen in och sedan stötte med mer och mer intensitet tills han kom. När han var färdig tog han upp sin handduk från golvet och tog den runt sig innan han satte sig vid köksön igen. När Tess tagit upp sin handduk och virat in sig i den satte hon sig tillbaka på stolen. Hon hade precis varit på gränsen till att komma när han hade dragit sig ur henne. Hon såg i hans retsamma leende att han var nöjd och att det var just det han ville.

De åt några smörgåsar innan de plockade undan för att sedan plocka upp kläderna som låg utspridda på golvet och ta med dem en trappa upp till Tims sovrum. Tess tog på sig trosorna innan hon la sig i Tims säng. Han låg bakom henne naken med armen om henne tills de somnade.

Tess låg ensam i sängen när hon vaknade. Hon satte sig på sängkanten och tog på sig kläderna innan hon gick nerför trappan och in i köket. Det var helt tyst i huset och Tim var inte där. Hon tog fram ett glas och hällde upp lite juice från kylskåpet. När ytterdörren öppnades hoppade hon till sedan såg hon Tim komma in. Han var svettig och andfådd, hans ögon lyste när han log mot Tess. Han gick fram och gav henne en puss på munnen innan han tog en klunk av hennes juice.

"Ta fram lite, jag ska bara ta en dusch."

Tess kunde inte slita blicken från honom när han tog sig uppför trappan. Hela hans sätt att röra sig var så maskulint och sexigt. Hon funderade på om hon skulle följa efter honom och göra honom sällskap i duschen men ångrade sig. Tess gjorde istället som han sa och plockade fram lite från kylskåpet och skafferiet som hon ställde på köksön. När Tim kom ner var han nyduschad och luktade gott. De satte sig ner och åt frukost tillsammans.

"Jag vet inte när mina föräldrar kommer hem, så det är nog bäst att vi åker snart."

De gick över den snötäckta gräsmattan fram till den lilla bryggan. När de hade klivit ombord på båten kysste han henne passionerat innan de tog på sig flytvästarna. Han startade båten och körde den ända fram till bryggan i Kargvik.

Tim hjälpte henne upp på bryggan innan han tog flytvästen ifrån henne. Tess stod kvar en stund på bryggan och såg på medan han körde i väg. Sedan gick hon förbi Supermarket och köpte med sig lite på vägen hem. Hon hade inte haft med sig någon väska så hon fick inte med sig så mycket.

Hon bytte om och gav sig ut i spåret när hon hade packat upp varorna. Det fanns bara ett kortare spår nu som var i ordning efter den stora snömängden som hade kommit, den sprang hon flera varv istället.

Hennes hjärta hoppade till när hon såg Tim på måndagen. Han verkade ännu snyggare än sist hon såg honom.

Hon jobbade med Agnes under dagen, som försökte luska i om det var någonting mellan henne och Patrick. Tess förklarade att de bara var vänner, men Agnes verkade inte tro på henne.

På onsdagen hade Tess och Patrick gjort upp planer om att fortsätta planera Agnes fest. Han hämtade henne på hotellet efter sitt arbetspass och de åkte hem till honom.

"Kan vi inte ha festen hemma hos Vilmer då? Eller dina föräldrar?" föreslog Tess då de inte hade lyckats boka någon lokal.

"Jag vet inte…"

"Vi kan beställa catering, och sen kan vi fixa med dekorationerna själva."

"Vad ska vi ha för tema då?"

"Jag vet inte men det löser vi kanske sen."

Patrick ställde sig upp. "Jag ska ringa Vilmer", sa han och gick ut i köket.

"Vi kan vara hos Vilmer. Ska vi se vad vi kan hitta för cateringfirma?" sa han när han kom tillbaka.

De sökte efter flera cateringfirmor i Kargvik och ringde upp dem.

När de inte kom vidare skjutsade Patrick hem henne.

Hon hade lagt sig i sängen när hon fick ett meddelande från Tim.

Jag saknar dig. Jag vill träffa dig. /Tim

Jag saknar dig med.

Kan du träffas på lördag?

Det kändes som en evighet innan det blev lördag morgon. Tim hade lånat sin pappas bil och hämtade henne klockan nio. Hon hoppade in i bilen och han kysste henne passionerat innan han började köra bilen mot grannstaden som låg fyrtio minuter bort. De parkerade vid ett köpcentrum där de gick runt och kollade i butikerna. De hade precis ätit lunch när Tims telefon ringde.

"Det är Patrick!" sa han till Tess innan han svarade. Tess kunde bara höra Tims sida av samtalet.

"Hej!"

"Ikväll?"

"Vilken tid?"

"Vi får se."

"Vi hörs!"

Han la på. "Patrick ska ha fest ikväll innan Daisko. Han undrade om jag ville komma dit."

"Jaha, okej. Ska du gå?"

"Jag vet inte."

Det plingade till i Tess telefon.

Hej! Kom till mig ikväll. Ska ha fest hos mig innan Daisko. /Patrick

Tess tittade på Tim.

"Det är från Patrick!" sa hon och visade honom meddelandet.

"Hur ska du göra?"

"Jag vet inte", svarade hon.

De fortsatte att gå i butiker en stund efter lunchen tills de tröttnade.

"Vad vill du göra nu?" frågade han henne.

Tess ryckte på axlarna som för att visa att hon inte visste. Men hon visste mycket väl vad hon ville göra. Hon ville ta med honom hem så att de kunde vara ensamma.

"Vill du gå en promenad? Det finns jättefina motionsspår en bit utanför."

"Det låter mysigt", sa hon och log, hon var glad att han inte föreslog att de skulle åka tillbaka till Kargvik eftersom hon inte var redo att lämna honom.

Tim körde dem till ett skogsparti i utkanten av staden.

"Hur känner du till det här? " frågade Tess när de hade gått en bit.

"Jag har sprungit här några gånger."

"Jaha! Gillar du att springa?"

"Jag försöker få in ett par pass i veckan."

Han såg att Tess log. Det fick honom att le tillbaka.

"Varför undrar du?"

"Inget speciellt", svarade hon och fortsatte att le flirtande.

Tim blev allvarlig. "Hur tänker du om ikväll?"

Hon ville inte svara vad hon tänkte så hon bollade tillbaka frågan.
"Hur tänker du?"

Han stannade upp och vände sig mot henne. "Jag vill vara med dig."

Det pirrade till i hela hennes kropp när hon hörde honom säga de orden. Hon var på väg att svara honom när han fortsatte.

"Men jag ser inte hur det skulle vara möjligt. Mina föräldrar är hemma och jag får inte följa med hem till dig. Ingen chans att dina hyresvärdar inte är hemma?"

"Nej, Tyvärr."

"Jag vet inte hur mycket mer jag klarar av det här"

"Vad menar du?"

"Att smyga omkring så här, jag vill kunna träffa dig när jag vill."

Han närmade sig henne tills han var så nära att han kunde kyssa henne.

"Jag vill kunna kyssa dig när jag vill", viskade han innan han drog henne nära och kysste henne intensivt. Hon märkte nu hur mycket han hade hållit igen under dagen. Han knäppte upp hennes jacka för att komma närmare henne, men det räckte inte. Han morrade till av frustration. Tess småfnissade lite samtidigt som de intensiva kyssarna hade gjort henne kåt.

"Kom!" sa han och tog med henne tillbaka till bilen.

Han hoppade in i baksätet och hon följde efter. Han kysste henne samtidigt som han hjälpte henne av med kläderna på underkroppen. Sedan knäppte han upp sina byxor och drog ner dem innan hon satte sig grensle över honom. Det var kallt i bilen så de behöll resten av kläderna på. Han drog upp hennes tröja för att komma åt och kyssa hennes bröst. Hans läppar var kalla samtidigt som hans tunga var varm. Tess flämtade och stönade.

Samtidigt som kan kysste henne på munnen hörde hon ett bekant prassel bakom sig sedan stönade hon när han kom in i henne. Tess hade svårt att slappna av. Bilen hade snabbt immat igen men hon var rädd att ägaren till bilen som stod intill deras skulle komma tillbaka eller att fler bilar skulle parkera intill dem. Hon försökte fokusera och vara i nuet. Och när Tim ökade takten var det som om allt runt omkring henne bara försvann, det var bara dem. Hon njöt av honom och när orgasmen var nära märkte hon på honom att han var närmre.

"Vänta!" lyckades hon flämta fram.

Tim gav henne en intensiv blick innan han drog upp hennes tröja och kysste hennes bröst. Det fick henne att stöna högre och de båda kom samtidigt. De tittade på varandra och småskrattade, den sexuella spänningen som hade växt mellan dem under dagen hade de äntligen fått utlopp för.

Solen hade gått ner under tiden de var i bilen och Tess fick leta i mörkret efter sina kläder.

När de hade klätt på sig klev de ur bilen och gav varandra en förvånad blick innan de skrattade igen. De hade inte lagt märke till när bilen som hade varit parkerad bredvid deras hade åkt i väg.

Tess tittade på sin telefon. Hon hade flera missade samtal och meddelanden från Patrick.

Vill du att jag kommer och hämtar dig sen?

Agnes och Vilmer kan hämta dig om du vill?

Ring mig när du kan.

"Patrick har försökt få tag på mig", sa hon.

Tim tog upp sin telefon. "Han har ringt mig också!"

Tim ringde upp Patrick och Tess kunde fortfarande bara höra Tims sida av samtalet.

"Hej!"

"Jag vet inte."

"Jaha okej."

"Jag är ute och åker."

"Jag vet inte riktigt."

"Det kanske jag kan."

"Okej hör av dig sen."

"Vad sa han?" frågade hon när de hade lagt på.

"Han undrade om jag skulle komma dit. Han sa att han inte fick tag på dig. Och sen undrade han om jag hade möjlighet att hämta dig eftersom de andra redan var där."

De satte sig i bilen och Tim körde tillbaka mot Kargvik.

Tess telefon ringde.

"Det är Patrick!"

Tim stängde av radion så att hon kunde svara.

"Hej!"

"Hej! Vad gör du?"

"Ehm. Jag gör ingenting."

"Har du inte sett mina meddelanden? Eller att jag har ringt?"

"Jag såg det nu, jag var ute och sprang förut. Då hade jag inte med mig telefonen, sen somnade jag när jag kom hem, jag hade inget ljud på telefonen", ljög hon för Patrick samtidigt som hon och Tim tittade på varandra.

"Kommer du hit? Vi ska inte gå än på ett tag. Tim är på väg, han kan hämta dig på vägen."

"Jag vet inte. Jag måste göra mig i ordning och så."

"Det behöver du inte, du är alltid snygg. Kom igen! Jag ringer Tim och säger att han kan hämta dig på vägen."

Tess tittade på klockan, den var halv nio och de hade trettio minuter kvar till Kargvik.

"Jag vet inte. Jag har inte ätit sen lunch."

"Det gör inget, jag kanske har något här som du kan äta eller så kan du köpa med något, Tim är säkert hungrig det är han alltid."

Det blev tyst i luren. Tess funderade.

"Tess är du där?

"Ja!"

"Kommer du?"

Hon tittade frågande på Tim och han nickade.

"Ja, jag kommer. Men det tar lite tid kanske."

"Vad bra! Jag ringer upp Tim. Säger att han kan hämta dig."

Tims telefon ringde nästan med en gång när de hade lagt på.

"Hej!"

"Ja. Det kan jag."

"Om en timme."

"Vilken adress?"

"Jag vet inte. Jag har inte bestämt mig. Kanske en stund."

"Okej vi hörs."

När han hade lagt på vände han sig mot Tess.

"Jag antar att vi ska gå på fest hos Patrick"

"Jag känner mig inte klädd för att gå på fest."

Tim såg oron i hennes blick.

"Tess! Litar du på mig?"

Tess nickade och han fortsatte.

"Då är det inga problem, vi åker hem till dig och byter om."

"Men…"

Hon hindrade sig i det hon skulle säga när han la sin hand på hennes lår.

"Du får inte parkera precis utanför i så fall", sa hon.

Tim tittade på henne och log. "Jag kan parkera var du vill", sa han.

De smög från bilen runt huset till källaringången. Tess låste upp dörren och de gick in.

"Jag ska bara ta en snabb dusch", sa hon och gick in i badrummet.

"Vill du ha sällskap?" frågade han och tittade på henne med ett busigt leende.

"Jag tror att vi kommer bli sena då."

Han följde efter henne in i badrummet och kysste henne. Sedan gav han henne en intensiv blick. "Jag hörde inte ett nej."

"Okej! Men då får vi skynda oss."

"Ska bli!" svarade han och tog hastigt av sig kläderna innan han hjälpte henne av med underkläderna hon fortfarande hade på sig och lyfte in henne i duschen. Han hade redan stånd. Han verkade oberörd till de första iskalla vattenstrålarna som kom från duschen, han var för upptagen med att kyssa henne och smeka hennes kropp. Tess stönade tyst, hon var orolig att Maggie och Hans skulle höra dem. Tim smekte henne våt för att sedan komma in i henne, samtidigt fick hon kämpa hårt för att inte stöna högt. Speciellt när han lyfte hennes ena ben så att han kom in djupare. Det tog inte lång tid innan hon kände att hon var nära att komma. När hon greppade hårdare om honom var det som om han läste av henne. De båda gav efter samtidigt och kom tillsammans. Det var inte förrän han drog sig ur henne som han la märke till att han inte hade fått på sig en kondom. Han reagerade genom att svära.

"Vad är det?" frågade hon oroligt.

"Ingen kondom", svarade han.

Först tittade hon storögd på honom, sedan mjuknade hon. "Det är nog ingen fara. Inget vi kan göra åt det nu ändå."

De skyndade sig att duscha, Tess borstade snabbt igenom sitt hår och slängde upp det i en trasslig bulle innan hon tog på sig mascara och lite rouge. Framför garderoben tog hon på sig trosor och bh följt av ett par svarta strumpbyxor. Hon avslutade med att ta på sig en svart skimrande figurnära kortklänning. Hon kunde nästan känna Tims blick när han stod i bar överkropp och studerade henne. Han kom fram till henne och greppade tag i henne.

"Om du ska vara så där snygg så finns det risk för att vi inte kommer härifrån." Han kysste henne hårt samtidigt som han drog ner axelbandet på hennes klänning för att sedan kyssa henne mjukt längs halsen. Innan han hann dra ner klänningskanten hindrade hon honom.

"Vi måste åka nu", sa hon och försökte vara allvarlig.

Han tog på sig en utav de nya skjortorna som han hade köpt under dagen.

"Du råkar inte ha något att äta?" sa han när de var på väg ut.

Tess kollade på klockan. "Vi får köpa något på vägen."

De smög tillbaka ut till bilen, sedan stannade de i en Drive Thru på en hamburger restaurang och köpte med sig mat som de åt i bilen.

Tess knappade in portkoden hos Patrick och hon kunde se Tims missnöje i att hon kunde den.

"Vänta! Jag kommer inte kunna göra det här på ett tag", sa han när de kommit innanför portdörren. Han förde ena handen bakom hennes huvud och förde henne närmare sig för att sedan kyssa henne. Den andra handen hade han på hennes rumpa som han använde för att trycka hennes kropp nära hans. Kyssen var så intensiv att Tess tappade andan. Hon kände hur det pirrade till i sitt underliv.

"Kom! Vi går upp nu", sa han när han hade släppt henne ur sitt grepp.

Tess ben var lite vingliga när hon följde efter honom uppför trappan till Patricks lägenhet. Tim gick in först och försvann. Patrick som hade sett Tim komma in kom till hallen för att möta Tess.

"Hej!" sa han och log sitt vänliga leende när han fick syn på henne.

"Hej!"

"Wow!" sa han och studerade henne från topp till tå innan han gav henne en kram. "Har du ätit något?"

Hon nickade.

"Vill du ha något att dricka?"

"Ja, tack!"

Hon följde med honom till köket och han räckte henne en cider innan han tog fram en öl till sig själv. De blev kvar i köket och pratade med varandra en stund. När Tim kom in i köket kunde hon se hans missnöje. Han gick fram till kylskåpet och tog fram en läsk. I vanliga fall hade han gått därifrån. Tess blev fundersam till varför han stod kvar och deltog i deras konversation. Patrick var olik sig själv, han hade tydligt druckit mer än de fåtal gånger Tess hade tidigare sett honom dricka. Han började prata gamla minnen om han, Emma och Tim. Tess såg på Tim att det fick honom att känna sig obekväm. Tess lämnade dem i köket och gick för att prata med Agnes.

"Hej! Du är här!" sa Agnes när hon såg Tess.

"Hej! Har det hänt något med Patrick?

"Vad menar du?"

"Jag tycker att han beter sig konstigt."

"Nejdå! Det är inget fel med honom."

Efter en stund var Tess på väg tillbaka till köket för att hämta en ny cider när hon träffade på Patrick i hallen. Tim hade följt efter honom och såg på när han greppade tag om Tess höfter och kollade in henne. "Wow! Vad snygg du är."

Tess kunde se Tims blick, han var inte nöjd med det som utspelade sig framför honom. Tess trodde att han skulle gå, men det gjorde han inte. Istället tog han tag i Patrick.

"Kom! Jag följer med dig, vi går ut och tar lite luft."

Tess såg på medan de försvann ut i trappuppgången. Hon fortsatte in till köket och hämtade en cider, sedan gick hon tillbaka till de andra i vardagsrummet. Det tog närmare en timma innan Patrick och Tim kom tillbaka. Några utav de andra hade redan gått vidare till Daisko.

Det märktes när de kom tillbaka att Patrick hade nyktrat till en aning. Alla som var kvar klädde på sig ytterkläderna för att gå till Daisko. Tess la märke till att även om Patrick hade nyktrat till lite så var han ändå olik sig själv.

Redan på väg till Daisko tog han tag i Tess hand. Att visa något sådant offentligt hade han aldrig gjort tidigare. Förutom på nyårsafton då han hade kysst henne vid tolvslaget. Tess såg hur Tim ogillade Patricks beteende. Det blev ännu mera tydligt när Patrick bestämde sig för att hålla om henne i kön. Tim som i vanliga fall brukade undvika Tess inne på Daisko gjorde en helomvändning den kvällen. För alla andra såg det ut som om han bara försökte hålla koll på Patrick. Vilket han också gjorde. Och han kunde inget annat än att se på när Patrick flirtade öppet med Tess.

Patrick hade inte druckit på flera timmar när de senare var på väg ut från Daisko. Han verkade klar i huvudet men verkade fortfarande inställd på att flirta med Tess. De hade hämtat sina jackor och stod utanför och väntade på de andra när Patrick gick fram och höll om henne.

"Sov hos mig ikväll?" viskade han i hennes öra.

"Det är nog ingen bra idé."

"Jo. Kom igen!"

"Jag tror att du har druckit för mycket."

"Det har jag inte, jag vill bara ha dig."

Tess blev ställd, det var första gången han hade uttryckt sig på det viset. Han gav sig inte.

"Kom igen, följ med mig."

Tim och de andra hade kommit ut nu och var på väg fram till dem. Patrick släppte Tess och hon kunde se svartsjukan i Tims ögon. De sa hejdå till de andra som skulle åt ett annat håll.

Kvar stod Tim, Tess och Patrick. Patrick verkade nu inte bry sig om att Tim var där, hans sätt att prata med Tess var som vanligt.

"Du får sova hos mig om du vill? Då slipper du gå hem själv i mörkret", sa han på ett sätt som fick honom att bara verka snäll.

Innan hon hann svara öppnade Tim munnen. "Jag kan köra hem dig om du vill? Vi behöver först hämta min bil hos Patrick. Men det blir bra för då kan vi gå med Patrick."

"Tack, vad snällt", sa hon till Tim. Patrick låtsades som att det inte störde honom.

När de började gå mot Patricks lägenhet tog Patrick Tess hand och höll i den ända tills de kom fram. Väl framme vände han sig mot Tess.

"Om du har ångrat dig så behöver du inte åka, du får sova här om du vill."

"Jag behöver åka hem. Jag har en del grejer jag behöver göra imorgon."

Hon kramade om honom och sa god natt. Vilket han inte sa tillbaka, hon märkte på honom att han inte var nöjd med att hon skulle åka. Hon hade gått några steg när han ropade: "Tess vänta!"

Både hon och Tim som var några steg framför henne vände sig om. När Patrick hade kommit i kapp henne tog han tag i henne och kysste henne. Sedan sa han god natt och gick tillbaka mot ingången. Tess mötte Tims blick när hon vände sig mot honom.

"Jag vill inte att du umgås mer med Patrick", sa Tim när de hade satt sig i bilen.

"Det var första gången han gjorde så här."

"Både du och jag vet att det är en lögn, vad tror du jag fick lyssna på när vi var ute och gick runt huset tillsammans?"

Tess tittade frågande på honom.

"Han berättade allt ni hade gjort, sen passade han även på att berätta allt han ville göra med dig."

"Jag... jag vet inte vad jag ska säga. Det var innan..."

Tim avbröt henne. "Det går inte att ändra det som hänt. Inte mellan dig och mig heller. Men jag tål inte att se dig med honom."

"Jag och Patrick är bara vänner."

"Han ser inte bara dig som en vän Tess. Problemet är att han är min vän. Så du och jag borde kanske inte träffas mer."

Det kändes som om han stack en dolk i hennes hjärta när hon hörde honom säga de orden.

"Men jag har inga känslor för Patrick."

"Att vi träffas är fel. Jag kan inte göra så mot Patrick. Du hörde inte vad han sa till mig."

"Hur kan det vara så fel när det känns så rätt?"

Tim startade bilen. "Jag behöver fundera lite", sa han och backade ut från parkeringen.

De satt tysta i bilen hem till Tess. Han stannade bilen där han tidigare hade ställt den när han var hemma hos henne. Han stängde av motorn och hon såg allvaret i hans min. Hon befarade att han skulle säga något hon inte ville höra, så innan han hann säga något ville hon hinna före. "Sov med mig?"

Han tittade frågande på henne och hon upprepade sig.

"Sov med mig?"

"Det är nog ingen bra idé", svarade han.

Nu hade Tess tröttnat. "Så du menar att bara för att Patrick är intresserad av mig så ska vi alla tre vara olyckliga."

Tim log mot Tess innan han drog henne emot sig och kysste henne. "Men Patrick kan aldrig få reda på oss", sa han lågt.

De klev ur bilen och smög runt till baksidan av huset till källaringången. Tess hann precis få av sig ytterkläderna när han kysste henne och bar henne till sängen. Han la ner henne på sängen och kysste henne samtidigt som han förde in händerna under klänningen och drog av henne strumpbyxorna och trosorna på samma gång. Sedan

160

försvann han ner mellan hennes ben. Hans mjuka läppar och blöta tunga kysste henne på insidan av låret och närmade sig hennes underliv.

Hon böjde sig bakåt av upphetsning. När hans läppar nådde ända fram flämtade hon till. Den sköna känslan växte hela tiden av att han kysste och slickade henne. Hon fick kämpa för att inte stöna högt. Han slutade och när hon tittade upp på honom såg hon honom trä på en kondom, det gjorde henne ännu mera upphetsad. Hon längtade efter att få känna honom inuti sig. Hon tog av sig så att hon var naken innan han förde in sitt ollon i henne. Hon märkte genast att han var på ret humör, att han kysste hennes bröst samtidigt som han retades gjorde Tess ännu mera upphetsad. När han sedan förde in sig lite mer men inte hela vägen blev upphetsningen ännu mera olidlig. Hon ville inget annat än att han skulle komma hela vägen in. Hon försökte komma närmare men han hindrade henne. När han till slut lät sig komma hela vägen in kände hon hur underlivet krampade mer och mer för varje stöt. Hon kunde inte låta bli att stöna så Tim höll för hennes mun med ena handen.

"Vänta på mig", viskade han när han märkte att hon var nära.

Hon kände redan orgasmen börja och det var för sent att vänta på Tim. Hon stönade i Tims hand och drog honom närmare samtidigt som hon fick den mest intensiva orgasm hon någonsin hade fått. Tim fortsatte att stöta tills han kom. Hela hennes kropp pirrade till med ett socker dricks liknande känsla efteråt. Tim var kvar i henne en stund och hämtade andan, sedan drog han sig ur henne och försvann in i badrummet. När han kom tillbaka räckte han henne ett glas vatten. Hon kom upp på armbågarna och tog emot den. Han la sig sedan tillbaka i sängen bredvid henne och lät händerna vandra över hennes kropp samtidigt som han studerade den.

"Vad har du gjort här?" frågade han och syftade på ärret på hennes ben.

"Ehm… jag snubblade när jag sprang, ramlade på en sten."

"Den måste varit vass."

"Det var den."

"Hur längesen var det?"

"Hmm... kommer inte ihåg"

"Det ser inte så gammalt ut."

"Jag är hungrig! Vill du ha något?" sa hon och satte sig upp.

Hon gick fram till byrån och tog på sig ett par rena trosor och en utav hennes mammas gamla t-shirtar innan hon gick bort till kylskåpet. Tim tog på sig kalsongerna innan han gjorde henne sällskap bredvid kylen.

"Vad har du?"

"Inte mycket, grillad kyckling och frukt."

"Det duger!" sa han med ett leende.

När de hade ätit upp det som fanns att äta gick de tillbaka till sängen och la sig.

De låg tätt och Tess njöt av att ligga i hans famn när hon somnade.

Den natten drömde hon att hon var tillbaka i gränden. Det blödde ifrån hennes ben. Hon sprang haltande i mörkret.

Hon kunde höra honom ropa. "Sara!... Sara!"

Hon vaknade med ett ryck och upptäckte att Tim inte låg bredvid henne. Hon satte sig upp samtidigt som han kom ut ur badrummet.

"Vad är det?" frågade han när han såg hur skärrad hon var.

"Mardröm bara", svarade hon.

Han satte sig på sängkanten och tog bort håret som hon hade i ansiktet innan han kysste henne mjukt. De la sig ner och fortsatte att kyssas. Tess trodde att de skulle ligga igen, men istället la han sig och höll om henne tills de somnade.

De smög ut på morgonen och Tim släppte av Tess vid Supermarket innan han fortsatte hemåt. Tess hade med sig en stor ryggsäck och några kassar. Kylskåpet ekade tomt så hon behövde verkligen fylla på. Hon handlade det hon behövde och promenerade sedan hem.

När hon kom hem packade hon upp sina varor och bytte om för att ta sig ut i spåret. Precis innan hon skulle gå såg hon att hon hade fått ett meddelande från Patrick.

Ska vi träffas och planera färdigt Agnes fest? /Patrick.

Tess stoppade tillbaka telefonen i fickan och gick ut, hon visste inte hur hon skulle göra. Hon visste att Tim ogillade att hon umgicks med Patrick, men hon hade lovat att hjälpa honom med Agnes fest och Agnes var hennes vän. Hon tänkte att hon kanske kommer på något när hon springer.

Tess ringde upp Patrick när hon kom hem. De bestämde att de skulle träffas på onsdagen för att planera färdigt. Det var självklart att hon och Patrick fortfarande kunde vara vänner.

Tess och Tim utbytte blickar när ingen såg på. Det var inte förrän på tisdagen när de åkte hissen som de var ensamma en kort stund och de passade på att kyssas. Men det räckte inte Tess ville ha så mycket mer.

"Jag ringer dig sen", sa han innan dörrarna öppnades och han klev ut.

Han ringde henne en kort stund efter hon hade kommit hem.

"Hej!"

"Jag har saknat sig. Kan vi träffas imorgon?"

"Imorgon går inte, jag har planer."

Det blev tyst en stund innan han pratade igen. *"Ska du träffa Patrick?"*

Tess kunde höra hur hans ton ändrades men hon ville inte ljuga. "Vi ska bara planera färdigt Agnes fest."

Det blev tyst i luren en stund till. *"Nu då? Kan jag komma över nu?"*

"Jag vet inte."

Det var återigen en stunds tystnad innan han svarade. *"Just det! Reglerna. För det är väl reglerna."*

"Ja." svarade hon.

"Okej, men åk i väg med mig i helgen?"

"Vart då?"

"Jag vet inte men jag bokar något."

"Jag kan inte i helgen."

Det var längesedan som Tess hade åkt och tagit ut pengar så det var något hon behövde göra.

"Ska du träffa Patrick?"

"Nej, jag ska inte träffa Patrick. Jag har andra planer på lördag."

"Söndag då? Kan vi träffas på söndag?"

De bestämde att de skulle träffas på söndag. Tim skulle planera något.

Patrick hämtade henne som planerat på onsdagen. De åkte hem till honom och lyckades äntligen planera färdigt Agnes fest. Festen skulle vara hemma hos Vilmer. De hade hittat en cateringfirma som de ville anlita med en meny som passade temat. Temat de äntligen hade kommit fram till var Gatsby. De gjorde färdigt inbjudningarna och skickade i väg dem. De hittade massor av passande dekorationer online som de beställde och skulle ordna med dagen innan. Vilmer hade bokat spa för han och Agnes som present till Agnes kvällen innan. Och även så att Tess och Patrick skulle kunna fixa förberedelserna hemma hos Vilmer. Festen var om mindre än två veckor.

Patrick hade betett sig som vanligt under hela eftermiddagen och gjorde inga närmanden på Tess. Han släppte av henne på det vanliga stället och körde sedan hem.

Tess skulle precis gå och lägga sig när telefonen ringde, det var Tim.

Han berättade att han var tvungen att åka till Tyskland tidigt imorgon bitti. Och att han inte visste när han skulle komma hem, men att han troligtvis inte skulle vara hemma till söndagen.

Det kändes tomt resten utav veckan att jobba utan Tim på hotellet. Men när lördagen kom hoppade Tess på tåget till huvudstaden som planerat. Hon tog ut femtusen kronor på fyra olika bankomater den här gången. Hon hade insett att det kanske skulle dröja mellan gångerna hon kunde åka och hämta ut pengar. Dessutom hade hon lovat Patrick att leta klädsel som Agnes skulle ha på sin Fest. Samt att hon behövde hitta något till sig själv. Hon hade letat i några butiker innan hon hittade en som hade allt hon letade efter. Hon och Agnes hade samma storlek så det var inte svårt för Tess att hitta något som skulle passa henne storleksmässigt.

Tess fick ta ett senare tåg hem till Kargvik än vad hon brukade. Hon var trött och slumrade till i början av resan. Hon drömde att han var nära henne, hon kunde inte se hans ansikte men hon kunde känna hans doft. När hon hörde honom viska: "Sara" vaknade hon med ett ryck.

Hon insåg att hon hade somnat på tåget. Hon hade varit vaken i någon minut när hon märkte att doften inte bara hade varit i hennes dröm för hon kunde fortfarande känna den. En kall kår gick längs ryggen. Först frös hon till is, men sedan insåg hon att hon måste agera. Hon skyndade sig till toaletten på tåget. Det var ledigt som tur var. Hon ringde upp Patrick.

"Hej!"

"Hej! Är du hemma?"

Patrick kunde höra i hennes röst att det var något fel. *"Ja! Har det hänt något?"*

"Kan du hämta mig på stationen i Grusvik?"

"Tess! vad är det som har hänt?"

"Jag kan inte förklara, kan du hämta mig eller inte?"

"Ja! Jag kan hämta dig. När då?

"Du måste åka nu!"

"Vad är det som pågår?"

"Åk nu och möt mig på perrongen i Grusvik. Du måste stå på perrongen när jag kommer fram! Om du åker nu så hinner du!"

De la på och Tess stannade kvar på toaletten till nästa stopp. Sedan gick hon ut och satte sig där det var som mest fullsatt i tågvagnen. Det var två stopp kvar till Grusvik, vilket var det sista stoppet innan Kargvik. Hon hoppades att Patrick skulle hinna.

När tåget började närma sig Grusvik gick hon fram till dörren. Hon ville se till att hon var en utav de första att gå av. Tåget saktade

165

in och hon såg sig omkring och såg bara främlingar runt sig. När hon tittade ut såg hon Patrick stå på perrongen. Han hade hunnit.

Dörrarna öppnade sig och hon klev av först, men hon såg till att inte gå framför de andra som klev av utan hon gick långsammare än dem så att det bildades en klunga runt henne. Hon gick som i ett stim av människor. När hon passerade Patrick tog hon tag i hans hand och drog in honom i stimmet. Han hade sett henne gå av men sen hade han tappat bort henne i folkmassan tills hon hade tagit tag i honom. Han tittade frågande på Tess.

"Var har du bilen?" frågade hon.

"På parkeringen på baksidan."

"Bra!" sa hon och de började gå ditåt.

När hon fick syn på bilen stannade hon upp och stannade även Patrick. Hon tittade sig omkring innan hon fortsatte mot bilen. När de kom fram till bilen satte hon sig snabbt i bilen och tog på sig bältet. Patrick höll samma tempo som Tess.

"Kör snabbt härifrån", sa hon så fort han hade startat bilen.

Utan att fråga gjorde han som hon sa. De hade precis åkt ut ur Grusvik när Patrick vände sig mot Tess.

"Vad är det som har hänt?"

"Jag är ledsen men jag kan inte berätta."

"Vad är det som du är så rädd för?"

"Jag kan inte."

Han hörde nu gråten i hennes röst. Han la försiktigt sin hand på hennes lår. "Det är okej", sa han med en mjuk röst.

Det var mörkt när de kom fram till Kargvik.

"Ska jag köra hem dig?"

Tess skakade på huvudet så han fortsatte att köra hem till sig.

Hon var skakig i benen när hon gick uppför trapporna till Patricks lägenhet. När hon kom innanför dörren kunde hon inte hålla tillbaka panikångestattacken längre.

Hon föll ihop på hallgolvet och hyperventilerade. Patrick stod bredvid och såg på när hon föll ihop. När han sedan kramade henne brast hon ut i gråt. Han bar sedan in henne till soffan och satt bredvid henne tills hon hade samlat sig.

"Det är okej, du kan stanna här så länge du vill", sa han.

Tess tittade på honom och log genom sina tårfyllda ögon och han log tillbaka sitt vänliga leende, det fick Tess att slappna av lite.

"Jag har en ny film. Vill du se?"

Tess nickade.

"Jag tänkte öppna en flaska vin, vill du ha?"

"Ja tack!"

Patrick plockade fram en flaska rödvin och två glas. Sedan gick han in i köket igen och kom ut med en skål med chips. Tess kände att hon var hungrig. Både vinet och chipsen åkte ner när de tittade på filmen och när flaskan var slut hämtade Patrick en flaska till.

"Vill du sova?" frågade Patrick när filmen var slut.

Tess skakade på huvudet.

"Jag har en film till vi kan se."

"Okej", svarade hon och såg hans vänliga leende innan han satte i gång filmen och fyllde på hennes tomma vinglas. Vinet var gott och lättdrucket. Halvvägs in i den andra filmen såg hon i ögonvrån hur Patrick tittade på henne. När hon vände sig mot honom lutade han sig närmare och kysste henne mjukt på läpparna. Hon visste inte varför men hon besvarade kyssen.

Han tog tag i hennes hand och tog med henne till sovrummet. Han kysste henne ömt igen och hon besvarade även den här kyssen. Han la sig ovanpå henne i sängen och de fortsatte att kyssas. Patricks kyssar var mer ömma än Tims. Tess förberedde sig på at han skulle avbryta men det gjorde han inte. Samtidigt som hon ville att han skulle sluta så ville hon även att han skulle fortsätta. Han tog av henne tröjan och de fortsatte att kyssas. När han sedan skulle knäppa upp hennes jeans ringde hennes telefon i hallen.

"Jag måste nog svara", viskade hon.

"Vem ringer dig så här sent?"

"Jag vet inte", sa hon samtidigt som hon gick mot hallen. Hon såg att det var ett okänt nummer innan den slutade ringa.

"Vem var det?"

"Jag vet inte, jag hann inte svara."

"Kom!" sa han och drog henne emot sig och skulle kyssa henne igen när hon hindrade honom.

"Vet du vad! Jag tror att vi har druckit för mycket. Jag vill inte att vi gör något vi ångrar."

Han tittade på henne och hon kunde se besvikelsen i hans ögon.

"Du har kanske rätt. Kom vi går och lägger oss."

Patrick lånade henne en t-shirt som hon kunde sova i. Sedan la de sig i sängen. Tess väntade på att Patrick skulle somna innan henne innan hon somnade. När hon vaknade på morgonen höll han om henne och hon kunde känna hans stånd mot sin skinka. Hon kände att han började röra på sig så hon låtsades att hon sov.

Hon kände att han tittade på henne innan han gick ur sängen. Då låtsades hon som om att hon vaknade. Patricks telefon ringde. Han tog med sig den och gick ut i köket och svarade. Tess kunde höra honom prata men kunde inte höra vad han sa. Hon klädde på sig och gick på toaletten. När hon kom ut hade Patrick pratat färdigt.

"Det var Tim som ringde, jag hade lovat att jag skulle hämta honom på flygplatsen senare idag. Men han ringde och sa att han blev tvungen att stanna ett tag till i Tyskland."

"Jaha! Okej." Tess försökte göra sig obrydd till informationen.

"Vill du ha frukost innan jag kör hem dig?"

Tess nickade. Och sedan ringde hennes telefon. När hon tog upp den såg hon att det var Tim som ringde. Hon hade bara döpt honom till "T" i sin kontaktlista och det var det som lös upp hela skärmen.

"Ska du inte svara?"

Tess avvisade samtalet. "Det var okänt nummer igen", sa hon samtidigt som hon la ner telefonen och satte sig vid bordet.

När de hade dukat av ringde det igen i telefonen. Hela skärmen lyste upp med ett "T".

"Du kanske skulle svara? Se vem det är."

Tess avvisade samtalet igen.

Patrick körde hem henne. Han släppte av henne där han vanligtvis gjorde. Det första hon gjorde när han hade åkt i väg var att ringa upp Tim men han svarade inte. Det dröjde i över en timma innan hennes telefon ringde.

"Hej!"

"Hej! Vad gör du?"

"Ingenting."

"Var är du någonstans?"

"Jag är hemma?"

"Varför avvisade du mina samtal?"

"Jag kunde inte svara då."

Det blev tyst i luren en stund. *"Var du med Patrick?"*

Tess ville inte ljuga men kände att Tim inte skulle förstå. "Nej."

"Jag försökte ringa dig igår kväll. Men du svarade inte."

"Var det du som ringde från okänt nummer?"

"Min telefon var död så jag fick låna en."

"Jag hann inte svara."

"Jag ville i alla fall ringa dig och berätta att jag blir kvar i Tyskland ett tag till."

"När kommer du hem?"

"Jag vet inte."

"Vad gör du där borta?"

"Jag hjälper min farbror."

"Kommer du hem till Agnes fest?"

"Jag hoppas det. Jag saknar dig!"

"Jag saknar dig med."

"Jag hör av mig när jag vet mer."

De sa hejdå och sedan la de på. Tess bytte om innan hon begav sig ut i spåret. Det gick fortfarande bara att springa på den lilla slingan. Efter gårdagen bestämde hon sig för att det var viktigt att inte missa sina löprundor. Hon bestämde att hon även behövde öka tempot.

Februari

Veckan som kom kändes dystert. Tim var fortfarande kvar i Tyskland. Tess hade bara pratat en kort stund med honom på onsdagskvällen och han visste fortfarande inte när han skulle komma hem. Det enda Tess nu hade att se fram emot var Agnes födelsedag på lördag. Hon hade pratat med Patrick och de hade bestämt tid för när de skulle åka hem till Vilmer på fredagen för att göra i ordning.

Patrick hämtade Tess vid sextiden för att åka hem till Vilmer. Det kändes konstigt att gå in i någon annans hem när de inte var hemma. Det första de gjorde var att packa ur alla kartonger med dekorationer ur Patricks bil. Sedan gjorde de iordning ett långbord som de dukade innan de började sätta upp alla de andra dekorationerna. Klockan var närmare elva när de var klara.

Det sista Tess gjorde innan de gick var att lägga fram kläderna som hon hade köpt till Agnes på sängen.

"Vi ses imorgon!" sa Patrick när Tess var på väg ut ur bilen.

"Vi ses imorgon!" sa hon innan hon stängde igen bildörren.

Tess vaknade tidigt på lördagsmorgonen. Hon klädde på sig och gick till spåret. Hon hade börjat pusha sig själv mer och mer på löprundorna och idag var det dags för intervaller. Hon sprang några varv innan hon promenerade hemåt. När hon kom hem igen försökte hon ringa Tim, men han svarade inte så Tess fortsatte in i duschen. Sedan lagade hon lunch som hon åt framför tv:n. Hon behövde inte göra sig i ordning riktigt än så hon blev kvar en stund till i soffan efter att hon hade ätit färdigt.

När det var dags tog hon först på sig ett par svarta strumpbyxor och sedan en mörkgrön figurnära klänning som pryddes av fransar i nederkanten. Hon satte upp sitt hår och tog på sig ett matchande grönt hårband med en vit fjäder. Hon gick in till badrummet och sminkade sig passande. Sedan tog hon på sig vita långa handskar och när hon hade tagit på sig armbandet hon hade fått av Tim var hon färdig. Hon packade med sig ett par svarta pumps innan hon tog på sig sina stövlar och jacka för att gå ut och vänta på Patrick.

Han hade inte kommit än. Medan hon väntade funderade på om hon skulle försöka ringa Tim en sista gång. Men ångrade sig så fort hon såg Patricks bil komma körandes.

"Wow! Vad snygg du är!" sa han så fort hon hade stängt dörren.

"Tack!"

"Är du sugen på fest?"

"Ja det blir nog kul", sa hon fast hon inte riktigt kände så. Hon saknade Tim men hade intalat sig att hon skulle försöka ha roligt ändå.

När de kom hem till Vilmers stuga hjälptes de åt med att packa ur all dricka som Patrick hade med sig i bilen. Strax efter dem kom Maria och Mattias. De hade kommit lite tidigare för att också hjälpa till. Patrick och Mattias började med att rigga upp en ljudanläggning medan tjejerna blandade ihop en välkomstbål. Efter en liten stund kom cateringfirman och strax efter dem började alla de andra gästerna att anlända. När det var bara femton minuter kvar tills Vilmer och Agnes skulle komma hem gick Patrick och Mattias ut och flyttade på bilarna så att det inte skulle se ut som om någon var där. När de kom in igen väntade de på att få notis från Vilmer om att de var nära. Det plingade till i Patricks telefon och de släckte alla lampor.

De hörde hur Vilmer låste upp dörren för att sedan se dem komma in i hallen. När Vilmer tände lampan ropade alla samtidigt, "Överraskning!"

Agnes hoppade först till. Sedan syntes ren glädje när hon såg alla sina vänner som hade klätt upp sig helt fantastiskt. Tess tog med Agnes till sovrummet där hon fick se sin klänning som var guldfärgad med lager på lager av fransar. Bredvid låg ett matchande hårband och likadana vita handskar som Tess hade på sig. Hon vände sig mot Tess.

"Wow! Har du fixat detta?"

Tess nickade.

"Tack! Det är fantastiskt", sa hon och gav Tess en stor kram. Vilmer kom sedan in så att han också kunde byta om. Tess gick ut och när Vilmer och Agnes kom ut ur sovrummet möttes de av en stor applåd. Det minglades och dracks av välkomstbålen innan det var dags att sätta sig till bords och avnjuta en fantastisk trerätters middag. När middagen var färdig och Cateringfirman hade åkt flyttades alla borden åt sidan så att det blev ett stort dansgolv i mitten av stugan. Maria drog med Tess upp på dansgolvet. Hon var inte riktigt på danshumör, hon saknade Tim. Hon hade kollat på sin telefon ett par gånger under kvällen för att se om han hade hört av sig, men han hade varken ringt eller skickat meddelande. Hon kom på sig själv att hon sneglade mot hallen så fort någon kom in ifall det var han.

När klockan var två och flera utav gästerna hade börjat åka hem bestämde sig Tess, Patrick, Maria och Mattias att de skulle dela på en Taxi. Medan de stod och väntade hade Patrick frågat om Tess ville följa med honom hem. Men hon hade ljugit och sagt att hon hade ont i huvudet så hon ville bara åka hem.

När hon kom hem sminkade hon av sig och bytte om till en av hennes mammas gamla t-shirtar innan hon la sig i sängen.

Hon vaknade sent på söndagen med lite huvudvärk. Men det hindrade inte henne från att ta sig ut i spåret för att springa intervaller. När hon kom hem var hon helt slut. Efter duschen la hon sig på sängen för att vila en stund men vaknade flera timmar senare. Hon kollade på telefonen och fortfarande varken ett missat samtal eller meddelande från Tim. Hon provade att ringa upp honom men fortfarande inget svar.

172

Hon fortsatte att försöka ringa honom under veckan som kom. Hon skickade även ett och annat meddelande. Men hon fick inte något svar på dem heller. Hon ville så gärna fråga Maria under veckan om Mattias hade hört något från Tim men kunde inte. Hon kunde heller inte fråga Patrick.

Hela veckan höll hon sig till sina rutiner, med löpturen på morgonen, duschen efter det och sedan jobbade hon på hotellet. På eftermiddagarna var hon bara hemma och väntade på att få höra från Tim. På fredag kväll plingade det till i hennes telefon. Hon höll andan när hon tog upp den.

Hej! Vad gör du imorgon? Vill du hitta på något? /Patrick

Hej! Jag hittar gärna på något. Har du något förslag? /Tess

Hon hoppades på att Patrick kunde distrahera henne från att Tim inte hade hört av sig.

Jag tänkte att vi kunde hänga lite. Ska jag hämta upp dig? /P

Jag kan efter tio. Då är jag klar med min löptur. /T

Ska du springa imorgon? Får jag följa med? /P

Det dröjde för lång tid innan Tess svarade på det sista meddelandet så Patrick ringde upp henne.

"Hej!"

"Hej! Du vet väl att du kan säga nej om du inte vill att jag ska följa med?"

"Det är inte det."

"Just det! Det var väl det hela med att du inte vill att jag ska veta var du bor."

Det blev tyst i luren så Patrick fortsatte. *"Vi kan mötas där. Det var längesen jag sprang och jag har tänkt att jag ska börja igen."*

Tess gick med på att mötas där.

När hon på lördagen närmade sig motionsspåret såg hon inte Patricks bil på parkeringen så hon väntade på honom. Hon stod och väntade i tio minuter innan han kom körandes och parkerade.

"Förlåt att jag är sen. Mattias ringde precis när jag var på väg ut", sa han efter han stängde bildörren.

"Det är ingen fara, jag kommer ändå springa mig varm. Det går bara att springa på den korta slingan, så vi får springa några varv."

"Hur lång är den?"

"Nästan två kilometer."

"Okej! Jag hänger på dig."

Tess började jogga för att värma upp den första kilometern och Patrick höll samma tempo.

"Så nu ökar vi", sa hon och började ta ut stegen.

Patrick hängde på då också. De sprang färdigt det första varvet och när de hade kommit ungefär halvvägs på det andra varvet la hon märke till att Patrick hade lite svårt att hänga med.

"Ska vi sakta ner?" frågade hon.

"Nej, det är lugnt", sa han flåsande.

De fortsatte springa och han lyckades hålla hennes tempo några hundra meter till.

"Vänta, vänta!" sa han och kippade efter andan.

Tess stannade och Patrick böjde sig fram med händerna på knäna och andades tungt.

"Hur många varv har du tänkt att springa?" flämtade han fram.

"Jag brukar springa minst fyra."

"Skämtar du!?"

Hans reaktion fick Tess att le.

"Jag måste vara i betydligt sämre form än jag trodde", sa han och fortsatte med att andas tungt.

"Vad menar du? För att jag är tjej?" log hon retsamt.

"Nej! Nej! Men den enda som någonsin har sprungit ifrån mig är Tim."

Tess hjärta hoppade över ett slag när hon hörde honom säga Tims namn.

"Jasså!"

Patrick rätade på sig. "Ja, på fotbollsträningarna var det ingen som någonsin hade en chans mot honom. Jag måste verkligen börja träna. Och du, du är i fantastisk form." Han lyckades klämma fram ett leende.

"Du behöver inte vara kvar, vi kan träffas senare om du vill?"

"Nejdå, det är nu eller aldrig som jag kommer i form."

"Säkert?"

"Säkert!"

"Okej, tror du att du kan hänga på."

"Nej! Nej! Jag kan inte hålla ditt tempo. Spring du så möts vi när vi är klara."

"Okej", sa Tess och satte fart och började springa igen. När hon närmade sig slutet på det fjärde varvet sprang hon förbi Patrick som joggade.

"Jag ska bara ta ett varv till!" ropade hon precis när hon passerade honom.

"Okej! Jag går och sätter mig i bilen!" ropade han tillbaka.

Hon vände sig om mot honom och sprang några steg baklänges medan hon gav honom en tumme upp, sedan fortsatte hon längs spåret.

När hon var klar gick hon till Patricks bil och satte sig. Han hade haft igång den en stund så den var varm.

"Springer du så här varje dag?" frågade han.

"Nej! Ibland springer jag intervaller."

"Du är galen!"

Hans leende fick Tess att le tillbaka.

"Jag är svettig, jag behöver duscha", sa hon.

"Okej, ska jag hämta dig senare?"

Tess nickade sedan klev hon ur bilen.

"Tack för löpturen", sa han innan hon hann stänga dörren.

Patrick körde i väg och Tess promenerade hem. Hon hann att duscha och dricka en smoothie innan Patrick skulle hämta henne.

När han hade hämtat henne åkte de hem till honom. De satte sig i soffan och kollade på de nya avsnitten som hade kommit på serien de båda tyckte om.

"Är du hungrig?" frågade han när de hade sett ett par avsnitt.

"Jag är jättehungrig."

"Jag kan se vad jag har, eller ska vi beställa något?"

175

"Vi kan väl se vad du har."

De gick in i köket för att kolla vad de kunde koka ihop.

"Jag är glad att du ville träffas idag. Det är så trist att sitta ensam på den här dagen."

Tess tittade frågande på honom.

"Alla andra är upptagna med sina dejter och så idag."

Tess fortsatte att fundera på vad det var för speciellt med just idag. Patrick såg att hon inte hade förstått.

"Du har helt missat att det är Alla hjärtans dag idag, eller hur?" sa han och log sitt varma vänliga leende.

Han förstod på Tess reaktion att det var just så.

"Du kan vara lugn, det här är ingen dejt. Jag ville inte vara ensam idag och jag gillar det här, när vi bara hänger."

Tess log tillbaka. "Jag gillar det med."

Patrick stängde dörren till kylskåpet. "Jag tror inte att vi får ihop något med det jag har hemma. Ska vi åka till Supermarket?"

"Okej", sa Tess och nickade.

De gick ner i trappuppgången och ut till Patricks bil för att åka till Supermarket. Väl inne i affären gick de runt i gångarna och plockade i det de skulle ha i vagnen.

"Vill du också ha en?" frågade Tess när hon plockade upp och viftade med en proteinbar.

"Är du så hungrig?" sa Patrick med ett leende.

Tess svarade bara genom att le tillbaka.

"Ja med tanke på hur mycket energi du måste gjort av med i morse så förstår jag."

De plockade i varorna i kassarna när de hade betalat och Tess åt på sin proteinbar på vägen ut till bilen samtidigt som Patrick småflinade åt henne.

När de kom hem till Patrick hjälptes de åt att packa upp varorna. Sedan satte de i gång och lagade en snabb lunch med pasta och kyckling.

Efter de hade ätit färdigt satte de sig i soffan och kollade på film.

Det började mörkna när Tess telefon ringde, när hon tog upp den såg hon att det lös upp med ett stort "T" på skärmen. Hon fick först panik, men ville inte missa samtalet trots att Patrick var där.

"Jag måste ta det här", sa hon.

Patrick nickade åt henne.

"Hej! Vänta lite", sa hon i luren, sedan gick hon ut på balkongen och stängde dörren efter sig.

"Hej!" sa hon igen.

"Hej!" sa han och Tess kropp svarade genast med att pirra överallt och det fladdrade djupt inne i hennes mage när hon hörde hans röst. Det blev tyst i luren innan hon hörde honom prata igen.

"Vad gör du?"

"Jag gör ingenting."

"Jag saknar dig Tess."

"Jag saknar dig. När kommer du hem?"

Nu kände hon att tårarna var på väg. Det var en blandning av glädjetårar för att hon äntligen fick höra hans röst och en blandning av sorg då det smärtade att han var så långt borta. Hon andades djupt för att hålla dem borta.

"Jag vet inte. Det är lite rörigt här, så det blir nog inte än på ett tag."

Tess hjärta kändes som om den höll på att gå sönder.

"Jag kan inte prata mer nu. Vi hörs", sa han och sedan var han borta.

Tess tittade in genom fönstret och såg att Patrick inte satt kvar i soffan. Hon stod kvar och andades för att trycka undan tårarna som ville komma fram innan hon gick in. Sedan gick hon in till Patrick som stod i köket, han hade påbörjat middagen.

När han såg Tess stannade han upp. Det hon hade försökt dölja hade hon misslyckats med.

"Vad är det som har hänt?"

Tess skakade först bara på huvudet sedan kunde hon inte hålla tillbaka tårarna. Patrick kom fram och la armarna om henne. Det var skönt att vara i hans trygga famn.

"Sätt dig här", sa han och ledde henne till köksbordet där hon satte sig på en stol.

"Vad är det som har hänt?" frågade han igen.

"Jag är ledsen men jag kan inte berätta", sa hon mellan snyftningarna.

Han svarade med sitt varma leende. "Det är okej, du behöver inte. vill du ha något att dricka? Jag kan öppna en flaska vin."

Tess nickade. "Det vore gott."

Patrick hällde upp varsitt glas vin till dem innan han fortsatte i köket.

Tess studerade honom när han höll på i köket, hon tänkte till sig själv att det var synd att hon inte var attraherad av Patrick, han var ju ett riktigt kap. Hon försökte tänka bort alla tankar om Tim. Hon visste inte när hon skulle få se honom igen eller när hon skulle kunna prata med honom igen.

Patrick blev klar med maten och serverade Tess en tallrik med oxfilé, potatispuré och en rödvinssås. På tallriken låg det även lite smörslungade grönsaker.

"Har du lagat det här?" frågade hon med ett leende.

"Ja", svarade han och log nästan lite generat.

Det var så gott att Tess nästan slickade rent tallriken.

När vinflaskan var slut öppnade Patrick en ny. De satte sig sedan i soffan igen för att fortsätta titta på film. Efter ett tag dukade Patrick fram en liten dessert med chokladmousse.

"Har du gjort den här?" frågade Tess.

"Ja. Smaka."

Tess smakade. "Oj! Vad god den är."

Patrick tittade på henne med en sådan intensiv blick att hon var rädd att han skulle kyssa henne, men istället tittade han ner i golvet för att sedan fortsätta titta på filmen. Hon hade svårt att läsa av honom till och från. De hade druckit upp den andra flaskan med vin när det blev sent.

Patrick kollade på klockan.

"Jag kan inte köra hem dig. Du får stanna här om du vill annars kan jag ringa dig en Taxi."

"Vill du att jag ska stanna?"

"Jag har sagt det tidigare att jag trivs i ditt sällskap. Du får gärna stanna här."

Tess lånade en t-shirt av Patrick som hon kunde sova i och de la sig bredvid varandra i sängen och båda somnade snabbt.

Tess drömde om Tim, hon vaknade mitt i natten och var kåt. Hon sneglade på Patrick som låg och sov. Hon tänkte i ett ögonblick att hon kanske skulle väcka Patrick så att hon skulle bli tillfredsställd men ångrade sig snabbt. Istället klev hon ur sängen och gick till köket för att dricka ett glas vatten. Hon kom att tänka på sist hon hade gått upp mitt i natten för att hämta vatten, det var den gången Tim hade kommit in. Hon blev upphetsad igen. Hon sneglade på Patrick igen när hon gick tillbaka och la sig.

På morgonen när hon vaknade hade Patrick redan gått upp och satt på kaffe. När Tess kom in i köket log han sitt vänliga leende. När han skulle sätta sig vid bordet såg han lite plågad ut. Tess fick hålla sig för skratt. "Antar att du inte vill följa med ut och springa sen", sa hon retsamt.

"Nej! Jag har tur om jag ens kan ta mig ut idag."

Tess småskrattade åt Patrick när han senare haltade ner i trappuppgången. Och när han stånkade sig in i bilen.

De nästkommande veckorna hörde Tess ingenting från Tim. Hon fortsatte med morgonrutinerna men på eftermiddagarna hade hon börjat tillbringa mer och mer tid med Patrick, de var ute och sprang tillsammans två eftermiddagar i veckan. Patrick hämtade henne efter jobbet och de åkte tillsammans till motionsspåret. Efter det åt de något tillsammans innan han körde hem henne. På helgerna träffades de vid spåret för att sedan åka hem till Patrick och hänga hela dagarna och ibland stannade hon kvar över natten hos Patrick.

Mars

Det hade gått tre veckor sedan Tess hade pratat med Tim, hon hade försökt ringa honom och skickat några meddelanden men fick aldrig något svar. Patrick och Tess var ute och sprang på lördagen. Det hade töat en del under de senaste veckorna så nu gick det att springa en längre slinga. Patrick hade fått mycket bättre kondition på bara några veckor, han kunde hålla samma tempo som Tess mycket lättare nu. Men Tess lättade alltid på tempot när hon sprang med Patrick. Hon hade ett högre tempo de gångerna hon sprang själv.

När de var klara såg Patrick att han hade fått ett meddelande på telefonen.

"Jag fick meddelande från Mattias, han undrar om vi vill följa med ut ikväll. De ska vara hos Maria innan och sen gå till Daisko."

De kom hem till Maria vid sjutiden. Gabriel, Felicia och Nadia var redan där. De umgicks, spelade spel, pratade och hade det trevligt innan de drog i väg till Daisko. Väl inne på Daisko dansade de. Tess hade roligare än hon hade haft på länge. Hon trivdes så bra i det sällskapet.

De dansade kvar tills nattklubben stängde sedan följde Tess med Patrick hem för att sova. Tess lånade en t-shirt från Patrick som hon alltid gjorde, sedan gick hon in i badrummet och borstade tänderna med samma tandborste som hon alltid använde. När hon kom in i sovrummet stod Patrick bara i kalsonger. Det syntes på hans kropp att han hade börjat löpträna. När hon gick förbi honom sträckte han ut armen och stoppade henne. Sedan kysste han henne mjukt. Tess visste inte varför men hon besvarade kyssen. Han hade precis borstat tänderna så han smakade gott. De tog sig till sängen där de la sig ner och fortsatte att kyssas. Hans hand gled in under t-shirten och smekte henne på ryggen. Sedan förde han den mellan hennes ben. Han smekte henne utanpå trosorna samtidigt som hon stönade lätt. När han sedan förde hennes trosor åt sidan och lät sina fingrar komma in i henne var Tess både förvirrad och kåt. Han smekte henne våt för att sedan ta av henne trosorna. Han tog sedan av sig kalsongerna och tog på en kondom innan han la sig ovanpå henne. Tess särade på sina ben och kunde känna toppen på hans hårda penis precis utanför. Han kysste henne mjukt innan han långsamt kom in i henne. Tess stönade mjukt. Hans stötar ökade i takt och styrka allteftersom. Tess kände att han var skön men när han kom med ett mjukt stön hade hon inte ens varit nära.

Han låg kvar en stund innan han drog sig ur henne, sedan försvann han in på toaletten. Tess låg kvar och kände sig obekväm och otillfredsställd men det var inget hon visade för Patrick när han återvände till sängen. Han log ett brett varmt leende medan han la sig under täcket tillsammans med Tess. Sedan la han armen om henne och kramade henne hårt och somnade.

Tess låg vaken en lång stund och kunde inte bestämma sig för om hon var glad att hon och Patrick hade haft sex eller om hon ångrade sig. Hon hade förväntat sig att det skulle vara bättre. Sedan tänkte hon att det kanske var för att det var första gången som de var tillsammans. Hon vaknade på morgonen och Patrick låg tätt intill henne i sängen. Hon försökte smyga ur sängen genom att försiktigt flytta på hans arm. Men hon råkade väcka honom och han drog henne intill sig hårdare. Hon kände hur hans stånd växte mot sin skinka. Hon hoppades att han inte ville ha en omgång till för hon var osäker på om det var någonting hon ville.

"Jag måste gå på toaletten", sa hon.

Han släppte henne och hon gick in i badrummet. När hon kom ut låg han inte kvar i sängen. Hon hittade honom i köket.

"Vill du ha frukost?" frågade han samtidigt som han dukade fram.

"Ja tack! Jag ska bara gå och klä på mig."

Tess gick tillbaka till sovrummet där hon hade lagt sina kläder. När hon hade klätt på sig tog hon ett djupt andetag innan hon återvände till köket.

Efter frukosten körde Patrick hem henne.

De träffades nästa gång på tisdagen utanför hotellet. Patrick hämtade upp henne så att de kunde åka ombytta till motionsspåret. Allting var som vanligt mellan dem som om ingenting hade hänt. De sprang den långa slingan och när de kom fram till bilen tog Patrick tag i Tess och kysste henne. Hon hade blivit överrumplad och det märkte han.

"Förlåt", sa han. "Jag kunde bara inte hjälpa det."

"Det är okej, jag var bara inte beredd."

Han slöt ögonen och kysste henne igen och Tess kände hur hennes kropp fylldes med värme.

De skiljdes åt vid bilen eftersom Patrick hade gjort upp planer att träffa Mattias.

De sågs inte igen förrän på lördag morgon. Patrick stod redan och väntade på henne när hon kom till parkeringen vid motionsspåret. När hon kom fram till honom la han armarna om henne och kysste henne med sina mjuka läppar. Hon kände samma värme som hon hade gjort tidigare under veckan när han kysste henne.

"Jag hörde att du skulle ut med tjejerna ikväll."

"Ja, vi ska vara hos Maria. Det blir väl Daisko efteråt."

"Vi kanske ses ute då", sa han.

De gav sig ut i spåret och joggade den första kilometern innan de ökade farten.

Tess hade kul hos Maria när de umgicks bara tjejerna. När de var klara hos Maria gick de allesammans till Daisko. När de kom in på nattklubben gick de genast till dansgolvet. De hade dansat en stund när de gick till baren. Tess beställde en cider. Sedan fortsatte de att dansa en stund till innan killarna kom. Vilmer och Mattias gick fram först och kramade om sina flickvänner och Patrick kom lite efter dem. Han gick fram till Tess och kramade om henne, värmen spred sig i hennes kropp. Hela gänget var samlade på dansgolvet och dansade tillsammans. Tess möttes av Patricks vänliga leende och varma blick innan han närmade sig henne och drog henne närmare innan han kysste henne mitt på dansgolvet framför alla deras vänner. Hon kände sig först obekväm i en sekund, men när den varma känslan spred sig i hennes kropp slappnade hon av och kysste honom tillbaka.

Tess undvek de andras blickar när de var färdiga med kyssen. Patrick frågade henne om hon ville ha något att dricka sedan försvann han bort till baren. Nu möts hon av både Agnes och Marias leenden. De var så glada över det de just skådat. När Patrick kom tillbaka med en cider till Tess pussade han henne på kinden innan han räckte över den. De fortsatte att dansa och ha roligt fram till Daisko stängde.

"Följ med mig hem", sa Patrick när han höll om henne utanför Daisko. Tess log mot honom som svar. Hon visste vad som väntade hemma hos Patrick. Hon hoppades att den här gången skulle vara bättre.

Väl hemma hos Patrick tog de av sig ytterkläderna i hallen sedan tog han med henne in i sovrummet och de la sig i sängen. Han hjälpte henne av med klänningen innan han tog av sig sina kläder så att han bara hade kalsonger på sig. Sedan hjälpte han henne av med alla sina kläder tills hon låg naken i sängen. Tess kunde se hans stånd trycka sig tydligt mot kalsongerna. Han studerade hennes nakna kropp där hon låg på sängen innan han log varmt och kysste henne på munnen för att sedan kyssa henne på bröstvårtan. Hans blöta tunga fick henne att stöna mjukt. Sedan förde han sin hand mellan hennes ben och smekte henne våt samtidigt som han lekte nästan avtändande med tungan och läpparna på hennes bröst. Han tog på en kondom innan han kom in i henne. Tess stönade lätt och försökte hjälpa till för att det skulle kännas på de rätta ställena men det enda hon lyckades med var att få Patrick att komma snabbare. Han låg flämtande över henne och log nöjt. Tess låg under honom och tvingade fram ett leende innan de kysstes och han försvann in i badrummet. När han kom tillbaka hade hon tagit på sig trosorna och lagt sig under täcket. Han pussade henne god natt och somnade sedan med armen runt henne. Tess låg vaken en lång stund och tänkte på akten och hur otillfredsställd hon kände sig.

Hon vaknade på morgonen av att han låg bakom henne och kysste henne i nacken. Hans hand kom fram och smekte hennes bröst. Hon hörde hur han grymtade lågt samtidigt som han tryckte sin hårda penis emot henne. Hans hand försvann ifrån hennes bröst och fortsatte ner innanför hennes trosor. Så fort han kände att hon var våt lirkade han av henne trosorna när hon fortfarande låg med ryggen mot honom. Han hjälpte till med handen att föra penisen rätt innan han kom in i henne. Ställningen där han låg bakom henne gjorde henne mer upphetsad. Men det var svårt att hålla en bra takt när hon låg på sidan. När han hade kommit kunde Tess inget annat än att känna stor besvikelse över att hon inte hade fått komma. Hon hade inte ens varit nära.

De klädde på sig och åt frukost innan han körde hem henne. När hon kom hem bytte hon om innan hon tog med sig ryggsäcken och några kassar och gick till Supermarket för att handla. Hon såg innan hon gick att kuvertet med pengarna snart var slut och tänkte till sig själv att hon behövde åka och ta ut pengar nästa helg. När hon kom hem från Supermarket bytte hon om och promenerade till motionsspåret. Den här gången sprang hon intervaller och hon tog i mer än vad hon brukade. Hon sprang så hårt att hon kände sig yr när hon var klar, så pass att hon var tvungen att sätta sig och andas innan hon fortsatte hemåt.

Hon fortsatte att träffa Patrick för löprundorna under veckan. Natten mellan torsdag och fredag sov hon över hos honom och de hade sex igen. Tess var återigen otillfredsställd när de somnade men det var ingenting hon visade för Patrick.

De gick upp tidigt dagen efter och Patrick körde hem henne på vägen till jobbet.

"Jag kan inte springa imorgon, Jag har ett annat ärende", sa hon när hon stod och höll i bildörren.

"Men du tänker väl fortfarande följa med till Vilmer och Agnes på kvällen?"

"Ja, det ska jag göra", sa hon med ett leende.

"När ska jag hämta dig?"

"Jag ringer dig imorgon."

Tess vaknade tidigt på lördag morgon och hoppade på tåget. När hon kom fram gick hon till fyra olika bankomater och tog ut fem tusen kronor på dem vardera. Sedan köpte hon med sig något att äta på tåget och åkte tillbaka till Kargvik. Hon såg till att sitta där det var som mest fullsatt på tåget. När hon kom hem ringde hon Patrick innan hon bytte om. De stannade och köpte med sig mat på vägen till Agnes och Vilmer. De kom fram och åt av den medköpta maten innan de kollade på film tillsammans. När filmen var slut såg Vilmer på sin telefon att han hade ett missat samtal från Mattias. Så han ringde upp honom.

"Mattias undrar om vi vill följa med till Daisko? De ska snart gå dit", sa han när de hade lagt på.

De diskuterade med varandra och bestämde att de skulle möta upp de andra där. Alla förutom Patrick hade druckit hos Vilmer så han körde dem dit.

De kom in på Daisko och mötte upp de andra. Det tog inte lång tid innan Tess kände sig iakttagen så hon såg till att hålla sig nära Patrick. Känslan kom och gick ett tag, det var en obehaglig känsla.

"Jag mår inte så bra, jag vill åka hem", sa hon till Patrick.

Han tittade på henne och såg att det var något som inte stämde.

"Okej", sa han och tog bort en hårslinga från hennes ansikte innan han pussade henne på munnen.

Känslan av att vara iakttagen växte när de gick för att hämta jackorna. Han såg i Tess ögon att hon var skärrad.

De skyndade sig till bilen och Patrick körde hem dem till honom. När de kom in till Patricks lägenhet gick de in i köket och Patrick tog fram ett glas vatten till Tess.

"Du vet väl om att du kan berätta vad som helst för mig", sa han när han räckte henne den.

Tess tittade på honom utan att säga ett ord.

"Tess, du kan lita på mig... Varför litar du inte på mig?"

Tess visste inte vad hon skulle svara så hon svarade genom att kyssa honom, hon hoppades att det skulle distrahera honom och det verkade fungera för han kysste henne tillbaka. Hon försökte ta kommandot för att se om han kunde tända till och få i gång lite mera intensitet mellan dem. Hon började med kyssen. Hon kysste honom med mera intensitet och ville att han skulle hänga på. Men istället fortsatte han att kyssa henne mjukt. Sedan tog hon av honom tröjan i köket för att se om platsen skulle hjälpa. Istället ledde han in henne till sovrummet där han tog av henne tröjan innan de la sig i sängen. Han tog sedan av henne jeansen innan han la sig ovanpå henne och kysste henne ömt. Tess ville inte ha ömt. Tess ville ha passion. Tess ville framför allt bli tagen med sådan intensitet att hon ville skrika högt och äntligen få sin efterlängtade orgasm. Patrick tog av henne bh:n för att sedan smeka och kyssa hennes bröst.

När han sedan tog av henne trosorna önskade hon att hans läppar skulle hitta sin väg till hennes underliv, men det gjorde de inte, istället tog han sin hand och smekte henne. Hon gav honom ett litet stön när hon kände hans fingrar inuti henne. Han tog snabbt av sig kläderna och rullade på en kondom innan han kom in i henne. Det var skönt men Tess önskade så mycket mer. Hon kom upp på armbågarna för att sedan fösa honom bakåt så att hon kunde sitta grensle på honom. Nu kände hon att hon hade mera kontroll. Hon bestämde takten. Hon kunde öka intensiteten. Känslan i hennes underliv ökade och även hennes stön. Plötsligt knuffade Patrick ner henne på rygg igen och känslan försvann när han juckade tills han kom.

"Jävlar vad skön du är!" utbrast han när han la sig på rygg. Sedan pussade han henne på kinden och försvann in i badrummet.

186

April

Tess började spendera mer och mer tid hos Patrick. Hon sov hos honom nästan varje natt. De fortsatte att ha sex som Tess fortfarande kände var otillräcklig. Men hon tyckte om Patrick och han fick henne att känna sig trygg. Han släppte av henne varje morgon innan jobbet så att hon kunde springa sin löprunda och hämtade henne senare på hotellet. De fortsatte att springa tillsammans på eftermiddagarna flera gånger i veckan.

Det var fredag och våren var på väg. Tess och Patrick stod utanför biografen och väntade på att de andra skulle dyka upp. När Patrick kysste Tess kände hon först den varma känslan inombords som hon alltid kände numera när de kysstes. Men sen kände hon hur det pirrade till i magen och håren på hennes armar reste sig upp. När de andra dök upp stod hon med ryggen mot dem men hon kunde se på Patrick en annan reaktion än hon förväntade sig när de andra närmade sig. Hon vände sig om samtidigt som Patrick gick förbi henne och närmade sig gruppen. Då såg hon till sin stora förvåning att Patrick gick fram och kramade Tim. Klumpen i magen var den största Tess någonsin hade känt, hon insåg genast att Tim hade bevittnat deras kyss. Pirret i magen försvann inte, det var Tim. På något sätt hade hennes kropp känt av att han var nära innan hon ens hade sett honom. Hon kände sig illa till mods, ville bara fly därifrån. Deras blickar möttes i en kort sekund när han hejade på henne och hennes hjärta kändes som om den höll på att gå sönder.

Patrick höll Tess i handen medan de stod i kön för att köpa biljetter samtidigt som han pratade med Tim. Tess kände sig ännu mera illa till mods.

De gick in i salongen och satte sig. Patrick satt mellan Tess och Tim men trots det var dragningen hon kände för honom olidlig. Känslorna var som en tornado i hennes kropp och hon kunde knappt höra filmen över hjärtslagen som dunkade högt i hennes öron. När de var halvvägs genom filmen orkade hon inte mer.

"Jag mår inte bra, jag tror att jag ska gå hem", viskade hon i Patricks öra.

Han såg på henne att hon var blek. "Jag följer med dig."

"Nej! Stanna du."

"Här, ta min nyckel så ses vi sen", sa han och sträckte fram sin nyckelknippa.

Hon kunde känna hur Tim såg på när Patrick pussade henne hejdå. Hon var tvungen att passera Tim i stolsraden för att ta sig ut och samtidigt som hon gjorde det fick hon ingen luft. När hon kommit ut från biografen skyndade hon sig hem till Patrick. Hon tog direkt av sig kläderna och gick in i duschen. När de varma vattenstrålarna sköljde över hennes kropp kunde hon inte hålla tillbaka tårarna längre.

När Patrick kom tillbaka ett par timmar senare hade Tess redan gått och lagt sig. Han smög ner i sängen och pussade henne på axeln innan han la armen om henne samtidigt som hon låtsades sova.

Nästa morgon gick hon upp före Patrick. Hon hade precis ätit färdigt frukosten när han kom in i köket. Han hällde upp en kopp kaffe innan han satte sig.

"Hur mår du?" frågade han.

"Bra!" ljög hon, det var den totala motsatsen till hur hon mådde.

När Patrick hade ätit färdigt frukosten tog de på sig för att åka till motionsspåret. Tess längtade dit, hon hoppades på att det skulle hjälpa henne att rensa skallen lite.

Tess upptäckte efter en stund att Patrick inte körde samma väg som han brukade.

"Vart är vi på väg?"

"Vi ska hämta upp Tim, jag bjöd med honom."

Den stora klumpen var tillbaka i Tess mage. Det sista hon ville just nu var att träffa Tim. När de kom fram till bryggan stod han redan där och väntade snyggare än någonsin. Alla känslorna for runt i Tess kropp igen och pirret i magen fick henne att må illa. Han satte sig bakom henne i bilen. Hans doft var magisk och varje gång han pratade och Tess hörde hans mjuka röst höll hon andan.

Patrick parkerade bilen intill motionsspåret och de klev ur, sedan gick de bort till motionsspårets början.

"Håll ihop ni så springer jag själv", sa Tess snabbt och innan killarna hann reagera vände hon ryggen till dem och började jogga i väg. Hon värmde upp med att jogga bara en kort sträcka innan hon sprang både hårdare och snabbare än hon brukade. När hon var klar kände hon hur hon var klar i huvudet och kroppen var hennes egen igen. Men det varade bara i tjugo minuter. För sedan såg hon killarna komma springande emot henne och känslorna var tillbaka igen. Patrick log när han kom fram till henne.

"Du har hållit igen när vi har sprungit ihop ser jag", sa han, sen pussade han henne. Den varma känslan hon brukade känna hade nu ersatts av en klump och hon mådde illa.

"Jag har några grejer jag behöver fixa med hemma, vi kan höras senare", sa hon till Patrick och låtsades som om Tim inte fanns.

Hon hämtade sina grejer i bilen innan hon promenerade hem.

Klockan var strax efter sju när Patrick ringde henne.

"Hej!" svarade hon

"Hej! Ska jag komma och hämta dig?"

"Ja, det kan du göra."

"Okej jag är där om trettio minuter."

Tess gick ut och väntade på Patrick där han alltid hämtade henne. När bilen körde fram stannade hennes hjärta när hon såg att Tim satt i framsätet. Hon tog ett djupt andetag innan hon satte sig bakom Patrick.

"Jag ska ha en liten välkomstfest för Tim hemma hos mig. De flesta från vårt gamla lag kommer. Sen får vi se om vi drar ut sedan", sa Patrick när han började köra i väg.

Tim tittade snabbt bakom sig på Tess när Patrick inte såg och hon kände hur det fladdrade till i magen och håren på armarna reste sig. Hon önskade nu att hon hade stannat hemma, hon satt tyst hela bilresan hem till Patrick.

Tess gick en bit bakom dem upp till lägenheten. Killarna gick in i köket när de kom in och Tess gick direkt in till badrummet. Hon sköljde ansiktet med kallt vatten och andades djupt några gånger innan hon gick tillbaka ut till dem.

"Vill du ha något att dricka?" frågade Patrick när hon kom in i köket.

"Ja tack!"

"Vill du ha en cider?"

"Har du vin?" frågade hon.

Patrick hällde upp ett glas vin till henne som hon tog med sig in till det andra rummet.

Hon kände igen Patricks ringsignal och hörde att han sedan pratade med någon. När han hade lagt på kom han ut ur köket och gick fram till Tess.

"Vilmers bil startar inte så jag ska åka och hämta dem. Jag kommer snart."

Innan Tess hann säga något hade han vänt sig om mot Tim.

"Om någon annan dyker upp innan jag kommer tillbaka så är det bara att släppa in dem."

Tess hörde honom stänga igen dörren ut till trappuppgången. Hon tittade inte på Tim men kunde känna att han stod i dörröppningen och tittade på henne. Han väntade på att hon skulle lyfta blicken och titta på honom. När hon inte gjorde det sa han med sin lena röst:

"Jag visste väl att det skulle bli ni två till slut."

Alla tankar och känslor for runt i hennes kropp. Hon kände att hon inte fick någon luft. Utan att titta på honom ställde hon sig upp och gick ut på balkongen.

"Tess! Det är okej! Jag fattar! Jag har varit borta i två månader." Han hade följt efter henne.

Tess visste inte vad hon skulle säga. Hon tog några djupa andetag och gick tillbaka in och fyllde på sitt vinglas.

Han fortsatte att följa efter henne. "Tess snälla säg något." Han stod precis bakom henne nu och hon kunde känna värmestrålningen från hans kropp och höra hans andetag. Det pirrade till i hela hennes kropp. Hon ville inget annat än att känna hans kropp emot hennes. Hon vände sig om mot honom och mötte hans blick som fick henne att tappa andan. Då hörde hon hur dörren till trappuppgången öppnades. Maria, Mattias, Gabriel och Felicia kom in. Tim stod kvar och tittade på Tess medan hon gick förbi honom och när hon passerade Maria i hallen gav hon Tess en frågande blick. Tess fortsatte in i sovrummet och stängde dörren efter sig. Efter en stund knackade det på dörren och Maria kom in.

"Hur är det Tess? Varför är du här inne?"

"Det är bra, Jag har lite huvudvärk bara."

"Är det säkert?"

"Ja."

"Säg till om du behöver något."

Maria lämnade rummet och efter tjugo minuter kom Patrick in.

"Hej! Hur är det? Maria sa att du inte mådde bra."

"Jag har ont i huvudet bara. Jag funderar på om jag ska gå hem."

"Nej! Stanna. Du kan vara kvar här inne om du vill. Vi är nog inte kvar så länge till."

Tess gick med på att stanna kvar och Patrick hämtade sin dator så att hon kunde kolla på film i sovrummet. Han kom in och tittade till henne några gånger innan de gick.

Tess vaknade senare av att hon hörde röster i hallen. Det tog inte lång tid innan hon kunde urskilja att rösterna var Tim och Patricks. Efter en stund kom Patrick in i sovrummet, han klädde av sig innan

191

han la sig i sängen. Försiktigt väckte han henne, men hon hade bara låtsats sova.

"Tim sover på soffan, så det kan vara bra om du tar på dig något om du skulle behöva gå ut härifrån", viskade han.

Han vände henne mot sig och kysste henne ömt och hon kysste honom motvilligt tillbaka.

Sedan la han sig bredvid henne och somnade. Tess låg vaken och kunde inte somna om. Hon kände hur torr hon var i munnen men vågade inte gå till köket för att dricka vatten. Desto mer hon försökte tänka bort att hon var törstig desto torrare blev hon i munnen. Till slut var hon tvungen att lämna sovrummet. Hon hade blivit kissnödig och kunde inte hålla sig längre. Hon tog på sig Patricks t-shirt som han hade hängt på stolen i sovrummet innan hon smög ut till badrummet. Efter att hon hade tvättat händerna kupade hon ena handen som hon fyllde med vatten och förde mot munnen.

När hon smög ut till hallen kunde hon inte låta bli att titta mot soffan där Tim låg. Då såg hon att han låg vaken och tittade på henne. Han log ett varmt leende mot henne innan hon fortsatte in till sovrummet. Tess låg vaken länge innan hon somnade.

På morgonen vaknade hon av att hon hörde Tim och Patrick i köket. Hon låg kvar i sängen och låtsades sova tills hon hörde att Tim gick.

"Hur mår du? Mår du bättre?" frågade Patrick när han såg henne komma in i köket.

"Jag tror att jag ska åka hem och vila."

"Vill du ha frukost först?"

Tess skakade på huvudet.

"Kom! Jag kör hem dig."

Maj

Tess var orolig hela vägen fram till hotellet på måndag morgon. Hon visste inte om hon skulle träffa på Tim där. När dagen var slut kunde hon andas ut, han hade inte varit där på hela dagen. Patrick ringde när hon kom hem och ville träffas. De bestämde att han skulle hämta henne nästa dag och att de skulle ut och springa efter jobbet.

Efter löprundan åkte de hem till honom och åt mat. När de hade gått och lagt sig kysste han henne god natt samtidigt som han smekte hennes bröst. Hon kände hans stånd emot hennes höft och visste vad han ville.

"Jag är ledsen men jag har ont i huvudet", sa hon.

"Då är du inte sugen?"

Tess skakade på huvudet.

När hon kom in på hotellet nästa morgon fick hon nästan panik. Hon kunde känna Tims doft. Hon visste nu att han var tillbaka. Tess var nu tillbaka i samma situation som innan jul. Förutom att hon nu visste hur fantastiskt det var att vara med Tim. Och att hon nu var fast med Patrick.

Hon försökte undvika Tim så mycket som möjligt under resten utav veckan. Och de gångerna hon inte kunde undvika honom i korridoren kände hon hur det nästan gjorde ont i henne. På lördagen hade Mattias fest, han hade fått låna sina föräldrars hus ute på

Grekön. Tess visste att Tim skulle vara där och ville därför inte gå. Men Mattias fyllde år så hon kunde inte dra sig ur.

Tess och Patrick anlände tillsammans med Agnes och Vilmer till Mattias föräldrars enorma hus på Grekön. När de kom in var det redan fullt med folk som de kände och några utav dem som var där hade Tess inte träffat innan. Hon stelnade till när hon såg att även John var där, hon trivdes inte i hans närhet så hon höll sig nära Patrick och försökte undvika honom. Plötsligt kände hon den bekanta känslan hon brukade få när Tim var nära. När hon såg honom hade han på sig ett par jeans och en t-shirt. Tess förstod inte hur det var möjligt att han var snyggare än hon någonsin hade sett honom. Hon kände hur han ibland tittade på henne men hon gjorde allt för att undvika hans blick.

När hon gick upp en våning för att gå på toaletten öppnades plötsligt dörren framför henne och Tim stod där framför henne. Hon frös till is och såg på när han log sitt varma sexiga leende.

"Tess! Jag vill prata med dig", viskade han.

Hon klarade inte av att möta hans blick så hon tittade ner i golvet.

"Låt mig bara förklara", sa han bedjande.

Tess tittade upp på honom som för att säga något men istället ångrade hon sig och gick in i badrummet och låste dörren bakom sig. Hon var rädd att han skulle stå kvar när hon kom ut så hon tog ett djupt andetag och stålsatte sig. Men när hon öppnade dörren var han inte där och hon såg inte honom mer den kvällen.

Veckan som kom såg hon aldrig Tim på hotellet, men hon visste att han var där eftersom hon ibland kunde känna hans doft i korridoren och i lunchrummet. Hon minskade på tiden hon spenderade med Patrick, hon skyllde på att hon hade ont i huvudet. Men sanningen var att hon kände sig illa till mods när hon var med Patrick.

Tess vaknade upp hemma på lördagsmorgonen. Patrick hade åkt på fredagen efter jobbet på en jobbresa och han skulle vara borta hela helgen. Tess gjorde som vanligt och begav sig ut i spåret. Det hade blivit varmare ute nu så det räckte att ha på sig en tunnare jacka. Tess hade börjat springa ett längre spår de gångerna som Patrick inte

194

var med. Hon joggade den första kilometern för att värma upp, därefter tog hon ut stegen och ökade farten. När hon hade kommit ungefär halvvägs såg hon någon komma emot henne i spåret. Hon trodde först att det var ultralöparen som hon ibland brukade möta i spåret. Men när han kom närmare såg hon att det var Tim. Hon vände snabbt ner blicken i marken och ignorerade honom när de möttes. Hon såg i ögonvrån hur han stannade men hon ökade farten och fortsatte. När hon sneglade över axeln såg hon att han hade börjat springa efter henne. Det fick henne att ta ut stegen ytterligare. Men det hjälpte inte, till slut kom han ifatt henne. När han tog tag i hennes arm stannade hon tvärt.

De stod mittemot varandra och hämtade andan samtidigt som Tim höll i hennes handleder. De stod och bara tittade på varandra en lång stund utan att säga någonting, som om de båda letade efter vad de skulle säga. Intensiteten i hans blick var för stark så Tess tittade bort. Då drog han henne närmare och kysste henne. Tess gav efter och kysste honom tillbaka. Då drog han henne ännu närmare. Kyssen var så intensiv att Tess tappade andan. Samtidigt kände hon hur tårarna brann bakom ögonen.

Hon knuffade sedan bort honom. "Jag kan inte", sa hon andfådd och vände sig om och började gå ifrån honom.

Han kom i kapp henne och tog tag i henne igen. "Tess! snälla låt mig förklara."

"Jag vill inte höra vad du har att säga", sa hon och tog sig ur hans grepp.

Sedan började hon springa ifrån honom, när spåret svängde lite längre fram såg hon i ögonvrån att han stod kvar. Men när hon hade sprungit en bit till hörde hon honom ropa: "Tess!" precis bakom henne. Han hade sprungit i kapp henne igen.

Hon stannade upp och vände sig om mot honom, då tog han snabba steg emot henne och kysste henne igen. Hon gav ifrån sig ett hårt kort stön när han tryckte henne mot björken som stod bakom henne och pressade sin starka kropp emot hennes. Tess flämtade hårt när hans hand hittade in under hennes kläder och greppade tag i hennes bröst. Sedan drog han upp hennes kläder så att hans läppar kunde komma åt hennes bröst. Tess höll andan samtidigt som hela hennes kropp skrek att hon ville ha honom. Hon hade inte varit så här upphetsad på flera månader.

När hon kände hans händer på byxlinningen hindrade hon honom med sina händer från att dra ner hennes byxor.

"Vänta... Vänta... ", flämtade hon fram.

Han kom upp och skulle kyssa henne på munnen när hon vred sig undan honom.

"Vi kan inte göra så här", viskade hon fram.

"Jag vet", svarade han henne och med tummen på hennes haka vred han tillbaka henne och kysste henne ändå.

Först besvarade hon kyssen, sedan knuffade hon bort honom. "Du måste sluta! Vi kan inte göra så här!", sa hon argt och knuffade honom igen. Hon vände ryggen mot honom och fortsatte hemåt. När hon hade kommit en bit sneglade hon över axeln för att se om han fortfarande följde efter henne. Men hon kunde inte se honom.

Tess sprang igen på söndagen. Hela tiden var hon på sin vakt ifall Tim skulle dyka upp. Men det gjorde han inte.

Patrick ringde henne när han hade kommit hem och undrade om hon ville komma över. Hon sa att hon var trött och att de kunde ses på måndagen i stället.

Han hämtade henne på hotellet på måndagen och de åkte hem till honom. De lagade lite mat tillsammans sen kollade de på tv en stund innan de gick in sovrummet.

Patrick kysste henne ömt för att sedan backa henne mot väggen. Där tog han av henne tröjan.

"Fan! Vad jag har saknat dig", sa han och fortsatte att kyssa henne.

Han tog av sig sina kläder innan han hjälpte henne av med resten av hennes kläder sedan backade han ett steg och studerade hennes nakna kropp framför sig.

"Fan! Vad snygg du är!" utbrast han innan han tryckte sin kropp emot henne och fortsatte kyssa henne ömt. Hon kände hans hand mellan sina ben och sen hur han förde in sitt ollon i henne. Han ökade takten i stötarna tills han kom sedan försvann han in i badrummet. Tess plockade upp sina trosor som låg på golvet och hade redan lagt sig i sängen när Patrick kom tillbaka. Han pussade henne god natt innan han somnade. Tess låg vaken och andades djupt för att inte låta tårarna komma fram. När hon till slut somnade drömde hon om Tim.

Hon drömde att de var ute och sprang i skogen, när hon hade sprungit uppför en kulle sprang hon ifrån honom. När hon stod längst upp såg hon honom komma uppför kullen men desto närmare han kom såg hon att det inte var Tims ansikte. Hon fick panik och började springa det snabbaste hon kunde därifrån. Men hon lyckades inte skaka av sig honom. Till slut kom han ifatt henne. Hon skrek det högsta hon kunde innan han höll fast henne och sa med en arg röst. "Nu har jag dig Sara."

Sedan hörde hon honom viska. "Tess! Tess!"

Hon öppnade ögonen och tittade frågande på Patrick som tittade frågande på henne tillbaka. "Tess, du skriker", sa han och såg i hennes ögon hur skärrad hon var.

"När tänker du berätta för mig vad det är som du är så rädd för och vad dina mardrömmar handlar om."

"Jag kan inte."

"Det här var andra gången du nämnde Sam. Vem är Sam?"

Han såg skräcken i hennes ögon. "Sist sa du att du inte visste, men jag tror dig inte."

Hon gick ur sängen och började ta på sig kläderna som låg kvar på golvet.

"Vad gör du?" frågade han.

"Jag kan inte", sa hon bara och fortsatte klä på sig. Patrick gick fram till henne och höll om henne.

"Förlåt... gå inte... förlåt..."

Han kysste henne och tog med henne tillbaka till sängen.

På morgonen släppte han av henne där han brukade.

"Ska jag hämta dig senare?" frågade han innan hon hoppade ur bilen.

"Jag tror att jag vill gå hem efter jobbet idag."

"Är det för det som hände i natt? Förlåt Tess, jag ska aldrig nämna det igen."

"Jag vill bara vara lite för mig själv", sa hon innan hon lutade sig fram och kysste honom.

Hon sprang sin löprunda som vanligt innan hon gick till hotellet. Hon möttes av Tims doft när hon gick längs korridoren. Hon hade lyckats undvika honom under hela gårdagen, men nu såg hon honom i ögonvrån när hon gick förbi omklädningsrummet. Bara synen av honom i bar överkropp fick det att pirra till i hennes underliv. Hon gick vidare till sitt omklädningsrum och bytte om till sin uniform.

"Du och Patrick kommer väl till Vilmer på lördag?" frågade Agnes när de städade rummen på fjärde våningen.

"Jag vet inte, känns som om jag håller på att bli sjuk."

"Du mådde inte så bra för några veckor sedan heller. Du tror väl inte att du är gravid?"

"Gravid! Va? Nej! Jag är inte gravid."

"Är du säker?"

"Ja! Jag är säker."

"Okej, men om du inte är sjuk på lördag så kommer du väl?"

"Jag hoppas det."

När Tess kom hem ringde Patrick.

"Hej!" svarade hon

"Hej! Hur är det? Agnes sa att du inte mådde bra."

"Jag mår bra, jag är lite trött bara." Hon försökte övertyga honom om sin lögn.

"Agnes sa att du kanske var gravid."

"Jag är inte gravid."

"Hur vet du det? Har du gjort ett test?"

"Nej, det har jag inte."

"Hur kan du veta det då?"

"Patrick, jag har inte gjort något test eftersom jag inte har någon anledning att göra det. Lita på mig. Jag är inte gravid", sa hon med en mjuk röst.

"Ska jag hämta dig imorgon?"

"Jag behöver nog vara hemma imorgon med."

"Tess, Har det hänt något?"

"Nej, Vi kan ses på torsdag."

Patrick stod redan utanför hotellet när Tess kom ut från personalingångsdörren på torsdagen. Han gick fram till henne och kramade henne, samtidigt såg hon hur Tim kom ut genom dörren.

Patrick kysste henne ömt innan han fick syn på Tim.

"Hej!" sa han till Tim.

Tim hälsade tillbaka.

"Vill du ha skjuts?"

"Nej, det är lugnt."

"Ok, ses vi imorgon?"

"Ja, var det vid fem?"

Patrick nickade.

"Då ses vi då", avslutade Tim med och gick sin väg.

Patrick och Tess satte sig i bilen och hon tog på sig bältet.

"Vad ska ni göra imorgon?"

"Vi ska lira lite fotboll, för skojs skull. Du får följa med om du vill."

Tess skakade på huvudet. De åkte hem till Patrick och gjorde som de alltid gjorde, de lagade mat och kollade på tv men när det var dags att lägga sig sa Tess att hon hade ont i magen för att slippa ha sex med Patrick.

Tess gick hem efter jobbet på fredagen. Hon tyckte det var skönt att Patrick hade planer med grabbarna för då slapp hon komma på en ursäkt för att inte träffa honom. Hon hade ställt klockan tidigt på lördagsmorgonen. När hon var redo tog hon sig till tågstationen. Hon gjorde som vanligt och tog ut femtusen kronor på fyra olika bankomater innan hon köpte med sig något att äta och sedan åka tillbaka till Kargvik. Hon kom hem och la det mesta utav pengarna i kuvertet under garderoben. Resten la hon i plånboken.

När hon hade duschat och gjort sig i ordning tog hon på sig en tunn jacka över hennes klänning. Hon gick ut i den varma majluften, solen hade inte gått ner än så det var fortfarande varmt ute. Hon stod och väntade på Patrick men istället såg hon Tims bil närma sig henne där hon stod. När den saktade in såg hon att Patrick satt i passagerarsätet. När de båda log mot Tess kände hon sig obekväm. Hon satte sig i baksätet bakom Tim. Patrick vände sig om och log sitt vänliga leende. Hon log tillbaka och hoppades att Patrick inte skulle lägga märke till hur obekväm hon kände sig. Tim styrde bilen hem till Vilmer.

Tims underbara doft som spred sig i bilen fick henne att bli alldeles varm i kroppen. När de fick ögonkontakt genom backspegeln kände Tess hur det fladdrade till i hela magen och hon vände snabbt bort blicken.

De kom fram till Vilmers stuga och precis när de skulle gå in höll Patrick kvar henne utanför.

"Jag tycker inte att du ska dricka något ikväll", sa han med en allvarlig min.

Hon tittade frågande på honom. "Varför inte?"

"Ja... ifall... du vet."

"Vaddå? Ifall jag skulle vara gravid? Var inte löjlig!" Tess vände sig om och gick in i stugan och gick raka vägen fram till kylskåpet, det syntes tydligt att hon var irriterad. Hon tog fram en cider och tog med den ut på altanen. Tim som hade iakttagit henne när hon gick förbi förstod att det hade hänt något så han gick och pratade med Patrick som stod kvar utanför. Tess hittade Maria och Agnes på altanen, hon gick fram till dem och började dansa. Hon såg att Agnes stirrade på henne sedan bad Agnes henne följa med till sovrummet.

"Hur mår du?" frågade hon Tess när de kom in i rummet.

"Jag mår bra!"

"Jag tror inte att du ska dricka den där", sa hon och syftade på cidern som Tess höll i handen.

200

Irritationen växte inom Tess. "Du skämtar?!"

"Nej, men det kanske är lika bra att du tar ett test för att veta säkert", sa Agnes. Hon vände sig om och tog upp en kasse.

Tess förstod vad som låg i kassen så hon öppnade dörren och var på väg ut när Agnes försökte stoppa henne. Då kom Tim fram till dem. "Låt mig prata med henne", sa han till Agnes.

Han gick emot Tess och hon backade in i rummet igen, samtidigt släppte Tim förbi Agnes innan han stängde dörren och vred om låset.

Han satte sig på sängen medan hon stod med ryggen mot honom. Han studerade henne en stund innan han sa med en mjuk röst. "Varför bråkar du med Agnes?"

"Därför att hon inte tycker att jag ska dricka alkohol."

"Jag märkte att du bråkade med Patrick också."

"Han låter mig inte heller dricka alkohol."

"Jag vet. Jag pratade med honom."

Tess vände sig mot honom med armarna i kors. "Vet du varför?"

"Ja."

Hon såg att han drog på ena mungipan. "Varför skrattar du?"

"Du är sexig när du är arg", sa han och Tess mjuknade något.

"De säger att jag måste göra ett graviditetstest för att få dricka."

"Behöver du det då?"

"Nej! Varför håller de på så här?"

"Det ryktades att Emma var gravid när hon försvann."

Tess stod i tystnad en stund innan hon svarade. "Men jag är inte Emma, och jag är inte gravid."

"Jag vet. Men när jag pratade med Patrick sa han att du inte har mått så bra på sistone."

"Ja! På grund av dig!" sa hon och vände sig mot väggen igen.

"På grund av mig?"

"Sen du kom tillbaka har jag bara känt en massa ångest. Och skuld, så mycket skuld."

"Vad menar du?"

"Jag orkar inte förklara, jag vill bara hem."

Han kunde höra gråten i hennes röst. "Tess!"

"Kan inte du bara lämna mig ifred! Allting är ditt fel!"

Han närmade sig henne och höll om henne.

"Jag är arg på dig!" sa hon samtidigt som hon grät i hans famn.

"Jag vet" sa han och kupade händerna runt hennes ansikte och kysste henne. Hon kysste honom tillbaka med en gång men sedan ångrade hon sig och knuffade bort honom.

"Vi kan inte."

De stod tysta en stund. Tim tittade på henne samtidigt som hon tittade ner i golvet.

"Hur vill du göra med Agnes och Patrick?"

"Jag tänker inte göra ett graviditetstest, och jag tänker inte vara kvar här om jag inte får dricka."

"Okej. Stanna här så ska jag gå och prata med Patrick."

Tim kom tillbaka efter en stund. "Han ska bara säga hejdå till de andra så kan jag köra er."

"Jag vill inte åka hem med honom", sa hon bestämt.

"Okej. Jag går och pratar med honom igen."

Det gick en lite längre stund innan han var tillbaka den här gången.

"Jag kan köra hem dig om du vill."

"Okej!" sa hon och gick ut ur rummet. Hon gick förbi Agnes och Patrick utan att titta på dem. Det syntes tydligt på henne att hon var arg på dem. Patrick ville följa efter henne men Tim hindrade honom. Tess gick raka vägen till Tims bil och satte sig i passagerarsätet. Tim sprang i fatt henne och satte sig i förarsätet.

De satt tysta hela bilresan. Tess såg att han sneglade på henne gång på gång.

Han parkerade bilen två hus bort från Maggie och Hans hus.

"Tack för skjutsen", sa hon innan hon klev ur bilen. Hon hörde honom säga. "Tess!" innan hon stängde bildörren och gick över gatan.

Hon låste dörren och tog av sig skorna och precis när hon hade hängt upp jackan hörde hon en svag knackning på dörren. Först blev hon rädd, sen ringde hennes telefon, det var Tim. Flera signaler gick fram innan hon svarade.

"Tess öppna dörren", hörde hon honom säga med sin lena röst.

Tess låste upp alla låsen och öppnade dörren. Framför henne stod Tim med en trånande blick.

"Vi kan inte", viskade hon.

"Jag vet", svarade han med en mjuk viskning innan han gick fram till henne och kysste henne. Han stängde igen dörren bakom sig för att sedan bära in henne till sängen. Han drog av henne trosorna och hon stönade högt när hans läppar och tunga nuddade hennes underliv. Han kom upp och visade med fingret för munnen att hon skulle vara tyst innan han fortsatte. Tess fick bita sig hårt i läppen för att inte stöna högt.

Han tog tag i hennes klänning och med ett ryck drog han sönder den.

"Jag köper en ny", viskade han och log. När han sedan drog ner kupan på hennes bh och kysste henne böjde hon kroppen bakåt av njutning. Han höll för hennes mun sa att hon kunde stöna i hans hand. När han sen ställde sig upp och tog av sig kläderna viskade hon mellan andetagen.

"Vi kan inte göra så här."

Han rullade på en kondom och svarade. "Jag vet."

Han höll för hennes mun när han kom in i henne. Tess var nära att komma nästan med en gång. Hon slet tag i täcket under sig och drog i den samtidigt som hon gnydde i hans hand när hon kom. Han tog bort sin hand och kysste henne samtidigt som han fortsatte. Känslan byggde upp i henne igen. Hon la sina händer på hans höfter för att få honom att sakta ner. Hon var rädd för att komma en gång till. Men hon var för nära att komma och han var för stark. Strax efter honom kom hon igen. Han kvävde hennes stön med sina kyssar. Tim låg ovanpå Tess en lång stund i tystnad och bara andades. Sedan kom han upp på armbågarna och tittade henne djupt in i ögonen. Tess var beredd på att ta emot hans kyss men i stället tittade han bort mot köket.

"Jag är hungrig, har du något att äta?"

Tess skrattade. "Du får gå och kolla i köket."

Tim tog på sig kalsongerna och gick och kikade i köket. Under tiden tog Tess på sig ett par trosor och en t-shirt. Sen gjorde hon honom sällskap i köket. Tim hade hittat ett paket flingor som han åt direkt ur paketet. Tess tog ett äpple. Han satte ner flingpaketet på bänken för att sedan lyfta upp henne på bänken. Han stod nära och var på väg att kyssa henne när hon avbröt honom.

"Vad gjorde du i Tyskland?"

Han tog upp flingpaketet igen och backade ett steg ifrån henne. Han tog ett djupt andetag innan han började förklara.

"Min farbror har blivit indragen i en rättsprocess med sitt företag. Och eftersom jag jobbade för hans företag under tiden som saken gäller så har jag blivit indragen i det också. Så jag har suttit i massa förhör och rättegångar och sådant. Min kontakt med någon annan var begränsad. Därför kunde jag inte ringa dig..." Han pausade en stund innan han fortsatte. "Sen fick jag reda på av Mattias att du och Patrick hade börjat träffas och såg ingen anledning till att kontakta dig."

"Vad händer med din farbror nu?"

"Nu väntar de på domen och om han blir fälld så kommer de att överklaga."

"Vad är det han är anklagad för?"

"Det kan jag inte gå in på. Vad ska du göra med Patrick?"

"Jag vet inte. Det känns så komplicerat. Jag vill inte tänka på Patrick just nu."

Tim ställde ner flingpaketet på bänken igen, sen kom han nära henne och kysste henne. Hon kunde känna honom bli hård emot sitt kön. Det gjorde henne också upphetsad.

"Vänta lite", viskade han.

Hon såg hur han skyndade sig bort till sina byxor och hämtade en kondom. När han kom tillbaka hade hon redan tagit av sig trosorna. Han fortsatte att kyssa henne samtidigt som hans fingrar kom in i henne. Hon tog av sig t-shirten och satt naken på bänken. När han kysste hennes bröst flämtade hon till med ett mjukt stön. Hon mötte hans busiga blick och förstod att han hade förstått att det var en utav hennes mest erogena zoner.

Hon fick kämpa för att inte stöna högt samtidigt som han fortsatte att göra henne upphetsad. När han sedan trängde sig in i henne höll hon andan. Nu var hon så upphetsad att det inte krävdes mycket för att hon skulle komma. Hennes hand åkte upp bakom hans nacke och hon drog honom nära för att kyssa honom. Hon höll hårt i honom och höll andan. Och när hon kom gav hon efter och flämtade häftigt och Tim kom strax efter henne. När han hade hämtat andan mötte hon hans blick, den var varm och han var nöjd. Han gav henne en snabb puss innan han försvann in i badrummet. När han kom tillbaka hade Tess tagit på sig igen och satt på sängen. Tim gick fram och satte sig bredvid henne.

"Måste du åka?" frågade hon.

"Inte om du vill att jag stannar."

"Jag vill att du stannar", sa hon och log.

De la sig under täcket och kysstes en lång stund innan de bara höll om varandra och somnade.

Tess vaknade av att Tim klev ur sängen. Hon såg på när han klädde på sig.

"Ska du gå?"

"Ja"

"Hade du tänkt smyga ut?"

Det varma leendet han gav henne fick hela hennes mage att pirra till. Han närmade sig henne.

"Nej", viskade han innan han kysste henne passionerat och allt hennes blod strömmade till hennes underliv.

"Gå inte", vädjade hon.

"Jag måste…"

Tess gick upp och låste efter honom när han hade gått, sedan gick hon tillbaka till sängen och somnade om.

Tess vaknade några timmar senare av att Patrick ringde. Hon svarade inte. Hon visste inte vad hon skulle säga till honom. Istället tog hon på sig löparkläder och gick ut i spåret. Under tiden hon sprang ringde Patrick flera gånger och skickade flera meddelanden där det stod att han ville prata med henne. Hon ringde inte honom förrän hon hade kommit hem och duschat.

"Hej!"

"Hej!"

"Förlåt Tess! det var inte meningen att göra dig arg."

Det blev tyst i luren så han fortsatte. *"Kan jag komma och hämta dig så kan vi prata?"*

Det var fortsatt tyst. *"Tess! är du där?"*

"Ja, jag är här."

"Kan vi prata?"

"Jag vill ta en paus", sa hon.

"Tess kan vi prata om det här?"

"Jag vill inte prata, jag vill ha en paus."

Han var tyst en lång stund igen. *"Okej...",* sa han och sedan la han på.

Tess bröt ihop och var ledsen. Hon kunde höra i Patricks röst hur sårad han var.

Tess hade ångest hela vägen till hotellet på måndag morgon. Hon var rädd för att träffa Agnes. När hon såg Agnes i omklädningsrummet vände hon ryggen mot Tess och Tess förstod att hon hade sårat henne också.

Maria gick fram till Tess. "Agnes vill inte jobba med dig idag så vi har bytt."

"Jag förstår."

Tess jobbade ihop med Maria under dagen. De pratade inte om någonting annat än det som var relevant för jobbet.

Tess fortsatte att försöka undvika Tims blickar när de inte var ensamma. Men när de var det kunde hon bara känna hur mycket hon ville ha honom.

I slutet av veckan hjälptes Tess och Maria åt med att städa den stora sviten på femte våningen. Plötsligt reste sig håren på Tess armar och det pirrade till i magen. Sen kände hon Tims doft. Hon vände sig om och såg att han studerade henne. Just då kom Maria ut ur badrummet.

"Tim!" sa hon förvånat.

"Det var visst något fel på bubbelpoolen. Så jag ska kika på den", sa han och fortsatte in i rummet. Maria gick ut till städvagnen för att hämta handdukar samtidigt som Tess tog med sig de smutsiga sängkläderna. Tess tycktes skymta Maria ge henne en blick.

När de gick tillbaka in till rummet frågade Maria Tim. "Ska vi hämta dig innan vi åker till Vilmer ikväll?"

"Ja! Ni kan hämta mig vid sju. Så nu verkar den fungera!" sa han och lämnade rummet.

"Vi ska titta på film med Patrick hos Vilmer ikväll, för att försöka få honom på andra tankar", sa Maria till Tess.

"Hur är det med Patrick?"

"Han är sårad. Mattias har fått övertala honom hela veckan om att inte ringa dig."

"Det var inte meningen att såra honom", sa Tess med gråten i halsen.

Maria gick fram och kramade om henne. "Vet du vad? Ta den tid du behöver så reder ni ut det här sen. Jag är fortfarande din vän. Jag kommer inte att överge dig."

"Tack!"

När Tess hade samlat sig fortsatte de städa färdigt rummen innan de gick ner och tog hand om tvätten.

Tess och Agnes hade bytt om samtidigt. Tess lät henne gå ut först. När hon kom ut från hotellet såg hon Agnes sätta sig i Patricks bil och sedan körde de i väg.

Det var sent på kvällen när hennes telefon ringde. Det gick bara fram två signaler innan personen la på. När Tess tittade såg hon att det var Patrick. Hon funderade i en sekund om hon skulle ringa tillbaka men ångrade sig. Hon visste fortfarande inte vad hon skulle säga till honom. Hon ville hellre ringa Tim men vågade inte ifall han var med Patrick.

Tim hade ringt upp henne så fort han hade hört vad hon hade sagt till Patrick och sagt till henne att han var tvungen att vara där för Patrick. Hon hade sagt att hon förstod men varje gång hon såg honom längtade hon efter honom.

Juni

Tess kände sig så ensam, hon hade ingen. Hon fortsatte med sina rutiner och även tog någon löprunda på eftermiddagen för att ha något att göra. Den enda som hon egentligen pratade med var Maria när de jobbade tillsammans. Det hade nästan gått två veckor och Maria såg på Tess att hon inte mådde bra.

"Hur mår du Tess?"

"Jag vet inte. Men jag antar att jag får skylla mig själv."

"Så ska du inte behöva känna!"

"Nej, men det är väl rätt åt mig."

"Jag tror att du behöver komma ut lite, följ med ut på lördag. Agnes ska i väg med Vilmer på lördag. Du kan följa med mig och Mattias. Jag är säker på att Gabriel och Felicia också följer med."

"Jag vet inte."

"Kom igen. Du förtjänar inte att sitta hemma i din ensamhet."

Maria hade till slut övertalat Tess att följa med på lördag. Hon gjorde sig i ordning hemma innan hon gick hem till Maria. När hon kom in gav Mattias henne en blick som gjorde att hon kände sig ovälkommen. Maria såg vad som skedde och gick fram till honom.

"Sluta! Vad som sker mellan Patrick och Tess angår inte oss."

"Men Patrick är min vän!"

"Och Tess är vår vän, du ser väl att hon är ledsen."

Mattias blick mjuknade och han såg nästan skamsen ut. "Förlåt Tess. Men kan du inte åtminstone prata med honom?"

När Gabriel och Felicia hade dykt upp och Tess hade druckit några drinkar lättade stämningen. Tess var glad att ha Maria som vän.

"Kom vi drar till Daisko och dansar", sa hon och övertygade Tess att hänga med.

Tess dansade på dansgolvet och var glad över att hon kunde vara i nuet. Hon var glad och dansade med Maria och Felicia när hon plötsligt fick en känsla. Hon sneglade över axeln och såg Tim stå en bit bort. Sedan såg hon att Patrick var med honom. Tim såg att hon såg dem. Han bytte några ord med Patrick innan han kom fram till henne. Under tiden gick Patrick till baren. Det pirrade till i hela hennes kropp när hans läppar var bara någon centimeter ifrån hennes öra. "Patrick vill prata med dig."

Tess hade svårt att fokusera på vad han sa. Han luktade så gott och värmen från hans kropp gjorde henne knäsvag.

"Jag vet inte vad jag ska säga till honom."

När han la handen på hennes axel höll hon andan. "Jag vet. Men något måste du säga till honom."

Hon mötte hans blick och fick behärska sig för att inte kyssa honom. Han såg det och drog lite i ena mungipan.

"Gå och prata med honom nu."

När Tim backade undan såg Tess att Maria hade kollat på dem hela tiden.

Tess gick fram till Patrick som hade satt sig vid ett utav borden. "Hej! Får jag sätta mig?"

Patrick nickade och hon satte sig ned.

"Förlåt Tess det var inte meningen. Kan vi inte bara glömma det och börja om."

"Jag tror inte det."

"Ska du låta en sådan här småsak förstöra allt det fantastiska vi kan ha tillsammans?"

"Jag är ledsen Patrick men jag känner nog inte samma sak för dig som du känner för mig."

"Vad menar du?"

"Jag är ledsen", sa hon innan hon reste sig upp och gick ifrån bordet. Tim såg hur uppenbart det var att hon hade sagt något som gjorde Patrick ledsen. Han kom fram till henne när hon var på väg tillbaka till de andra. När han la sin hand på hennes axel pirrade det till i hela kroppen och hon höll andan.

"Vad sa du till Patrick?"

Hans röst och kroppsvärme fick hennes kropp att skrika efter honom.

"Jag sa att jag inte känner lika mycket för honom som han känner för mig."

Deras blickar möttes och sedan landade de på varandras läppar. Att inte kunna kyssa honom gjorde nästan ont i henne. Han tog bort sin hand från hennes axel för att sedan gå bort och sätta sig bredvid Patrick. Tess återvände till de andra och Maria gav henne en ödmjuk blick när hon kom tillbaka.

"Är du okej?" mimade hon.

Tess nickade och tryckte undan tårarna som var på väg. Hon dansade med de andra och försökte ha roligt men att Patrick och Tim satt kvar vid bordet gjorde det svårt för henne att slappna av.

Tess gick och ställde sig i toalettkön. Hon log när hon kunde känna Tim stå bakom henne. Han lutade sig fram och hon kunde känna hans varma andedräkt när han viskade i hennes öra.

"Du gör mig galen."

Det tog all hennes kraft för att inte vända sig om. För hon visste att om hon vände sig om skulle hon inte kunna hindra sig själv.

Plötsligt kände hon hans varma hand på sin midja. Tess kände hur hon blev varm mellan benen. Det var längesen de var tillsammans och det var retsamt att ha honom så nära utan att kunna göra någonting.

När den ena toaletten blev ledig tog han tillbaka sin hand, så hon gick in. När hon kom tillbaka till de andra såg hon att Tim och Patrick inte var kvar. Maria lutade sig fram till henne och sa: "De har gått!" när hon såg att Tess tittat åt det hållet. De stannade kvar till Daisko stängde sedan promenerade Tess hem.

Tess fortsatte med sina rutiner under dagarna som kom och jobbade med Maria eftersom Agnes fortfarande inte pratade med henne. När Tess hade jobbat färdigt på torsdagen och gick ut från hotellet såg hon Patrick sitta i bilen utanför. Antagligen väntade han på Agnes tänkte hon. Tess log mot honom men då vände han bort blicken. Hon kunde inte undgå att känna att det sved lite i hjärtat. När Tess hade kommit tre kvarter kände hon att det var något som inte stämde. Hon tittade sig runt men såg ingen. När hon gick förbi nästa byggnad kände hon hur någon plötsligt tog tag i hennes arm. Hon fick genast panik men när Tim kysste henne försvann den känslan.

"Vad gör du här?"

"Hej!" sa han och log glatt.

"Hej…" Tess försökte dölja oron som hon hade känt.

"Jag ville träffa dig."

Tess var både chockad och glad över att se honom.

"Kom! vi går hem till dig."

"Men…" började hon men han avbröt henne genom att komma nära och viska. "Vi går hem till dig."

Det pirrade i varenda centimeter av Tess hud.

Han höll ut sin hand och hon tog den. De gick några steg innan han stannade och kysste henne igen. Sedan fortsatte de att gå några meter till innan han stannade och tryckte henne mot väggen till byggnaden de gick intill och kysste henne med mer intensitet.

"Vi kommer aldrig komma fram om vi fortsätter så här", sa hon och log.

212

"Du kanske har rätt", sa han på ett roligt sätt som fick henne att skratta.

Hon knuffade bort honom och han skojade med att kyssa henne igen när de bara hade gått några steg och Tess skrattade igen.

"Du är sexig när du skrattar", sa han.

Sedan tog han hennes hand och pussade den. "Jag ska försöka hålla mig i styr, men jag kan inte lova något."

De smög runt huset och ner till källaringången. Tess låste upp och de gick in.

"Jag ska bara ta en dusch", sa hon när hon hade hängt av sig i hallen.

"Bra! då gör jag dig sällskap."

Innan Tess hann protestera föste han in henne i badrummet. Han vred på vattnet och började klä av sig. Tess tog också av sig kläderna. De studerade varandras nakna kroppar då de stod framför varandra innan han tog tag i henne och bar in henne i duschen. Han satte ner henne och började kyssa henne under de varma vattenstrålarna. Han vände henne om och smekte henne på ryggen innan hans händer kom fram och smekte neråt längs hennes mage tills hans hand landade mellan hennes ben och smekte henne där. Samtidigt smekte han hennes bröst med den andra handen. Hon stönade tyst och kände hur han växte bakom henne. Han tog fram kondomen som han hade fått med sig in i duschen.

Båda hans händer placerade han på hennes höfter när han hade kommit in i henne och Tess placerade sina händer på väggen i duschen för att få stöd. Han rörde sig långsamt och retsamt samtidigt som känslan i hennes underliv ökade.

Plötsligt stannade han och drog sig ur henne och vände snabbt runt henne. Han hittade snabbt in i henne igen och tog upp hennes ena ben så att han kunde komma djupare. Han kysste henne för att kväva hennes stön när hon närmade sig. Han var blöt och hal vilket gjorde det svårt för Tess att greppa tag om honom. Tess bet sig i läppen och flåsade samtidigt som hon kom. Orgasmen var kort men intensiv.

"Verkar som om du alltid hinner före mig", sa han med ett busigt leende när han också hade kommit. Hans leende fick Tess att rodna. När Tess kom ut ur duschen hade Tim redan klätt på sig och gått ut ur badrummet. Hon klädde på sig och gick ut och fick syn på Tim rotandes i köket.

"Är du hungrig?" sa hon med ett leende.

"Har du aldrig något ordentligt att äta?"

De lyckades till slut få ihop något att äta. Sedan la de sig i sängen och kollade på tv. När det började bli sent satte sig Tim på sängkanten och började ta av sig kläderna.

"Vad gör du?" frågade hon.

"Jag tänker väl inte gå hem när du äntligen har fått hit mig", sa han skämtsamt. Han lutade sig fram och kysste henne. Sedan hjälpte han henne upp på knä i sängen medan han tog av henne kläderna på överkroppen. Känslorna rusade runt i hennes kropp när han kysste hennes bröst.

Han hjälpte henne upp till stående i sängen medan han tog av henne på underkroppen. Hon virade sina ben runt honom och de kysstes passionerat samtidigt som han bar upp henne. Tim satte sig sedan ner på sängen med henne grensle i hans knä och tog snabbt på en kondom innan han kom in i henne. De hittade snabbt en takt som var skön för dem båda. Tim kunde läsa av Tess att hon var mycket närmare att komma än honom.

"Vänta på mig", viskade han, men insåg att det var för sent. Han tog snabbt upp sin hand och höll för hennes mun när hon inte kunde hålla sig från att stöna.

Hon vaknade nästa morgon av att Tim tog på sig kläderna.

"Vad gör du?" sa hon lågt.

"Jag ska ut och springa."

"Nu!? Hur mycket är klockan?"

Han satte sig på sängkanten och började dra i täcket. "Följ med."

Hon tittade på klockan. "Klockan är kvart i sex!"

214

Han lutade sig ner och kysste henne på bröstvårtan och hon flämtade till. Sedan kysste han henne på munnen. "Nu är du vaken. Följ med."

"Jag kan komma på något bättre vi kan göra med den här tiden", sa hon flirtande.

"Jag vill hinna springa innan jobbet. Du kan sova när du kommer tillbaka."

"Okej!" sa hon och tog sig motvilligt ur sängen.

De började med att jogga den första kilometern för att värma upp. Efter det började Tess ta ut stegen och öka farten och Tim hängde på. Hon ökade lite i taget och han höll samma tempo som Tess hela vägen. De sprang den långa slingan på en mil som Tess hade börjat springa för ett tag sedan. De promenerade sedan den sista biten hem till Tess.

"Jag vill träffa dig snart igen men jag har lovat Patrick att hänga med honom i helgen?" sa Tim.

"Hur är det med Patrick?"

"Han frågade mig senast i förrgår om jag hade några tips på hur han kunde få tillbaka dig."

"Vad sa du då?"

"Jag sa att jag skulle se om jag kunde komma på något."

"Jaha, hur går det då?"

"Varför tror du att jag är här?" sa han med ett leende sedan drog han henne nära och kysste henne.

Tim gick in i duschen när de kom tillbaka. Tess kunde inte låta bli att studera hans perfekta kropp när han kom ut ur badrummet och klädde på sig.

"Jag måste tyvärr sticka. Vi ses sen", sa han och kysste henne passionerat innan han gick. Pirret gick som en våg genom hennes kropp samtidigt som hon önskade att han inte behövde gå.

Tess kollade på klockan, den visade halv åtta. Hon gick snabbt in i duschen och sköljde av sig innan hon kröp ner i sängen igen.

Hon fick bråttom när hon vaknade. Hon klädde på sig, borstade tänderna och håret. Sedan packade hon väskan och nästan sprang ut genom dörren. Hon hann till hotellet precis i tid. Tess och Maria var fortfarande ihop parade.

"Vad glad du verkar idag", sa Maria till henne när de kom upp på våningen.

"Jag sov väldigt bra i natt."

Tess var på hotellet redan klockan åtta på måndagsmorgonen. Högsäsongen hade börjat och två dagar i veckan skulle hon börja tidigare. De dagarna hon började tidigare jobbade hon ensam med att städa rum fram till klockan tio. Veckan löpte på och Tess längtade till lördagen, det skulle vara fint väder och hon hade gjort upp planer för att träffa Tim.

Tim hämtade henne på lördag förmiddag och körde dem till färjelägret. De åkte färjan över till Grekön, sedan gick de till bryggan och gick i båten. Tess trodde att de var på väg hem till Tim och gav honom en frågande blick när de åkte förbi Rågö. Men i stället för att svara henne log han bara.

Han stannade båten när han kom fram till en liten ö. Ön var så liten att den inte ens hade någon brygga. Den hade bara några klippor, en liten gräsplätt och en liten skog bestående av några fåtal träd. Tim hjälpte henne i land först innan han också klev i land med ett stort täcke och en picknickkorg. Han gick fram till den lilla gräsplätten och vecklade ut täcket.

"Wow! Jag visste inte att du var så romantisk", sa Tess med ett leende.

"Vad menar du?"

"Picknicken."

"Åh, det här är ingen picknick", sa han och kysste henne samtidigt som han föste ner henne på täcket på marken. "Jag gillar inte att ligga på kottar och grenar", sa han och Tess kunde se kåtheten i hans blick.

Först tog han av sig t-shirten för att sedan snabbt ta av henne shortsen och trosorna. Han började kyssa och slicka henne på insi-

216

dan av låret och Tess blev genast kåt. Han närmade sig hennes underliv långsamt och Tess vred på sig av upphetsning. Hon stönade när hon kände värmen av hans blöta mun mellan sina ben. Tim tog av henne på överkroppen och hon böjde sig bakåt flämtande samtidigt som han kysste hennes bröst.

Sedan tog han hennes bh och virade den runt hennes handleder och satte dem bakom hans nacke och kysste henne passionerat medan han tog av sig på underkroppen. Tim tog på en kondom innan han kom in i henne. Att ha händerna hopbundna gjorde att Tess hade mindre kontroll vilket också gjorde henne kåtare. Han rörde sig i en takt som var skön och hon var nära att komma när han plötsligt låg helt stilla.

"Shhhhh... det är en båt där borta", viskade han.

"Du skämtar?"

"Vi väntar till de har åkt."

Tess vred på huvudet åt det hållet Tim tittade och såg en långsam motorbåt med två personer åka förbi. Den åkte så långsamt att det nästan såg ut som om den stod stilla.

Tim började röra sig igen jättelångsamt.

"Vad gör du?" viskade hon fortfarande tittandes på båten.

"Jag vill inte bli slak." Tim såg att hon njöt av hans långsamma rörelse. Hon fick bita sig i läppen för att inte ge ifrån sig något ljud.

När båten var utom synhåll. Kysste han henne intensivt och ökade takten. Tess hade ingen kontroll när hon kom. Hon flämtade och stönade om vartannat. Tim var inte klar än så han fortsatte en stund till. Att hon inte hade kontroll med händerna bundna gjorde att känslan i hennes underliv ökade igen tills alla känslorna i underlivet exploderade. Den här gången kom hon samtidigt som Tim. De låg kvar och hämtade andan tillsammans innan han knöt upp hennes händer. Sedan klädde de på sig och Tim hämtade korgen han hade haft med sig.

"Vatten?" sa han och räckte henne en flaska.

Hon log samtidigt som hon tog emot den. "Tack!"

"Är du hungrig?"

217

Tess skakade på huvudet. Tim tog fram en smörgås och satte sig bredvid henne.

"Du ser! inte en picknick", sa han med ett leende innan han pussade henne på axeln.

De hörde hur det plingade i Tims telefon. "Åh nej! Vi måste åka!" sa han när han hade läst meddelandet.

"Vad är det?"

"Patrick är försvunnen!" sa han samtidigt som han försökte ringa.

"VA!!"

"FAN! Hans telefon är avstängd."

"Vad menar du med att han är försvunnen?"

"Idag är årsdagen av Emmas försvinnande. Agnes skickade att hon inte får tag i honom och att han inte är hemma."

Tim packade ner allt i båten innan han hjälpte Tess ombord.

"Jag tror jag vet var han är", sa hon.

"Var då?" frågade han.

"Går det snabbare att ta båten till hamnen eller att ta färjan?"

"Båten!" svarade han.

De åkte mot Kargviks hamn och Tess berättade om när Patrick var försvunnen på Emmas födelsedag att hon hade hittat honom vid fyren.

När Tim hade lagt till båten hjälpte han Tess upp på bryggan.

"Jaha, det var inte så här jag hade tänkt att dagen skulle bli", sa han.

"Hur hade du tänkt då?"

"Ja för det första så har du haft de där kläderna på dig alldeles för länge", sa han med en flirtig blick. Tess kände genast hur en stöt gick igenom kroppen och landade mellan hennes ben. Hon gav ifrån sig ett litet stön samtidigt som hon log och rodnade.

"Jag går och kollar om Patrick är vid fyren", sa han.

"Jag förstår, jag kan ta mig hem själv härifrån."

"Jag hör av mig till dig senare."

De tittade sig omkring för se så att ingen skulle se dem när de kysstes sedan gick de åt var sitt håll.

Juli

Nästa lördag åkte Tess till huvudstaden för att ta ut pengar. Tim hade gjort upp planer med Patrick så hon hade en helg till sig själv. Hon hade bara sett Tim i förbifarten på hotellet under veckan och hon kände nu att hon verkligen saknade honom.

Tess hade tagit ut pengar på tre bankomater och stod framför den fjärde när hon plötsligt kände en kall kår längs ryggen. Efter någon sekund kände hon sig iakttagen. Först frös hon till is. Men lika snabbt som känslan hade uppkommit försvann den igen så hon fortsatte med att ta ut pengarna. När hon sedan var på väg tillbaka till stationen kom känslan tillbaka men den här gången var den starkare. Hon försökte snabbt lista ut hur hon skulle göra.

Hon tog sig till busstationen och hoppade på en buss som tog henne två städer utanför huvudstaden för att sedan hoppa på nästa buss och sedan en buss till tills hon kom fram till Kargvik. När hon kom hem var det sent och hon var jättetrött. Innan hon gick och la sig tog hon en avslappnande dusch.

Hon vaknade av en lätt knackning på dörren. Hon gick fram till dörren i tron om att det var Tim. Men när hon hade låst upp alla låsen och öppnat dörren frös hon snabbt till is. De mörka ögonen brände i henne.

"Hej Sara! Nu har jag äntligen hittat dig", sa han samtidigt som ett otäckt leende prydde hans ansikte. Tess backade in i lägenheten och han följde efter. När han plötsligt gjorde ett utfall mot henne lyckades hon väja undan och springa förbi honom. På vägen ut fick hon med sig sina löparskor och bar dem i handen. Hon sprang längs gatan barfota en bit med skorna i handen innan hon märkte att han inte följde efter. Hon stannade och tog på sig skorna för säkerhets skull. Hon väntade en stund innan hon började gå tillbaka. När hon hade kommit halvvägs såg hon honom. Han var på väg i hennes riktning.

Hon vände sig hastigt om och började springa ifrån honom igen. Hennes ben började värka under ärret och snart gjorde det så ont att hon var tvungen att halta fram. Hennes ben värkte så mycket att hon inte kunde springa snabbare. Hon tittade ner på den och såg att hon blödde från ärret. Avståndet mellan dem minskade då han kom i kapp henne. När hon sedan blickade bakåt var han i kapp henne. Hon kunde se ilskan i hans blick när han tog tag i henne. Han släpade henne tillbaka till lägenheten och satte ner henne på sängen.

"Var är mina pengar!" skrek han åt henne.

Tess skakade förskräckt på huvudet och såg Hans komma in i lägenheten, han hade väl vaknat av tumultet. När Tess hörde skottet vaknade hon.

Hon satte sig hastigt upp i sängen innan hon gick fram till dörren för att försäkra sig om att det var låst och kolla så att det var ordentligt fördraget.

Hon kollade på klockan och den visade tio i tre. Hon la sig tillbaka i sängen igen men sov inget mer den natten. Dagen därpå hade hon ingen lust att ge sig ut i spåret och hade inget behov av att gå till Supermarket så hon stannade inne. Drömmen hade känts så verklig och känslan hängde kvar i flera dagar.

Hon träffade på Tim i tvättstugan tidigt på torsdagsmorgonen.

"Följ med mig hem imorgon efter jobbet? Vi har huset för oss själva", sa han lågt.

Han såg på henne att hon tvekade. Och hon märkte det.

"Okej", svarade hon och tvingade fram ett leende.

När hon gick mot färjan kände hon sig osäker. Känslan av drömmen hängde sig fortfarande kvar. Hon ville så gärna träffa Tim men ville inte vara så långt ut att hon inte kunde ta sig hem. Hon åkte över med färjan och gick sedan till bryggan där Tim väntade i båten. Han hoppade upp på bryggan och kysste henne direkt när hon kom fram. Med hans armar runt hennes kropp tryckte han henne nära. Det fladdrade till långt inne i magen på Tess. Hans mjuka läppar smakade gott och hans doft gjorde henne knäsvag.

När de hade kyssts färdigt mötte hon hans blick och kände hur mycket hon längtade efter honom innan han kysste henne igen. De hoppade ner i båten och tog på sig flytvästarna innan de åkte vidare till bryggan utanför Tims föräldrars hus.

De gick över trädgården upp till huset och gick in genom källaringången. Tim tog med henne uppför trappan och in i köket.

"Är du hungrig?" frågade han.

Tess nickade.

"Vill du ha ett glas vin?"

Tess nickade igen. Tim hällde upp var sitt glas vin till dem för att sedan börja rota i köket.

"Vill du ha hjälp?" frågade hon.

"Nej! Sitt du där så att jag kan hålla ett öga på dig", sa han med en flirtig blick och pekade på ett utav stolarna vid köksön.

Tess studerade honom när han jobbade i köket. Han var självsäker och det såg ut som om han visste vad han gjorde. Tess blev upphetsad bara av att se hur han rörde sig. Maten doftade gott och när hennes glas var tomt fyllde han på.

När maten var klar ställde han fram två skålar med skaldjurspasta och gjorde henne sällskap vid köksön.

"Smaklig måltid!"

Tess tog upp gaffeln och snurrade upp spaghettin på den innan hon stoppade den i munnen. Det var en explosion av smaker som nådde hennes mun. "Mmm. Herregud vad gott!"

Tim log sitt sexiga leende och hon fick behärska sig för att inte kasta sig över honom.

"Är du på riktigt?" frågade hon.

"Vad menar du?"

"Ja men du är ju bra på allting. Det här är nog det godaste jag har ätit."

Tim log sitt sexiga leende igen sedan kysste han henne mjukt på läpparna.

"Ät upp nu, du kommer behöva energin", sa han på ett sätt som fick Tess att rodnade.

När de hade ätit upp började Tim duka av.

"Behöver du hjälp?" frågade hon varpå Tim ställde ner det han hade i händerna och vände sig om mot henne. Han gick fram och kysste henne samtidigt som han lyfte upp henne och satte henne på köksön. Han fortsatte att kyssa henne samtidigt som han tog av henne t-shirten. Sedan tog han av henne på underkroppen och slutligen tog han av henne bh:n så att hon satt naken på köksön. Han tog av sig sin egen t-shirt och började kyssa hennes bröst. Hon lutade sig bakåt och drog honom närmare med sina ben.

Han fortsatte att kyssa henne längs magen tills hans läppar nådde hennes klitoris. Hon stönade högt och böjde kroppen bakåt. Han avbröt för att ta av sig på underkroppen och trä på en kondom. När han kom in i henne höll hon andan.

Han rörde sig sakta, retsamt. Han stannade halvvägs och Tess ville inget annat än att han skulle fortsätta. Istället kysste han hennes bröst. Hon hade varit nära att komma men han hindrade henne. När han sedan började röra sig inuti henne igen kände hon inte bara hur hennes underliv var på väg att explodera utan det spred sig i hela kroppen. Han stannade igen och hon trodde att hon skulle bli galen.

"Fortsätt!" lyckades hon få fram mellan flämtningarna. Men det gjorde han inte. Hon försökte sätta sig upp men han höll ner hennes händer på köksön. När han sedan böjde sig ner och kysste hennes bröstvårta igen kunde hon inte hålla sig längre. Hon kände hur orgasmen började i underlivet för att sedan stråla ut i resten av kroppen. Hon vred sig och stönade under Tim samtidigt som han höll fast hennes armar mot köksön.

När hon var klar började han röra på sig igen och hon kunde känna hur hård han var. Hon kunde känna allt! En ny orgasm började växa fram. Hon kunde inte hålla emot, den var intensiv och varade länge. Tim höll fortfarande kvar hennes händer mot köksön. Hon vred sig och stönade under honom igen fram tills han också var klar. Tess låg kvar på köksön som en urvriden disktrasa med Tim fortfarande kvar i henne. Han drog upp henne sittandes och kysste henne innan han drog sig ur och slängde kondomen i soptunnan. Sedan kom han tillbaka till henne för att stödja upp henne. Hon hade nästan ingen kraft kvar i kroppen.

Hon började huttra så han hämtade en filt som han svepte om henne och sedan bar henne till soffan i allrummet. Sedan tog han på sig kalsongerna och satte sig intill henne i soffan.

"Är du okej?" frågade han henne.

Hon nickade.

"Vill du ha något?"

Hon skakade på huvudet.

"Okej, Jag ska bara städa upp i köket", sa han och pussade henne lätt på pannan innan han reste sig upp.

När han återvände hade han med sig en tallrik med uppskuren frukt. "Här ta lite", sa han när han räckte fram den.

Tess tog en bit mango och såg Tims blick när hon stoppade in den mjuka mogna frukten i munnen.

"Inte mer! Jag klarar inte mer", sa hon.

Hon möttes av hans leende. "Det är okej."

"Det kan väl inte bli mer än så?"

Tim log mot henne igen.

"Kan det bli mer än så?" frågade hon. Den här gången kunde han höra en liten rädsla i rösten. Han la handen på hennes knä.

"Det är okej. Och om jag ska vara ärlig så tror jag inte det."

"Okej. För om jag ska vara ärlig så hade jag inte klarat mer."

Det plingade i Tims telefon så han gick och hämtade den från där den låg i köket.

"Det är Patrick. Han undrar om jag kan komma över."

"Hur är det med Patrick?"

Tim fyllde på vinglasen och tog med dem när han återvände till henne i soffan.

"Jag skulle ljuga om jag sa att han mådde bra. Det är fyra år sen nu som Emma försvann. Och att du dumpade honom strax innan årsdagen av hennes försvinnande knäckte honom väldigt mycket tror jag."

"Det var aldrig min mening."

"Jag vet. Men jag ser att han inte är lika illa däran som han var för fyra år sedan så det är ju bra."

"Vad var det som hände när hon försvann?"

"Jag vet bara vad jag har hört. Det sägs att hon gick upp tidigt på morgonen, det spekulerades i att det var vid femtiden som hon tog sig ut ur hamnen med segelbåten. Patrick ska ha vaknat några timmar senare för att upptäcka att hon inte låg kvar i sängen. Han ringde henne men inga signaler gick fram. Polisens misstankar var att telefonen slutat fungera i vattnet. Han ringde sedan alla som kanske kunde veta var hon var men det var ingen som visste. Sedan gick han till båtplatsen för att se om hon jobbade på båten men istället upptäckte han att båten var borta. Då ringde han polisen och olika instanser och de gav sig ut för att leta. Vi alla gjorde det, alla som kände dem gav sig ut i båtar för att leta. Men det är ingen som har hittat något. Inte på fyra år. Visst det har hittats föremål och så som de har kanske misstänkt men det har alltid varit fel. Jag tror att det har varit det som har gjort det svårt för Patrick att gå vidare. Han har inte kunnat det förrän han träffade dig."

"Du sa att det ryktades om att hon var gravid."

"Polisen gjorde en husrannsakan hemma hos dem dels för att de ville hitta spår, dels för att de misstänkte Patrick. Då hittade de ett positivt graviditetstest i soporna och att det troligtvis var Emmas."

"Så inte ett enda spår av henne?"

"Nej. Och det är det som är så konstigt, hur kan en människa bara försvinna så där spårlöst? Och varför skulle hon ut med båten så tidigt utan att säga något till Patrick?"

"Tror du att han kommer bli okej?"

"Ja. Det kommer han. Kanske tar lite tid bara."

Tim fyllde på deras vinglas och det plingade i hans telefon igen.

"Det är Patrick igen, han undrar om jag vill hitta på något imorgon", sa han och la ner telefonen på soffbordet.

"Ska du inte svara honom?"

"Jag kan svara honom senare, just nu är jag lite upptagen."

Han lutade sig fram och kysste henne ömt för att sedan lägga sig på henne. Den ömma kyssen gjorde Tess upphetsad så hon försökte dra bort filten emellan dem. Hon särade på sina ben för att ha honom närmare. Han förstod vad hon ville. Han kände efter med handen och hon var redan våt. Han gled lätt in och hon stönade mjukt. De hittade en takt som gjorde dem samspelta och när de kom, kom de båda tillsammans.

"Jag ska ta en dusch. Vill du följa med?" sa han när de var klara.

Tess nickade och följde med honom en trappa upp till samma badrum hon hade varit i senast hon var där.

Han vred på vattnet och gick in i duschen och hon följde efter. De stod under de varma vattenstrålarna och Tim gav Tess en och annan blick när han flera gånger tittade på hennes kropp, det var en blick som fick henne att rodna. Hon trodde flera gånger att han skulle hoppa på henne men det gjorde han inte.

När de klev ur duschen tog han fram en handduk till sig och en till Tess. När Tim var klar i badrummet gick han ut före Tess. Hon hittade Tim i köket när hon kom ner för trappan.

"Vill du ha en grillad macka?" frågade han när han såg henne.

"Är du alltid hungrig?" frågade hon

"Ja!" svarade han med ett leende.

"Nej, det är bra", svarade hon.

Hon hämtade sitt vinglas som stod kvar på soffbordet och satte sig vid köksön medan Tim gjorde i ordning sin macka.

När han var klar med den luktade det så himla gott. Tess ångrade sig att hon hade sagt nej till mackan. Tim tog en tugga och såg hur Tess nästan dreglade.

"Vill du smaka?" sa han och log. Sedan kom han fram till henne och räckte fram den till henne. Han såg på när hon tog en tugga. "Ta den! Jag gör en till."

Utan att säga ett ord fortsatte Tess äta på mackan. När Tim hade gjort en till satte han sig bredvid henne och fyllde på hennes vinglas som han tog en klunk av innan han åt på sin grillade macka.

"Det där var den godaste mackan jag någonsin ätit", sa hon när hon hade ätit upp den.

Hon tog upp vinglaset och tog en klunk och innan hon hann ställa ner den tog Tim och drack ifrån den.

"Är detta dina paradrätter, eller kan du mer?" frågade hon medan han åt på mackan.

Han la ifrån sig den, tuggade ur och tog en klunk till på vinet innan han svarade.

"Jag jobbade ett år på en italiensk bistro i södra Italien när jag var nitton. Så där lärde jag mig ett och annat."

Det syntes tydligt att Tess inte hade förväntat sig det svaret. "Italien? Hur hamnade du där?"

"Min mamma har en kusin där som är gift med ägaren till bistron som jag jobbade på. Jag har alltid haft ett intresse för mat, en sommar åkte jag dit och blev kvar i nästan ett helt år."

När han hade ätit upp sin smörgås dukade han av och gick fram till Tess och tog hennes hand.

"Kom! Vi går och lägger oss."

Tess följde med till Tims sovrum där de klädde av sig allt förutom underkläderna innan de la sig under täcket. De la sig tätt och hon njöt av att ligga i hans famn när hon somnade.

När Tess vaknade på morgonen låg hon ensam i sängen. Hon satt på sängkanten när hon hörde ytterdörren smälla igen. Hon hoppade till och frös till is. Efter någon minut dök Tim upp i dörröppningen och hon andades ut.

"Vad bra! du är vaken. Jag ska bara duscha sen fixar jag frukost", sa han och försvann igen.

Tess kände hans underbara doft när han kom nerför trappan.

"Vill du ha hjälp?" frågade hon.

"Du kan skära upp de här", sa han och ställde fram en skål med frukter och bär.

Han iakttog Tess när hon började skära.

"Nej, så här."

Det gick en stöt genom hennes kropp när han ställde sig bakom henne och tog tag i hennes hand som hon höll kniven i. Hon försökte fokusera när han visade henne hur hon skulle göra men hans doft och värmestrålning var för distraherande. Hon lutade huvudet bakåt och andades in hans doft.

"Lyssnar du?" frågade han och Tess skakade på huvudet innan hon vände sig om och kysste honom. Hon kysste honom passionerat och han besvarade kyssen.

Hans händer åkte in under hennes kjol och han drog ner hennes trosor och lät dem falla ner till golvet. Hon knäppte upp hans byxor samtidigt som hans hand smekte henne mellan benen. Hon tog stöd mot köksön bakom sig när han lyfte upp hennes ben och kom in i henne. Hon stönade mjukt. Intensiteten i hans stötar ökade allteftersom. Hon greppade tag med ena handen bakom hans nacke och drog honom närmare och den sköna känslan i hennes underliv ökade tills hon gav efter och kom. Tim stönade när han kom strax efter henne. Tim tittade nöjt på henne och hon log mot honom innan han kysste henne.

När de hade tagit på sig kläderna igen fortsatte de att göra i ordning frukosten. Tim stekte upp amerikanska pannkakor under tiden som Tess gjorde sitt bästa med att skära upp frukten. När de satte sig tittade Tim på hennes fat hon hade gjort i ordning och log.

"Man äter ju med ögat också."

"När jag lagar mat kanske man ska blunda och använda de andra sinnena."

Tim skrattade åt hennes kommentar sedan ringde det i hans telefon. "Det är Patrick. Jag glömde svara honom igår."

Tim tog med sig telefonen in i ett annat rum och svarade. Han stoppade ner den i fickan när han kom ut ur rummet för att sedan sätta sig bredvid Tess.

"Han skulle till Vilmer ikväll. De ska kolla på film eller något och han undrade om jag ville åka med."

"Vad svarade du?"

"Jag sa att jag skulle fundera lite."

Han lutade sig fram och kysste henne mjukt. Sedan slutade han abrupt. "Vi sticker i väg!"

"Va! Vart då?"

"Jag vet inte, vi åker till en storstad och går ut eller något."

Paniken växte inom Tess. "Det kan vi väl inte?"

"Jo kom igen! Vi tar tåget!"

Tess såg entusiasmen i hans ögon och hade svårt att säga nej, men visste att hon inte kunde följa med.

"Jag kan inte. Jag har inget leg med mig, det är hemma."

"Då åker vi till huvudstaden jag känner till en jättebra nattklubb som aldrig ber om leg."

Han såg att hon tvekade. "Kom igen Tess, vi åker nu. Jag kan köpa dig en ny klänning. Om jag inte minns fel så är jag skyldig dig en", sa han med en flirtig blick.

"Okej!" svarade hon. Det var svårt att motstå honom.

Tim plockade i ordning i köket och de packade var sin väska innan de tog båten till Grekön och sedan färjan över till Kargvik. De gick bakgatorna fram till tågstationen för att inte stöta på någon som de kände. När de väl kom fram stod de en bit ifrån varandra på perrongen ifall någon skulle se dem. Tåget anlände och när de klev på klev de på separata vagnar. Tåget hade passerat första stoppet när Tim kom och satte sig bredvid henne.

När de klev av tåget kände de sig säkra och de klev av tillsammans.

"Kom vi ska häråt", sa Tim och tog tag i hennes hand. Hon följde med honom längs gatorna tills de kom fram till en restaurang.

"Är du hungrig? De har riktigt god mat här."

Tess fnissade. "Vi kan äta här", svarade hon.

När de hade ätit fortsatte de en bit nerför gatan tills de kom fram till ett Hotell.

"Vi checkar in sen går vi och letar efter den där klänningen jag är skyldig dig."

"Har du bokat rum?"

"Ja! Vi kan ju inte sova på gatan."

"När gjorde du det?"

"På tåget. När vi lämnade Kargvik."

Tess följde med honom in och de gick fram till receptionisten. De fick nycklarna till rummet och åkte hissen upp till sjätte våningen. Längst bort i den långa korridoren låg deras rum. Innan de gick in vände sig Tim mot Tess med en allvarlig min.

"Vi lägger bara in väskorna och går ut, för om jag spenderar mer än två minuter med dig i det där rummet kommer det sluta med att vi är nakna." Tess rodnade och kände stöten gå genom kroppen samtidigt som Tim öppnade dörren.

De gick längs shoppinggatan och gick in i flera klädbutiker innan de hittade något passande för Tess inför kvällen. De fortsatte sedan att gå i butiker en stund till innan de gick tillbaka till hotellet. De hade bestämt sig för att äta middag i hotellets restaurang så de åkte bara upp till rummet för att lämna kassarna innan de åkte hissen ner till restaurangen. Tim beställde kött och Tess beställde fisk. Och de delade på en flaska vin.

"Vi går upp och byter om innan vi sätter oss i baren", sa Tim och reste sig upp. Tess följde efter honom upp på rummet där de bytte om. Tess bättrade på sminket och satte upp håret i en hög tofs. När hon vände sig om mötte hon Tims blick.

"Ser ut som om jag kommer behöva köpa dig ännu en klänning", sa han.

Han var så snygg i sina jeans och sin svarta skjorta när han stod framför henne att det pirrade till i hela Tess. När han närmade sig henne och hon kunde känna värmen från hans kropp blev hon alldeles knäsvag. Han kysste henne och backade in henne mot väggen.

När hans hand greppade tag i hennes ena bröst flämtade hon till hårt. Han drog med sig henne mot sängen och drog upp kjolen på hennes klänning så att hon kunde sitta grensle över honom. När han la sig bakåt kunde hon känna genom hans jeans hur hård han var.

Han drog henne närmare så att de kunde kyssas. Under tiden hasade han ner sina byxor. Det enda nu som hindrade honom från att komma in i henne var hennes trosor. Tims kyssar var passionerade och intensiva. När Tess hade fått av sig trosorna var hon så våt att han bara gled in i henne när hon satte sig på honom. Hon försökte hålla igen sina stön när hon red på honom.

Hon kunde läsa av honom att han var nära och det var hon också. Hon la sig ner på honom och kysste honom när de kom tillsammans. De låg och hämtade andan i någon minut innan de snyggade till sig och gick ut.

Tess njöt av att Tim höll henne i handen när de gick till hotellbaren. Där satte de sig vid ett bord längst in i hörnet. Tess andades ut när bartendern inte frågade henne om leg när hon beställde en drink. De satt kvar i baren och drack några drinkar för att komma in i rätt stämning innan de begav sig mot nattklubben som låg några kvarter bort. De ställde sig i den långa kön och väntade på att få komma in. Tess slappnade av när hon såg att det närmade sig deras tur och att vakten inte kollade efter leg.

Den höga musiken basade ur högtalarna och Tess blev genast på danshumör. Tim tog med henne ut på dansgolvet. De hade aldrig riktigt dansat tillsammans bara de två och Tess imponerades av hur bra han var på att dansa. När de blev törstiga gick de till baren. De dansade nära med mycket kroppskontakt fram till klockan var tre på natten, då gick de svettiga tillbaka till hotellet i den varma sommarnatten.

"Jag vill ta en dusch", sa Tess och gick in i badrummet väl inne på rummet igen. Hon klädde av sig och vred vattnet till svalt innan hon klev in i duschen. Hon hade dansat så mycket att hon nästan mådde illa av hur varm hon var. Hon lät vattnet svalka henne när det sköljde över hennes nakna kropp.

Hon hade inte varit i duschen i många minuter när hon såg hur draperiet öppnades och Tim kom in i duschen. Han stod nära bakom henne och hon kunde känna kontrasten av hennes svala kropp mot hans varma kropp. Han höll om henne bakifrån samtidigt som hon vände på huvudet så att hon kunde möta hans kyss. Då förde han sin ena hand mellan hennes ben. Hon kände att hon egentligen var för trött men Tim var för svår att motstå. Hon kände hur han växte bakom henne. Sedan hur han med hjälp av handen styrde sig rätt. Tess tog stöd med händerna mot väggen samtidigt som Tim först stötte långsamt för att sedan öka takten. Tess bet sig i läppen och höll andan för att inte stöna högt. Hon var på gränsen till att komma länge utan att orgasmen ville komma och Tim verkade dröja längre än vanligt.

"Vänta", sa hon. Och Tim pausade.

Sedan vände hon sig om och Tim tog emot hennes ena ben som hon lyfte och kom in i henne igen. Tim stötte nu med mera kraft och väggen bakom henne skavde, men nu var hon nära. Det krävdes inte många stötar innan hon kände explosionen i hennes underliv som sedan spred sig i resten av kroppen. Tim verkade också komma samtidigt. Han sökte hennes läppar och de stönade och kysstes tillsammans.

När hon senare la sig i sängen somnade hon nästan direkt.

Nästa morgon vaknade de och gick ner till hotellets restaurang och åt frukost. Efter det checkade de ut och gick till tågstationen och tog tåget hem till Kargvik. De satt tillsammans fram till näst sista stoppet innan Kargvik. Kyssen som de delade innan Tess bytte plats till en annan vagn var fylld av både hetta och passion. När de klev av tåget i Kargvik gick de åt var sitt håll. Tess gick snabbt in på Supermarket innan hon fortsatte hemåt.

Tess fortsatte att jobba med Maria på måndagen.

"Vad gjorde du i helgen då?" frågade Maria när de städade ett av rummen tillsammans.

"Jag gjorde ingenting. Hade en lugn helg hemma bara."

"Jag vill gå ut på lördag. Vill du hänga med?"

"Vill du inte hellre gå ut med Agnes?"

"Nej faktiskt inte, jag tycker hellre om att gå ut med dig. Du är mycket roligare. Så vad säger du?"

"Okej, kör till!"

"Kul! Mattias följer självklart med och så ska jag fråga några andra. Du behöver inte oroa dig, jag tänker inte fråga Patrick."

Tess log innan hon frågade. "Hur är det med Patrick?"

"Han har det tufft men jag tror inte att det hjälper att Agnes vaktar honom som en hök och behandlar honom som om han vore av glas. Han har blivit dumpad. Han är sårad. Låt honom komma över det och gå vidare vi har alla gått igenom samma sak."

Tess och Tim träffades inte ensamma på hotellet förrän torsdag morgon när Tess började klockan åtta. De hade bara skickat några enstaka meddelanden till varandra under dagarna som hade gått.

Tess kunde känna att han stod i dörröppningen och studerade henne när hon la in sin lunch i kylskåpet. Hon fick behärska sig för att inte rusa fram och kyssa honom när hon såg honom stå lutad mot dörrkarmen.

"Hej!" sa hon lågt nästan som en viskning.

"Hej! Jag hörde att du skulle till Maria på lördag."

"Ja! Hon frågade om jag ville."

"Mattias frågade om jag ville följa med."

"Ska du det?"

"Jag vet inte. Jag har inte bestämt mig."

De hörde dörren ut till gatan smälla igen och Agnes kom in i personalrummet. Hon började också tidigt den dagen. Medan hon gick fram till kylskåpet och la in sin mat lämnade Tess personalrummet. När hon passerade Tim i dörröppningen sträckte han ut sin hand och tog i hennes för en kort stund. Det fladdrade i hela Tess mage när hon kände både värmen och styrkan i hans hand.

Mattias hade erbjudit att hämta Tess på lördagen och köra hem henne till Maria. När hon gick in i Marias lägenhet var det redan några av deras vänner där. Tess tittade runt och blev besviken när hon inte såg Tim. Hon fick en drink av Maria som var god och den gick ner snabbt. Det dröjde inte länge innan hon fick en till likadan. Hon stod och pratade med Felicia i vardagsrummet när hon plötsligt kände sig iakttagen. Hon vände sig så att hon kunde se snett bakom sig och hjärtat stannade till när hon såg Tim. Han stod och pratade med Mattias. De båda försökte hålla en låg profil jämte varandra för att inte någon skulle misstänka dem.

Tess stod ensam i köket och drack vatten när Tim dök upp. När hon stod med ryggen mot bänken öppnade han ett skåp bakom henne och sträckte sig efter ett glas så att deras kroppar nuddade vid varandra. Hela Tess skrek efter honom. Hon plågades av att ha honom så nära utan att kunna göra någonting. Och han hade mage att retas med henne.

"Vad fin du är", viskade han i hennes öra och Tess kände hur hon rodnade.

De hörde Maria prata med någon annan i hallen. När hon kom in gick Tim ut ur köket. Tess gick fram till kylskåpet och tog fram en cider. När hon vände sig om tycktes hon skymta Maria ge henne en konstig blick.

"Ställ undan den, så ska jag blanda en drink åt dig", sa hon sen.

Tess gjorde som hon sa och tog emot drinken när Maria räckte fram den. Hon gav Tess en konstig blick som om hon ville säga något, men det gjorde hon inte. Istället lämnade hon köket i tysthet.

Tim kom och satte sig bredvid henne i soffan när hon pratade med Mattias och Felicia. Hans varma lår emot hennes och hans doft gjorde det svårt för henne att fokusera på samtalet. När han sen nuddade henne på armen höll hon andan och tittade på honom. Hon såg hans läppar röra sig men suset av hennes hjärtslag ekade i huvudet så hon hörde inte vad han sa.

"Vad sa du?"

"Jag ska gå till köket. Vill du ha något mer att dricka?"

Tess nickade. "En cider tack!"

När Tim hade lämnat soffan kände hon att hon kunde andas igen. Men den känslan försvann snabbt när han återvände och satte sig bredvid henne igen.

"Här", sa han och räckte henne cidern. När deras händer nuddades kände hon som en stöt som gick igenom hela kroppen.

"Tack!" sa hon och lyckades precis hindra rösten från att spricka. När hon inte klarade av att sitta bredvid honom längre gick hon ut till Gabriel och Maria som stod ute på balkongen. När de hade pratat en stund kom Mattias ut på balkongen följt av Tim. Hans närvaro gjorde Tess nervös. Hon visste inte var hon skulle titta, hon var rädd för att möta hans blick. Felicia dök upp i dörröppningen och frågade Maria om is så hon gick in. Tess stod kvar på balkongen med killarna när Maria kom tillbaka och frågade Mattias om hjälp med någonting i köket. När Mattias gick in följde Gabriel efter. Nu befann sig Tess ensam med Tim på balkongen och det enda hon ville, det enda hennes kropp sa till henne var att kasta sig över honom. Tess stod åt sidan på balkongen och syntes inte för de andra som var inomhus. Hon tittade upp och mötte Tims blick. Han log varmt åt henne. Hon kände hur hon smälte men hon kunde också läsa av Tim.

"Vi kan inte", viskade hon.

Då kom han närmare. Nu syntes han inte heller inifrån Marias lägenhet.

"Tim vi kan inte", viskade hon igen när hans läppar var bara någon centimeter ifrån hennes.

"Jag vet", viskade han tillbaka innan han kysste henne mjukt på läpparna. Att kyssa hans mjuka goda läppar var bara retsamt. Det hade gått en vecka sedan de var tillsammans och det här räckte inte, Tess behövde mer. När han hade kysst henne backade han tillbaka till där han stod innan.

"Vill du att någon ska komma på oss?" sa hon lågt.

"Det gör de inte."

"Hur kan du vara så säker på det? Maria har gett mig konstiga blickar ett tag. Senast var när du lämnade köket förut."

"Tror du inte att du inbillar dig?"

234

"Nej! Det var hemma hos Patrick också. Och på hotellet. Jag tror att hon misstänker något."

"Tror du hon har sagt något till någon annan?"

"Jag vet inte… Nej, jag tror inte det."

"Jag kanske ska gå hem."

"Nej! Jag vill inte att du går vi måste bara vara försiktigare."

"Hur hade du tänkt att det skulle fungera? När det enda jag ser när jag ser på dig är att du är naken."

"Sluta! Du kan inte säga så där", viskade hon.

Han närmade sig henne igen. "Men det är sant."

Hon kände dragningen till honom och fick kämpa för att inte ge efter. "Jag måste gå in."

Samtidigt som hon passerade Tim tog han tag om hennes hand. Känslan av hans hand i hennes skickade en stöt genom kroppen som landade mellan hennes ben.

När hon kom in var hon glad över att se att Maria inte var i rummet. Tess gick till köket för att hämta en ny cider och fann Maria där.

"Vi ska gå till Daisko om tjugo minuter", sa hon.

"Okej", svarade Tess och öppnade sin cider. Hon stod kvar i köket och pratade med Maria och de andra som stod där, hon vågade inte återvända till det andra rummet där Tim var.

Det var ett tiotal av gästerna som var hos Maria som följde med till Daisko. Tess var glad att se att Tim var en utav dem, samtidigt som hon visste att hon skulle behöva kämpa ännu hårdare för att inte ge efter för sina lustar. Tess trodde att Tim skulle hålla sig lite på avstånd efter det Tess berättade om Maria. Men i stället gjorde han tvärt om och följde med ut på dansgolvet. Tess tänkte tillbaka på helgen innan och hur roligt de hade haft när de dansade tillsammans på nattklubben. Hon önskade att hon kunde göra samma sak nu, släppa loss och dansa nära Tim. Han var så snygg när han dansade intill henne att hon verkligen fick fokusera för att inte bli avslöjad.

"Vill du sova hos oss?" frågade Maria Tim när de stod utanför Daisko när det stängde.

"Tack! Men det behövs inte. Min pappa är på väg med båten."

"Vill du att vi följer dig en bit Tess?" frågade Maria.

"Bara om ni vill det, annars kan jag gå själv. Det är ju en liten omväg för er."

"Det gör inget, vi följer dig gärna", sa hon och svarade även för Mattias. De sa hejdå till Tim innan de gick. Det smärtade lite i Tess när hon såg honom gå i väg.

Maria och Mattias följde Tess ungefär halva vägen innan de gick vidare hem till Maria.

Tess hade gått ensam i ungefär fem minuter när hon hörde någon bakom sig. Hon började gå snabbare. Hon nästan småsprang när personen sprang i kapp henne.

"Tess!" sa han när han kom fram och tog tag i henne. Sedan såg han hur skärrad hon var. "Förlåt det var inte meningen att skrämma dig."

"Vad gör du här? Jag trodde att din pappa skulle komma med båten."

"Han kommer inte. Jag sa bara det så att jag kunde vara med dig."

Tim log sitt sexiga leende mot Tess men fick inte reaktionen han ville. "Vad är det?"

"Ingenting... Du skrämde mig bara."

Han kramade om henne. "Förlåt."

"Vill du att jag följer med dig hem?" sa han samtidigt som han fortfarande höll om henne.

"Du får gärna följa mig hem, sen får vi se", sa hon retsamt.

Då kupade han sina händer om hennes ansikte och kysste henne. Den mjuka kyssen ändrades snabbt och blev intensiv. Hade de kunnat slita av varandra kläderna där och då hade de gjort det. Tim gav ifrån sig ett litet morr av frustration. De skyndade sig hem till Tess. Hon hann inte ens låsa upp dörren innan Tim kysste henne igen. Han tryckte hela sin kropp mot henne mot ytterdörren och passionen i hans kyss gjorde henne upphetsad. Hon flämtade till när han drog ner hennes topp och kysste hennes bröst. När hans hand gled in under kjolen och smekte henne kvävde hon sitt stön.

"Inte här", viskade hon.

Han tittade på henne och gav henne en besviken blick över att han inte fick fortsätta, sedan backade han ett halvt steg så att hon kunde låsa upp dörren. När de kom in hann Tess inte ens tända lampan innan han kysste henne igen och tryckte henne mot andra sidan av ytterdörren.

Den här gången när handen åkte in under kjolen tog han av henne trosorna och gick ner på knä och kysste henne mellan benen. Tess höll andan för att inte stöna högt. Känslan av hans blöta läppar och tunga mellan hennes ben var för upphetsande. När han ställde sig upp hade han redan dragit ner sina byxor och trätt på en kondom. Tess kvävde sitt stön mot hans axel när han kom in i henne. Intensiteten i hans stötar ökade för varje stöt. Han täckte för hennes mun med sin hand för att tysta hennes stön när hon kom.

När Tim också var färdig stod de lutade mot dörren och andades innan Tim smet in på toaletten. När han kom ut hittade han Tess i köket. Han tog hennes vattenglas och drack av det sen kom han närmare så att deras kroppar var emot varandra när han ställde ner glaset på bänken och kysste henne passionerat.

"Du är som en drog", viskade han mellan kyssarna. Tess blev upphetsad igen. Hon la armarna om hans hals och de tog sig mot sängen. Eftersom lusten hade svalnat låg de nu med varandra med mindre intensitet. De tog sin tid och njöt av varandra.

Hon vaknade nästa morgon av att Tim klädde på sig.

"Ska du gå?"

Han satte sig på sängkanten. "Ja, jag måste."

Han lutade sig fram och kysste henne. Hon kände genast hur hon blev upphetsad igen. Hon drog honom närmare. Hon ville inte att han skulle gå.

"Jag måste gå", viskade han.

Tess följde med honom till dörren insvept i täcket och de kysstes en sista gång innan han gick ut och Tess låste efter honom.

Hon tog på sig och promenerade bort till motionsspåret. Hon sprang sin löprunda och promenerade sedan hem och duschade. Hon tänkte på Tim när hon duschade och tillfredsställde sig själv innan hon tvålade in sig.

När hon senare tittade i köket såg hon att hon behövde handla så hon tog med sig ryggsäcken och kassarna och gick till Supermarket. Hon stod i frukt och grönt avdelningen när hon såg Agnes och Vilmer. De såg henne också. Hon log mot dem men de gick bara vidare. Tess stötte på dem igen längre fram i affären vid mejerikylen. Då kom Agnes fram till Tess.

"Tim sa att det var du som hade tipsat honom om var Patrick kunde vara när han var försvunnen. Jag vill bara säga tack!" sa hon.

"Jag är bara glad att jag kunde hjälpa till."

De hade inget mer att säga varandra så Tess gick vidare.

Tess och Maria var på fjärde våningen och städade på tisdagen när luftkonditioneringen i flera utav rummen inte fungerade.

"Jag ringer Tim", sa Maria

Efter det var Tess på sin vakt hela tiden. Hon var beredd på att han skulle kunna dyka upp när som helst och var som helst.

Hon var i korridoren och la tvätt i en utav vagnarna när hon såg honom komma gående längs korridoren.

Han sken upp när han såg henne och Tess kände hur det pirrade i magen.

"Hej!" sa han med sin mjuka röst.

"Hej!" sa Tess och nästan rodnade.

"Maria ringde. Jag ska kolla på luftkonditioneringen i några rum."

"Ja, det var de fem där borta", sa hon och pekade på de fem rummen som Maria hade märkt att det var något fel på.

"Okej. Jag ska gå och kolla", sa han och gav henne ett leende som gjorde henne knäsvag medan han gick förbi henne. Efter en stund hörde hon hans röst när han pratade med Maria ute i korridoren. När Tess kom ut i korridoren för att hämta schampoflaskor från vagnen och de såg henne gav Tim henne ett litet vänligt leende som om hon vore vem som helst. Tess tog med sig flaskorna och gick tillbaka in i rummet. När hon kom ut i korridoren igen var han borta. Maria dök upp i korridoren och gav Tess en blick innan hon vände tillbaka in i rummet igen. Men hon tog bara ett enstaka steg innan hon vände sig om tillbaka mot Tess.

"Jag har tänkt på det, du och Tim skulle bli ett fint par."

"Vad menar du?"

"Bara det jag sa, att ni skulle bli ett fint par." Maria vände sig om och gick tillbaka in i rummet. Tess återvände till rummet hon städade med massa frågor. Vad var det Maria menade? Var det hennes sätt att säga att hon redan visste om dem? Eller vad ville hon egentligen med sin kommentar?

"Vi är ett gäng som ska gå på bio ikväll, vill du följa med?" sa Maria på fredagen någon timme innan de skulle sluta för dagen.

"Jag vet inte."

"Vad har du annars att göra?"

Tess log samtidigt som hon svarade igen. "Jag vet inte."

"Då är det bestämt! Ska vi ses utanför bion vid halv sex?"

"Okej", svarade Tess.

Tess gick hem, duschade och bytte om innan hon gick mot bion. Maria hade sagt att det var ett gäng som skulle gå på bio. Tess hoppades på att Tim skulle vara ett utav dem även om hon hade svårt att kontrollera sig i hans närvaro. Han hade umgåtts mycket med Patrick under veckan så de hade inte haft tid att ses. Hon hoppades att hon slapp träffa Agnes och Vilmer eftersom det fortfarande var stelt mellan dem. Och Patrick, hon hade inte träffat Patrick på länge nu.

När hon närmade sig biografen såg hon att Maria och Mattias stod redan utanför biografen tillsammans med Tim. Hon fick anstränga sig för att inte visa sin glädje över att se honom.

"Då är alla här, då går vi in", sa Maria när Tess kommit fram till dem.

Tess kände hur det knöt sig i magen. Hon sökte Tims blick men han var upptagen med att prata med Mattias.

De köpte biljetter och snax innan de gick in i biosalongen. Maria skickade in Mattias före henne i stolsraden så att Tess och Tim var tvungna att sitta intill varandra. Tess kände sig lite illa till mods när hon satte sig ner mellan Maria och Tim.

När filmen började hade hon svårt att fokusera. Tims underbara doft fyllde hennes näsborrar samtidigt som hon kunde känna värmestrålningen från hans kropp. När hon sneglade på honom var han så snygg att det pirrade till i hela hennes kropp. Filmen hade varit i gång i ungefär en halvtimme och Tess hade ingen aning om vad den handlade om när hon kände Tims ena hand mot sitt lår. Det fick Tess att längta ännu mer efter honom. När filmen var slut och de var på väg att lämna salongen hoppades Tess att ingen skulle ställa någon fråga till henne om den.

"Är det någon mer som är hungrig?" frågade Maria när de alla hade kommit ut på gatan.

Tess fick bita sig i läppen för att hålla sig för skratt.

"Vilka hänger med och käkar någonstans?" sa Mattias.

Tess var hungrig men visste inte om hon skulle klara av att hålla sina känslor för Tim i styr med de andra där.

"Jag tror att jag skippar det", sa han och Tess kände en lättnad.

"Jag följer gärna med", sa hon.

Hon trodde att hon var i säkerhet fram tills Mattias sa: "Så lätt kommer du inte undan. Kom ihåg att du är skyldig mig. Idag är dagen du betalar igen."

"Sen är vi kvitt!" sa Tim

"Vad är vi sugna på att äta då?" frågade Maria.

De stod en stund och diskuterade innan de kom överens om en pizzeria. Maria tog Mattias i handen och de började gå, Tess och Tim följde efter dem. Tess gav Tim en frågande blick och han svarade genom att rycka på axlarna.

De satte sig vid ett bord inne på pizzerian. Tess tog upp menyn så fort hon hade satt sig och gömde sig bakom den. Hon var rädd för att avslöja sig.

Servitören kom fram och tog deras beställning. Sedan tog han med sig menyerna när han lämnade bordet. Nu visste inte Tess var hon skulle titta.

"Vad tyckte ni om filmen?" frågade Mattias.

Tess hade haft svårt att fokusera på filmen, hon visste inte vad hon skulle svara. Som tur var svarade Tim honom. Tess funderade på om Tim förstod hur obekväm hon kände sig under middagen för varenda gång de försökte väva in Tess i samtalet lyckades han styra samtalet åt ett annat håll.

När de stod utanför pizzerian och skulle skiljas åt gjorde Maria klart för alla att hon och Mattias skulle gå hem. De stod kvar ett tag som om de väntade på att Tess och Tim skulle gå i väg tillsammans. Till slut sa de hejdå igen och precis innan de vände sig om för att gå gav Maria Tess en blick. En blick som hon hade sett tidigare.

Tess och Tim vände sig åt andra hållet och började gå tillbaka mot biografen.

"Det var väl ganska uppenbart att de försökte para ihop oss", sa Tim när de hade gått en bit.

"Jag vet!" sa Tess.

"Tror du att vi klarade oss från att bli avslöjade?"

"Jag vet inte, jag hoppas det."

"Kan vi åka en sväng?" frågade han Tess när de stod utanför biografen.

"Javisst", svarade hon.

De gick till Tims bil och satte sig. När Tim hade startat bilen körde han upp på berget dit Patrick en gång hade tagit med sig Tess.

Han parkerade bilen vid utsiktsplatsen och därifrån kunde de se hela Kargvik och skärgården nedanför. Han satt tystlåten i bilen och var inte alls sig lik. Han stirrade ut genom fönstret och verkade inte alls närvarande.

"Det går inte att andas här inne", sa han plötsligt och klev ur bilen. Tess följde med ut och ställde sig bredvid honom framför bilen. Hon såg tydligt på honom att det var något som besvärade honom. Han satte sig mot huven på bilen och Tess gjorde honom sällskap. Han blickade ut över Kargvik samtidigt som Tess sneglade på honom. Sedan vände han sig mot Tess.

"Jag behöver åka till Tyskland på måndag. Jag vet inte hur länge jag blir borta."

Tess kände hur ont det gjorde i bröstet och att tårarna brann bakom ögonlocken. Hon tog ett djupt andetag och tvingade bort dem. Hon ville inte att Tim skulle se henne ledsen.

"Jag önskar att jag inte behövde åka. Jag kommer sakna dig så otroligt mycket."

Nu var det svårare att hålla tillbaka tårarna, hon vände sitt ansikte ifrån honom. Då kände hon hur han tog tag i hennes hand. Nu var hon verkligen på bristningsgränsen. Hon vågade inte säga något för då skulle hon inte klara av att hålla emot. Med hjälp av hans andra hand vände han hennes ansikte mot honom så att han kunde kyssa henne. Hans varma mjuka läppar emot hennes gjorde att det inte gick att hålla emot tårarna längre. Hon kände hur de rann nerför hennes kinder.

Tim pausade kyssandet för att möta hennes blick och hon lät honom. Sedan drog han henne närmare och kysste henne igen. Deras kyssar ledde alltid till någonting mer, men inte den här gången. De satt mot huven en lång stund och tittade ut över Kargvik utan att säga någonting innan Tess bröt tystnaden. "Kommer du inte kunna ringa heller?"

Tim skakade på huvudet.

"Och du vet inte hur länge du kommer vara borta?"

"Nej. Ingen aning."

Tess kände hur tårarna var på väg igen.

"Kom! Vi åker härifrån", sa han och gick och satte sig i bilen. Tess följde efter och satte sig i passagerarsätet. När hon hade satt sig tittade han på henne och deras blickar möttes. Då lutade han sig närmare och kysste henne passionerat. Han drog sedan henne närmare och över till hans säte som han flyttade så långt bak han kunde.

Hans varma händer åkte in under hennes tröja och smekte hennes rygg. När de sedan greppade tag om hennes bröst stönade hon. På bara några sekunder var hans läppar där också.

242

Hans ena hand hittade sin väg in under hennes kjol och mellan hennes ben. När han hade fått av henne trosorna satte hon sig grensle över honom. Han hasade ner kläderna på underkroppen och rullade på en kondom innan han hjälpte till med handen att styra sig rätt. Det var mindre utrymme i framsätet än det hade varit den gången de var i baksätet, men det hindrade inte dem. Däremot var inte stämningen emellan dem var densamma. Samtidigt som den var lustfylld hängde det en sorg över den. De hittade snabbt takten och Tess tog ett hårt tag om Tims armar och flämtade samtidigt som hon kom. När de var klara lutade hon sin kropp mot honom och blev hängande där en stund. När Tess hade satt sig tillbaka i passagerarsätet och alla deras kläder var tillbaka på sin plats vände hon sig mot Tim. "Sov hos mig", sa hon med en mjuk röst.

Tim startade bilen och körde hem dem till Tess där han parkerade två hus bort.

De smög ner till källarlägenheten på baksidan och Tess låste upp dörren. När de kom in gick Tess på toaletten och när hon kom ut hittade hon Tim med huvudet i kylskåpet. Hon kunde inte hålla sig för skratt.

Han vände sig om när han hörde henne och log. "Du har verkligen ingenting vettigt att äta."

"Jag förväntade mig inte sällskap."

"Inte?" sa han flirtigt.

Han tog fram ett flingpaket och började äta direkt ur den.

"Jag la märke till att Patrick aldrig släppte av dig eller hämtade dig här. Och ingen annan för den delen. Hur kommer det sig?"

"Du vet den där regeln mina hyresvärdar har om att jag inte får ha någon här. Jag tänkte att det skulle vara lättare att hålla den om ingen visste var jag bodde."

"Det kan vara något i det du säger", sa Tim och tog fram ett glas som han fyllde med mjölk och drack.

"Vore det inte enklare att äta ur en skål?"

"Det ligger nog något i det med", sa han och log ett varmt leende som gjorde Tess knäsvag.

Tim drack upp sedan gick han mot sängen och började klä av sig. När han bara hade kalsongerna kvar la han sig i sängen. Tess tittade frågande på honom.

"Det är sent, du ville att jag skulle sova över. Kom och lägg dig." Tess gick fram till garderoben och klädde av sig och tog på sig ett utav hennes mammas gamla t-shirtar innan hon la sig i sängen med Tim. Han släckte nattlampan och det blev alldeles kolsvart i rummet. Tess kände honom närma sig hennes mun, då gav han henne en lätt puss på munnen. "God natt", viskade han och la sig ner igen.

Tess låg vaken och lyssnade på Tims andetag. Hon hade legat vaken i mörkret i ungefär fem minuter när hon hörde hans röst. "Vem försöker jag lura?" sa han och kysste henne passionerat och la sig ovanpå henne. Tess särade på sina ben så att han skulle komma närmare. Det tog inte lång tid innan de båda var nakna och rörde sig rytmiskt. Tess bet sig i läppen för även om det var skönt kunde hon inte släppa tanken av att han skulle lämna henne igen och tårarna var nära.

Nästa morgon vaknade de utav att Tims telefon ringde. Han hann inte svara eftersom den låg en bit bort. Han klev ur sängen för att hämta den.

"Vem var det?" frågade Tess.

"Det var Mattias", svarade han och la telefonen mot örat. Tess kunde bara höra Tims del av samtalet.

"Hej."

"Jag åkte hem."

"Nej. Ingenting hände."

"Just det?"

"Vilken tid var det?"

"Vi får se. Jag åker till Tyskland på måndag så jag måste packa."

"Okej. Vi hörs sen."

"Det var Mattias. Han påminde om Gabriels fest ikväll."

"Just det! Är det ikväll?"

"Ja, jag vet inte om jag hinner åka dit. Jag behöver packa. Och jag vill hellre tillbringa den tiden jag har kvar innan jag åker med dig."

Bakom Tess leende kämpade hon för att hålla tårarna borta. Hon såg hur Tim tittade på henne sedan drog han ner täcket och kysste hennes bröstvårta. Hans varma blöta läppar skickade en våg genom hennes kropp som landade i hennes underliv. Hon flämtade till.

Hon var inte riktigt på humör men hans läppar var så sköna på hennes kropp att hon inte kunde tänka på annat. Hon gav ifrån sig mjuka tysta stön när hans mun vandrade neråt på hennes kropp. Han tog av henne trosorna och kysste henne längs hela benet innan han stannade till mellan hennes ben. Tess vred sig av upphetsning. Hon tog kudden över ansiktet för att inte stöna högt. När hon var som mest nära att komma slutade han och Tess hörde det välbekanta prasselljudet innan han kom in i henne. Han tog bort kudden från hennes ansikte och kysste henne. Han var skön och hon var nära att komma. Då log Tim mot henne samtidigt som han höll för hennes mun så att hon kunde ge efter och komma. Hon såg att han njöt av att se henne komma. Sedan var det hans tur. Han ökade takten och intensiteten tills han kom. När han var klar log han nöjt mot Tess innan han drog sig ur henne och försvann in i badrummet.

Tess studerade hans sexiga nakna kropp när han återvände till sängen. Han la sig under täcket med henne och kramade om henne hårt.

"Jag måste åka hem och packa", sa han och pussade henne på axeln.

"Måste du verkligen åka till Tyskland?"

"Ja, tyvärr. Jag hade verkligen inte åkt om inte jag var tvungen."

Det uppstod en lång tystnad då de bara låg och höll om varandra.

"Följ med mig?" sa han upprymd.

"Vart då? Hem och packa? Eller till Tyskland?"

"Båda!" svarade han och det gick inte att ta miste på att han menade allvar.

"Jag önskar att jag kunde, men jag kan inte det."

"Varför inte?"

"Jag kan bara inte."

De låg i sängen en stund till och bara njöt av att ligga nära varandra innan de klädde på sig och Tess följde honom till dörren.

"Ses vi hos Gabriel sen då?" frågade hon.

Tim nickade innan han gav henne en sista kyss och försvann runt hörnet.

Tess bytte om och gav sig ut i spåret. Hon hade mycket tankar som for runt i hennes huvud. Hon sprang både längre och hårdare än hon brukade. När hon kom hem och ställde sig i duschen kunde hon inte hålla tillbaka tårarna längre. Hon lät dem rinna nerför hennes kinder tillsammans med duschvattnet. Senare ringde hon upp Maria för att höra efter om detaljerna inför kvällen. Hon skulle möta upp dem vid färjelägret för att ta färjan ut till Grekön. Gabriel skulle ha trädgårdsfest och bjuda på grillat.

Tess tog på sig en lång grön sommarklänning och satte bara upp luggen med en hårnål. Hon tog på sig armbandet hon hade fått av Tim eftersom den passade till klänningen. Sedan stoppade hon ner fötterna i sina vita sneakers och tog med sig en tunn jacka innan hon gick ut och promenerade i riktning av färjelägret. Mattias och Maria hade inte kommit än när Tess kom fram, inte färjan heller. Det stod ett fåtal människor som Tess inte kände som också väntade på färjan. När färjan kom och Mattias och Maria fortfarande inte syntes till kände Tess hur paniken växte inom henne. De andra resenärerna gick ombord samtidigt som Tess tog upp telefonen för att se om Maria hade hört av sig. Det hade hon inte så Tess gick ombord i hopp om att de bara var sena och att de skulle hinna i tid. När det bara var tre minuter kvar tills färjan skulle åka tog Tess upp telefonen för att ringa Maria men då såg hon dem komma springande en bit bort. Bara tjugo sekunder efter de hade kommit ombord stängdes bommen och färjan började åka.

"Vilken tur att vi hann!" sa Maria när hon hade kramat Tess.

"Jag var orolig att ni skulle missa den."

"Då hade vi bara hoppat på nästa som går om en timma, men då hade jag inte kunnat fråga dig vad som hände igår."

"Vad menar du?" sa Tess med en frågande min.

"När vi lämnade dig och Tim."

"Det hände ingenting. Vi gick till biografen sen gick jag hem."

"Hände det ingenting? Ni är ju perfekta för varandra!"

"Sluta nu!" sa Mattias till henne. "De är inte intresserade av varandra. Det är bara någonting du har fått för dig. Förlåt Tess. Maria tror att hon har någon slags superkraft där hon kan se om några är... jag vet inte... menade för varandra."

Tess log mjukt mot dem och hon såg att Maria skämdes lite över Mattias kommentar men att hon ändå inte var övertygad. Färjan kom fram och de gick i land. Tess följde med dem till Gabriels föräldrars hus.

Det var bara Gabriel och Felicia som var där när de kom. De berättade att de andra skulle komma med nästa färja. De hjälptes alla åt med förberedelserna för grillen.

Tess skar upp grönsakerna till en sallad när hon plötsligt kände hur det pirrade till i kroppen och håret på armarna reste sig. Hon tittade ut genom köksfönstret och såg Tim komma gående över gräsmattan. I hennes huvud såg det ut som om han gick i slowmotion. Hon såg hur han blickade upp mot köksfönstret och såg henne. Han log sitt sexiga leende mot henne och hennes hjärta hoppade över ett slag. Han stannade kvar ute med killarna som förberedde grillen. När tjejerna var färdiga inne tog de med sig allt de behövde för att göra en välkomstbål. Tess sneglade på Tim när hon gick förbi honom och kände hur det pirrade till i magen. De blandade ingredienserna i en stor skål som de ställde på ett bord inne i partytältet som stod uppställt i trädgården. När den var klar ropade Felicia till killarna att de skulle komma och smaka. De skålade och Gabriel hälsade dem välkomna. Femton minuter senare anlände de andra gästerna med färjan. Det knöt sig i Tess mage när hon såg att Agnes och Vilmer var bland dem. Tim såg dem också och slängde en blick åt Tess håll. Det gjorde Maria med när hon såg dem men hon kunde heller inte undgå blicken som Tim gav Tess.

Alla de nyligen anlända gick fram till Felicia som stod i tältet och hällde upp av bålen i glasen. Agnes och Vilmer tog sig över gräsmattan dit Maria, Mattias och Tess stod. De pratade inte med Tess. Tess kände sig obekväm så hon lämnade dem och gick till Gabriel och Tim som stod vid grillen.

Efter ett tag kom Felicia fram till dem. "Tess vill du hämta lite mera is och dricka?"

"Jag kan följa med dig", sa Tim.

"Vilken fin klänning, är den ny?" frågade han lågt, nästan viskande när de hade gått över gräsmattan och var precis utanför huset. Tess skakade på huvudet.

"Vad bra! Då behöver jag inte ha dåligt samvete om jag skulle rycka sönder den."

Tess hann inte reagera på hans kommentar för precis när de hade kommit in i hallen kysste han henne intensivt och tryckte henne mot väggen med sådan kraft att det gjorde ont.

"Tim! vi kan inte", viskade hon när han kysste hennes hals. Han stannade upp och mötte hennes blick.

"Jag vet", svarade han och tryckte sina läppar mot hennes igen.

Tess ben var vingliga och hon var tvungen att hålla i räcket när hon gick uppför den lilla trappan till köket. Hon tog ett djupt andetag och samlade sig innan hon gick vidare.

De kom ut med drickan och isen till Felicia och Tess fick påfyllning på sitt glas. Tess såg att Tim tog en läsk.

"Jag ska ta båten hem sen", sa han.

De minglade på varsitt håll bland gästerna och Tess höll sig på avstånd från Agnes och Vilmer. När Gabriel meddelade att maten var klar samlades alla vid buffén som var uppdukad i partytältet. När Tess hade tagit sin mat var hon glad att se att Maria hade sparat en plats till henne vid deras bord. Agnes och Vilmer hade redan satt sig vid ett annat.

Hon satte nästan en brödbit i halsen när Tim kom och satte sig bredvid henne. Efter en stund kände hon hans ben emot hennes under bordet. Det fick hennes hjärta att slå snabbare. Sedan började hon bli yr och synen blev suddig, en panikångestattack var på väg. Hon sa att hon behövde gå på toaletten och lämnade bordet.

Tess låste dörren efter sig och satte sig på locket till toaletten och försökte fokusera på andningen. Rummet började snurra och det kändes som om hon skulle svimma. Hon la sig på badrumsgolvet och försökte komma tillbaka genom att andas. Hon hörde dovt hur någon knackade på dörren. Hon klarnade till ett kort ögonblick och hörde knackningen ordentlig innan allt blev diffust igen. Hon kunde se Maria och Tims suddiga ansikten komma emot henne och kände hur Tim lyfte upp henne från badrumsgolvet innan hon svimmade. När hon kvicknade till låg hon i en säng med Maria, Felicia, Mattias och Tim i rummet.

"Vad hände?" frågade hon svagt.

"Vi hittade dig på badrumsgolvet nästan medvetslös. Du såg inte ut att må så bra när du lämnade bordet så vi gick för att kolla till dig", sa Maria.

"Hur mår du nu?" frågade Tim.

"Jag mår nog bra. Lite törstig kanske."

"Jag går och hämtar lite vatten", sa Tim och lämnade rummet.

"Vad var det som hände?" frågade Maria.

"Jag vet inte. Kändes som en panikångestattack." Tess kände att hon inte hade någon anledning att ljuga.

"Är det säkert att du mår bra nu?"

Tess nickade som svar.

"Okej vila här en stund och kom ut igen när du känner att du orkar", sa Maria och alla lämnade rummet.

Tess hoppade till när hon hörde en lätt knackning på dörren men log sedan när hon såg att det var Tim som kom in.

"Här har du lite vatten", sa han och räckte fram glaset med vatten.

"Tack!" sa hon och tog emot det. Hon drack några klunkar innan hon räckte tillbaka det.

Tim stod lutad mot väggen och tittade på henne där hon låg i sängen. "Vad var det som hände?"

"Jag tror jag fick en panikångestattack."

"Mår du bra nu?"

"Ja!"

"Vad bra!" sa han och skyndade sig fram till henne och kysste henne. Han satte sig i sängen och drog upp henne i knät.

"Tim... vi kan... inte..." kämpade hon fram samtidigt som de kysstes intensivt.

Han stannade upp och tittade henne rakt in i ögonen. Hon kunde läsa i hans blick vad han ville.

"Jag vet", sa han innan han gav henne en sista kyss och kastade sig bakåt på sängen och gav ifrån sig ett litet vrål av frustration.

"Åk hem med mig?" sa han samtidigt som hon satte sig bredvid honom i sängen.

"Nu?"

"Ja, nu! eller sen... Jag vet inte. Jag måste vara med dig. Annars är det jag som får en panikångestattack."

Tess log varmt mot honom. "Hur ska vi lösa det? Vi kan inte gå härifrån tillsammans."

Han drog ner henne bredvid honom. "Snart skiter jag i vem som vet om oss", viskade han. Hans blick sa att han menade allvar.

"Vi kan inte vara här inne länge till. Snart kommer någon och letar efter oss."

Tess var på väg att sätta sig upp när han drog ner henne igen och kysste henne innan han lät henne gå.

Tess gick ut ur rummet och anslöt sig till de andra som hon hittade i trädgården.

"Mår du bättre nu?" frågade Maria.

"Ja, mycket bättre."

Tess såg i ögonvrån hur Tim kom gående över gräsmattan.

Gabriel och Felicia meddelade att det var dags för lekar och att de hade lottat fram lagen. De ville att alla skulle dela upp sig i respektive lag innan de skulle börja. Tess fick en klump i magen när hon upptäckte att hon och Agnes var i samma lag men var även glad att se Mattias i hennes lag. Gabriel berättade reglerna för de tre lagen innan de började. I första grenen skulle alla i laget stå på två plankor där det också satt snören som man skulle hålla i.

Tävlingen gick ut på att man skulle gå samspelt med dem som skidor bort till en kon och vända. Tess ställde sig i mitten på "skidorna", Mattias stod längst fram i deras lag när startsignalen gick. De var snabba fram till konen sedan blev det svårare när de skulle vända, men de hade bra kommunikation och löste det smidigt. Deras lag var först över mållinjen och laget som Tim och Maria var i kom tvåa.

Tess och Maria gick tillsammans och hämtade något att dricka, under tiden gjordes förberedelserna för den andra tävlingsgrenen.

När de kom tillbaka berättade Gabriel reglerna. Varje lag hade tre stora pussel som de skulle lösa. Det första pusslet skulle lösas innan man gick vidare till nästa och det andra innan man kunde pussla det tredje. De delade upp sig så att de var tre personer från varje lag vid varje pussel. Tess var med på det andra pusslet i hennes lag tillsammans med Mattias och Nadia. Gabriel satte i gång startsignalen och de tre lagen började med det första pusslet. Tess lag ledde och löste det första pusslet först. De var snabba på att lösa det andra pusslet också. Men när de började på det tredje och sista pusslet var Tims lag inte långt efter. Tess iakttog Tim när han löste det sista pusslet rekordsnabbt på egen hand medan de andra lagmedlemmarna stod bredvid handlingsförlamade. Tims lag vann den andra grenen. Tess gick och fyllde på sitt glas igen i väntan på den sista grenen. När hon stod där kom Agnes fram och fyllde på sitt glas.

"Jag hörde att den sista grenen är en stafett. Så jag föreslår att du springer sist", sa hon. Hon log sitt vänliga leende som Tess kände så väl igen innan hon fortsatte. "Vi måste vinna den här grenen om vi ska vinna. Den enda som blir omöjlig att slå är Tim. Men jag har hört att du är snabb på att springa så vi kanske kan ta det här."

De ställde upp sig för den sista grenen som var en stafett. Där skulle man först pricka tre bollar i en hink och sedan balansera över en bräda för att slutligen springa och runda ett träd längre bort vid tomtgränsen och springa tillbaka i mål. De hade pratat ihop sig i laget och bestämde att Tess skulle springa den sista sträckan.

Startsignalen gick och det var jämt mellan alla lagen de första vändorna. Men efter några vändor till stod det mellan Tess och Tims lag. Tess sneglade över på dem och såg att de hade valt ut Tim att springa deras sista sträcka. Då började hennes hjärta slå snabbare. När Mattias satte fart var det hennes tur efter honom. I det andra laget var det Vilmer som sprang den näst sista sträckan. Det var väldigt jämt. Strax innan Tess tur tog hon ett djupt andetag innan hon tog upp bollarna. Mattias var i mål före Vilmer. Hon började kasta bollarna mot hinken. Hon försökte inte stressa och prickade alla på första försöket. När hon gick över till balanshindret såg hon i ögonvrån hur Tim satte den första bollen i hinken. När hon klev av balanshindret var han redan halvvägs på den. Hon sprintade och nådde trädet först, hon rundade den och sprang tillbaka. Hon kände hur nära han var men tänkte inte låta honom passera. Hon såg nervositeten i sina lagkamraters ansikten när hon närmade sig mållinjen. Han ökade farten och var precis bredvid henne när hon tog ut stegen lite mer och korsade mållinjen precis före honom. Agnes var den första som rusade fram till Tess och kramade om henne och resten av laget följde efter. När hon till slut fick lite andrum sneglade hon på Tim. När deras blickar möttes log han varmt mot henne och hon log tillbaka.

Hon gick in till huset för att dricka vatten och när hon sedan kom ut mötte hon Tim. Han tog glaset ur hennes hand och drack ur det.

"Du springer visst snabbare än jag trodde?" sa han lågt och log sitt sexiga leende.

"Jag vet inte vad du pratar om", svarade hon med en glimt i ögat.

"Du gör mig galen Tess. Jag tror inte du förstår hur mycket jag vill ha dig nu."

Tess rodnade samtidigt som han räckte tillbaka glaset och fortsatte sedan in i huset. Nu såg Tess att Maria hade kollat på dem medan de pratade. Hon drack upp vattnet innan hon gick och fyllde på glaset med cider.

Musiken som spelades i högtalarna hade höjts och flera utav gästerna hade börjat dansa inne i tältet. Tess gick fram till Maria som pratade med Nadia och Felicia.

"Kom vi går och dansar", sa Maria och tjejerna följde efter henne. Efter en stund gjorde Agnes dem sällskap. Sedan kom killarna och dansade med dem. Tim log mot henne när ingen såg på. Musiken gick från att bara vara danslåtar med upptempo till att det sattes på en långsam låt i högtalarna och alla som var ett par dansade med sina respektive. Tess var på väg att lämna dansgolvet när Tim tog tag i hennes hand och drog henne nära. Han började röra sig till musiken och hon följde efter. Tess njöt av att känna hans kroppsvärme mot sin kropp och hans armar runt henne. Men det medförde även att hela hennes kropp skrek efter honom.

"Vad gör du?" frågade hon lågt.

"Jag dansar." svarade han. "Man kan väl ändå få dansa med en tjej utan att det betyder något."

"Du har rätt antar jag."

"Men om jag skulle kyssa dig och mina händer skulle göra oanständiga saker så skulle vi nog behöva förklara en del."

Känslorna gick som en våg genom Tess kropp.

När låten var slut och återgick till upptempo partymusik släppte de varandra och Tess gick för att hämta något mer att dricka. Klockan började bli sent och några utav gästerna hade åkt med sista färjan tillbaka till Kargvik. De flesta som var kvar hade ordnat så att de skulle bli hämtade av en båt. De som var kvar dansade till den medryckande musiken som vällde ut ur högtalarna i sommarnatten. Agnes drog Tess åt sidan innan hon och Vilmer skulle gå hem till Agnes föräldrars hus. Hon ville be om ursäkt för hur hon hade behandlat Tess och sa att hon saknade henne som vän. De kramades innan de sa hejdå. Tess återvände till de andra och såg nu att båten hade kommit för att hämta de andra gästerna. När den hade åkt var det bara Gabriel, Felicia, Maria, Mattias, Tim och hon själv som var kvar.

"Maria och Mattias ska sova här det får ni också göra om ni vill" sa Gabriel till Tim och Tess.

"Jag ska åka hem med båten", svarade Tim.

"Jaha okej. Du får gärna stanna då", sa Gabriel till Tess.

"Om du vill åka hem kan jag köra dig till Kargvik", sa Tim innan Tess hann svara.

Tankarna snurrade i Tess huvud. Hon ville inget annat än att vara med Tim men hur skulle hon få det att låta som om han bara gjorde henne en tjänst.

"Jag vill inte vara till besvär."

"Du är inte till besvär. Jag kan köra dig annars hade jag inte erbjudit, eller hur?"

"Okej. Gabriel tack för erbjudandet, men jag tror att jag hellre åker hem och sover."

"Vill du åka med en gång?" frågade Tim.

"Jag ska bara gå in och hämta min väska."

När Tess kom tillbaka möttes hon av en blick från Maria, samma sorts blick hon hade sett vid andra tillfällen.

"Ska vi gå då?" frågade Tim och de sa hejdå till de andra innan Tess följde med honom till bryggan och till båten.

Han klev ombord först och räckte sedan henne en flytväst som hon tog på sig innan han hjälpte henne ombord. Han startade båten och körde den i riktning mot Kargvik. När de inte syntes längre från Gabriels hus svängde han båten så att de åkte förbi på andra sidan ön till Rågö. De kom fram till bryggan utanför huset och lämnade flytvästarna i båten. När de båda kommit upp på bryggan tog Tim hennes ansikte i sina händer och kysste henne.

"Mina föräldrar är hemma så vi måste vara tysta", sa han innan han tog hennes hand och de gick över gräsmattan mot källardörren. Tim låste upp dörren och tog med henne till gästrummet som hon en gång hade vaknat upp i. När de kom in i rummet kysste han henne och bar henne mot sängen där han la ner henne på den. När hans hand tog sig in under klänningen och rörde vid hennes underliv stönade hon lätt.

"Shh… vi måste vara tysta", viskade han.

Han fortsatte samtidigt som han med andra handen drog ner hennes klänning så att han kom åt att kyssa hennes bröst. Hon böjde kroppen bakåt av upphetsning och flämtade. Hon råkade ge ifrån sig ett stön och Tim gav henne en blick som tvingade henne att bita sig i läppen.

Han började med att ta av henne klänningen, därefter bh:n och sist trosorna. När hon låg naken i sängen la hon sina händer på hennes nyckelben för att sedan smeka dem över hennes bröst och längs med hela hennes kropp ner till fötterna, där vände han och smekte uppför hennes ben. Hans ena hand lät han vara kvar så att han kunde smeka henne våt samtidigt som han kysste hennes bröst igen. Tess kunde inte hålla sig från att stöna och hon mötte Tims blick igen.

"Jag kan inte", viskade hon flämtande.

Tim tog av sig kläderna och rullade på en kondom. Han la sig mellan hennes ben och hon kunde känna honom precis utanför henne. Hon ville ha honom NU!

"Du måste vara tyst", viskade han igen.

Det gick bra när han sakta kom in i henne men för varje stöt som kom efter det var det svårare att hålla emot. Till slut kunde hon inte hålla sig och Tim slutade abrupt.

"Du måste vara tyst", viskade han igen.

"Då kan vi inte göra så här", viskade hon tillbaka.

Tim kysste henne och började röra sig igen. När hon var på väg att stöna igen höll han för hennes mun och började stöta hårdare och snabbare tills hon kom. Han höll kvar handen för hennes mun tills han själv hade kommit. Han släppte handen för hennes mun och kysste henne innan han lämnade rummet med kalsongerna i handen. Tess la sig under täcket när han var borta och när han kom tillbaka la han sig tätt intill henne och höll om henne.

Tess vaknade på morgonen ensam i sängen. Hon väntade ett tag för att se om Tim skulle komma tillbaka. Hon var kissnödig och kunde inte vänta längre så hon tog på sig sina kläder och smög sig ut i korridoren till toaletten hon en gång hade använt.

Hon var på väg tillbaka till rummet när hon hörde en kvinnlig röst bakom sig.

"Hej! Du måste vara en av Tims vänner."

Tess vände sig om och såg en väldigt vacker kvinna framför sig.

"Ja. Hej!"

"Jag är Tims mamma. Viola", sa hon och stäckte fram handen.

"Tess!"

"Tim är ute och springer. Kom upp och ät frukost med mig och Tims pappa så länge."

Tess tvekade tusen gånger i huvudet men visste inte hur hon skulle ta sig ur situationen.

"Okej, tack!" sa hon och följde efter Tims mamma uppför trappan och in i köket.

Tims pappa satt vid köksön med en kopp kaffe och läste tidningen när de kom in i köket. Tess rodnade när hon tänkte på vad hon och Tim hade gjort på köksön senast hon var där.

"Tim hade visst med sig en vän hem igår", sa hans mamma. Tims pappa höjde blicken från tidningen och tittade på Tess innan han vek ihop den och la ifrån sig den.

"Jasså!" sa han.

Tess stäckte fram handen. "Hej! Tess!" sa hon.

"Bob!" svarade han henne när han tog henne i handen.

"Vill du ha kaffe?" frågade hans mamma.

"Nej Tack!" svarade Tess.

"Sätt dig! Ta vad du vill ha", sa hon och svepte handen över den lilla frukostbuffén som de hade dukat fram på köksön.

"Tack!"

"Jaha. Hur känner du Tim då?" frågade Bob.

"Vi är vänner. Vi jobbar ihop."

"Är du också vaktmästare?"

"Nej. Men jag jobbar på hotellet."

Tess såg i ögonvrån hur Tim kom uppför trappan.

"Hej!" sa han och log mot Tess. Han gick fram till henne och gav henne en puss på kinden innan han satte sig. Hans föräldrar såg ut som om de var på väg att ställa massa frågor till honom om vem den här flickan var som plötsligt dök upp i deras hem. Men Tim började prata om detaljerna om resan till Tyskland och lät sig inte styras tillbaka dit.

"Jag ska duscha. Kom! Du kan vänta i mitt rum så länge."

Tess följde med Tim uppför trappan och in i hans sovrum.

"Förlåt! Jag skulle…" började hon.

Tim avbröt henne genom att kyssa henne sedan la han sig på henne i sängen. Han var svettig från löpturen men luktade ändå gott.

"Vänta här", viskade han och lämnade rummet.

När han kom tillbaka hade han bara en handduk på sig. Han stängde dörren och låste den efter sig innan han la sig i sängen med Tess.

"Men…"

Han avbröt henne igen genom att kyssa henne och smeka henne mellan benen. Hon gnydde lätt och Tim gick ur sängen över till högtalarna och satte på musik. Han höjde volymen innan han gick tillbaka till sängen och började ta av henne klänningen.

"Dina föräldrar är väl i huset?"

"Vill du att de ska vara med?" sa han skämtsamt.

"Nej!"

"Vad spelar det då för roll?" sa han med ett busigt leende.

"Är det inte konstigt?"

Tim satte sig upp på sängkanten och Tess kom upp på sina armbågar. Han suckade lätt innan han svarade henne.

"Jag åker tidigt imorgon. Och jag måste köra hem dig snart. Det här är sista chansen jag har att träffa dig innan jag åker. Är det optimalt att mina föräldrar är en trappa ner och att de troligtvis vet vad som pågår här uppe? Nej!"

"Förlåt. Jag tänkte inte på det. Men ändå, är det inte lite konstigt?"

Tims min gick från jätteallvarlig till att han log åt Tess kommentar. "Vänta här!" sa han och lämnade rummet.

Hon kunde höra att de pratade en trappa ner men det gick inte att urskilja vad de sa. Efter en stund kom Tim tillbaka. Tess la märke till att han stängde dörren bakom sig men att han inte låste den. Han gick över till sängen och började ta av henne klänningen igen.

"Vad gör du?"

"Jag tar av dig kläderna."

"Men... "

Han avbröt henne återigen med en kyss. "Jag skickade i väg dem, så nu är vi ensamma", viskade han och log. Sedan kysste han henne på bröstet eftersom han visste att hon inte skulle protestera då. Tess gav ifrån sig ett mjukt stön. Han tog av henne trosorna innan han tog av sig handduken och tog på sig en kondom. Ingen utav dem visste när de skulle ses nästa gång så de båda försökte dra ut på njutningen så länge de kunde. När en av dem var nära väntade de tills de kunde fortsätta igen.

De höll på så länge och till slut när de kom, kom de samtidigt. Tess kände hur tårarna brände bakom ögonlocken. Hon andades djupa andetag för att tränga bort dem.

"Vill du duscha innan jag kör hem dig?"

"Ja, gärna."

Tim gick och hämtade en handduk till henne som hon virade runt sig innan hon plockade ihop sina kläder och gick in i badrummet. Hon låste dörren efter sig och när hon ställde sig under de varma vattenstrålarna lät hon tårarna komma.

Hon hittade Tim i köket när hon hade klätt på sig.

"Vi behöver åka nu", sa han och Tess kände en stor klump i magen.

Utan att säga någonting hämtade hon sin väska. Hon var rädd att hon inte skulle kunna hålla sig från att bryta ihop om hon öppnade munnen.

Han höll hennes hand ner till bryggan och nu var hon verkligen på bristningsgränsen. Han gick ombord och mötte hennes blick när han skulle hjälpa henne ner i båten.

"Det är okej. Jag kommer komma tillbaka", sa han.

Tess kunde inte hålla sig längre. Han höll om henne medan hon grät i hans famn. När hon hade lugnat sig kysste han henne mjukt. "Jag kommer komma tillbaka."

Tess tog på sig flytvästen utan att säga någonting. Hon ville inte att han skulle lämna henne, samtidigt visste hon att hon inte kunde säga något som kunde få honom att stanna.

Tim kramade henne hårt och kysste henne för sista gången innan hon klev av båten vid bryggan i Kargviks hamn.

"Jag kommer komma tillbaka till dig!" ropade han innan han åkte i väg med båten.

Tess stod kvar på bryggan en lång stund och tittade ut över vattnet trots att hon inte såg honom längre. Hon kände sig helt tom och vilsen. När hon kom hem bytte hon om och la sig i sängen. Där låg hon ända fram till måndag morgon.

Augusti

Hon gick upp ur sängen och tog på sig löparkläderna. Tess hade ingen lust att ge sig ut och springa men tvingade sig själv till det ändå.

Det var tungt att springa och hon fick kämpa med att trycka undan tårarna flera gånger, dem lät hon komma när hon hade kommit hem och stod i duschen.

Med tunga steg gick hon mot hotellet. Hon var fortfarande ihop parad att arbeta med Maria. All Tess kraft gick åt till att hålla skenet uppe trots att det kändes som hennes hjärta var i tusen bitar. Tess hade svårt att glädjas över att Agnes inte behandlade henne som luft längre och att de hade börjat prata med varandra igen.

När hon kom hem la hon sig i sängen och låg mest där resten av dagen. Resten av veckan såg ut på samma sätt. När det blev lördag gick hon upp tidigt och tog sig till tågstationen. Maria skickade meddelande där det stod att hon skulle ha fest och undrade om Tess ville följa med. Hon hade svarat att hon var lite krasslig och skulle stanna hemma. Hon var inte alls på humör för att gå på fest.

Maria ringde henne på kvällen och frågade ifall hon hade ångrat sig, men Tess stod fast vid att hon var hängig och skulle bara vara hemma.

Under veckan som kom fortsatte Tess att gömma sitt egentliga mående för Maria och Agnes och när helgen var nära frågade de om hon ville gå med dem på bio. Tess svarade att hon hade lovat att hjälpa sina hyresvärdar att fixa saker runt huset och var därför upptagen hela helgen, men det var en lögn.

Helgen därefter skulle Vilmer ha en stor fest hemma. Tess hade haft svårt att bestämma sig om hon skulle gå, det hade gått tre veckor sedan hon såg Tim för sista gången. Det gjorde ont i henne samtidigt som hon visste att hon inte kunde undvika hennes vänner länge till. Och Maria hade till slut lyckats övertala henne till att följa med.

Hon blev hämtad av Mattias och Maria och när de kom hem till Vilmer hade han verkligen inte hållit tillbaka. Det var musik riggat både inomhus och utomhus. Han hade fixat en bar i köket och även hyrt in sin kollega som stod och grillade hamburgare på baksidan. Maria tog med Tess till baren och sedan hittade de Agnes på dansgolvet. Tess försökte att inte tänka på Tim. Hon hade inte hört något från honom på tre veckor. Plötsligt fick hon en känsla av att han kanske försökte ringa henne och att hon inte skulle höra telefonen. Hon letade i väskan men kunde inte hitta den. Hon sa till Agnes och Maria att hon skulle snart vara tillbaka. Tess gick och kollade överallt där hon hade varit men hittade den inte. Hon gick tillbaka till Maria och Agnes och frågade dem om de hade sett den. Men ingen av dem hade det. Maria föreslog att hon kanske hade glömt den i bilen. Tess gick och letade efter Mattias och när hon hittade honom gav han henne nycklarna till bilen.

Tess gick till gårdsplanen där bilen stod parkerad. Hon låste upp den för att sedan kolla i baksätet där hon hade suttit. Hon var på väg att stänga dörren när hon såg att den låg på golvet under förarsätet så hon böjde sig ner och plockade upp den. Besvikelsen var stor när hon kollade på den och såg att hon hade varken något missat samtal eller fått något meddelande.

Hon stängde bildörren och låste bilen. När hon vände sig om stod John framför henne. Hon stelnade till, då kastade han sig över henne och försökte kyssa henne. Han drog ner henne på marken mellan bilarna och höll fast henne. Tess försökte ta sig undan men han hade ett för bra grepp och han var mycket starkare än henne. Plötsligt såg hon hur han for i backen intill henne och sedan fick hon syn på Patrick som stod över henne.

Hon tittade på honom i chock.

"Åk härifrån innan jag ringer polisen!" sa han argt till John innan han hjälpte Tess upp på benen.

"Är du okej?" frågade han.

"Ja, tack vare dig. Tack!"

Tess förväntade sig att se hans vänliga leende men den kom aldrig.

"Okej", svarade han och gick tillbaka mot huset.

Tess letade reda på Mattias och lämnade tillbaka bilnyckeln innan hon återvände till Maria och Agnes på dansgolvet. Senare kom Mattias och Vilmer följt av Patrick och dansade med tjejerna. Patrick höll sig lite på avstånd från Tess. Hon log varmt mot honom men fick ingen reaktion tillbaka.

Efter en stund enades hela gruppen om att det var dags att gå till grillen och äta hamburgare.

De ställde sig i kön som inte var särskilt lång. När de fick var sin hamburgare gick de och satte sig i utemöblerna som var uppställda intill.

"Mmm. Vad gott!" sa Maria och de andra instämde.

"Vad tycker du då Tess?" frågade Mattias.

"Den är god, men inte den godaste hamburgaren jag har ätit", svarade hon och sneglade på Patrick. Äntligen fick hon se en liten antydan till hans vänliga leende. De åt upp för att sedan gå till baren och tillbaka ut på dansgolvet. Tess la märke till att Patrick slappnade av alltmer i hennes närvaro.

När Tess lite senare kom ut från toaletten såg hon Patrick i köket. Hon gick fram till honom.

"Hur har du haft det?" frågade hon.

"Det har varit bra. Jag har varit mycket med familjen och jobbat mycket", svarade han.

"Jag ville aldrig såra dig Patrick."

"Tess jag vill inte prata om det här", sa han och började vända sig om.

"Men jag kanske vill. Jag vill förklara."

Han vände sig tillbaka mot henne. "Du behöver inte säga någonting? Det finns ingenting du kan säga som skulle kunna få mig att ändra vad jag känner för dig."

"Jag ville aldrig såra dig Patrick."

"Du har redan sagt det."

"Ja men det är sant."

"Jag vet", sa han och hans blick mjuknade.

Maria kom och avbröt dem.

"Vilmer ska fria till Agnes", viskade hon.

"Visste du om det?" sa Tess och tittade på Patrick.

"Jag kanske visste lite", sa han och hans vänliga leende trädde fram.

"Vilmer vill att alla kommer ut på altanen. Han vill att vi tar med Agnes in i mitten på dansgolvet och dansar med henne. Kom!"

Maria drog med Tess till dansgolvet för att leta efter Agnes. Hon var vid utkanten och dansade med Vilmer och Mattias.

Tjejerna anslöt sig till gruppen och när låten var slut började Agnes favoritlåt spela i högtalarna. Samtidigt lämnade Vilmer och Mattias dansgolvet. Nu var det upp till Tess och Maria att se till att Agnes befann sig i mitten av dansgolvet innan låten var slut. De började jobba sig inåt och lyckades med deras uppgift. När låten var slut släcktes plötsligt alla lampor så att det blev mörkt. En strålkastare tändes och lös på Agnes som stod i mitten på dansgolvet och bakom henne stod Vilmer på knä med en ring i en ask. Agnes stod chockad och när hon vände sig om mot Vilmer fick hon en ännu större chock. Glädjetårarna kom med en gång. Hon nickade samtidigt som hon klämde fram ett "JA!". Vilmer satte på ringen på hennes finger och

kysste henne. Alla jublade och ljudet från en kärlekslåt började spela
i högtalarna och alla började dansa i par. Tess sick sackade sig fram
mellan paren för att ta sig ifrån dansgolvet. När hon nådde kanten
stod Patrick framför henne.

"Kom!" sa han och tog hennes hand och förde ut henne på dans-
golvet igen. Hon kunde känna värmen från hans kropp när han la
armen runt henne.

"Jag saknar dig Tess."

Tankarna snurrade i hennes huvud, hon ville inte säga något som
skulle kunna såra honom igen. Han sökte hennes blick innan han
fortsatte.

"Jag saknar inte bara det vi hade utan jag saknar dig som min
vän."

Tess gav honom ett varmt leende som svar eftersom hon inte
visste vad hon skulle säga. Allt hon tänkte lät bara dumt och krävde
en lång förklaring. När låten var slut gick Patrick fram till Vilmer
och Agnes för att gratulera dem. Under tiden gick Tess åt andra hållet
till baren där det hade ställts fram flera glas med champagne. Tess
tog med sig ett glas och satte sig i en utav sofforna ute. Hon tog fram
sin telefon för att kolla om Tim hade hört av sig. Hon var precis på
väg att ringa honom när Maria dök upp.

"Patrick ska köra hem mig och Mattias sen, ska jag fråga om han
kan skjutsa dig också?" Utan att titta på Maria nickade Tess, hon
försökte hindra tårarna från att träda fram. Men det gick inte att
gömma sig från Maria.

"Tess! har det hänt något? Är det Patrick? Sa han något? Jag såg
att ni dansade."

Tess skakade på huvudet samtidigt som ögonen fylldes med tårar.

Maria satte sig intill henne och la armen om henne.

"Det är okej, han kommer tillbaka", viskade hon och Tess tittade
frågande på henne. Maria sa ingenting mer om det utan bara log
varmt och vänligt.

"Dricker du champagne? Det duger inte. Följ med mig så ska du
få en riktig drink."

264

Tess torkade sig under ögonen och tog ett djupt andetag för att samla sig innan hon följde med Maria till baren. De fick varsin drink och tog sig sedan ut på dansgolvet.

Klockan blev sent och Patrick skjutsade hem Tess innan han körde hem Mattias och Maria.

Tess vaknade nästa morgon med lite huvudvärk. Hon drack ett extra glas vatten innan tog sin löprunda. När hon kom hem duschade hon innan hon gick till Supermarket för att handla.

Tess fortsatte att jobba med Maria, högsäsongen var nu slut så de hade sina ordinarie arbetstider igen. Veckorna gick sedan Tess träffade Tim för sista gången. Hon hade återupptagit sina eftermiddagars löprundor och såg till att gå ut med sina vänner på helgerna för att distrahera sig från att vara ensam. Patrick hade varit med vid några tillfällen och för varje gång kändes det mindre obekvämt att träffa honom.

Tess var på väg mot motionsspåret när hon plötsligt kände sig iakttagen, det var en känsla hon inte hade haft på länge. Hon sneglade över axeln men såg ingen, men när hon sen tittade framåt såg hon Patrick kliva ur sin bil vid parkeringen. Tess slappnade av när hon såg honom.

"Hej!" sa hon.

"Hej!"

"Vad gör du här?"

"Jag ska springa en sväng. Jag springer ett par gånger i veckan."

"Jaha."

"Jag brukar springa lite senare men idag slutade jag jobbet tidigare."

Tess log mot honom.

"Ska du också springa? Har du lust att springa tillsammans?" frågade han.

"Ja, det kan vi göra."

De värmde upp genom att jogga den första kilometern innan de ökade farten. Patrick hade inte legat på latsidan. Han hade mycket bättre kondition och fart när han sprang nu. Men Tess fick ändå hålla tillbaka sitt tempo då hon fortfarande sprang snabbare än honom.

När de hade sprungit färdigt sa de hejdå till varandra och skiljdes åt.

September

Tess gick inte till hotellet på fredag morgon. Den här morgonen blev hon hämtad av Vilmer och Agnes eftersom hon hade med sig en stor väska.

Hela gänget hade hyrt ett hus på en utav öarna långt ut i skärgården som de skulle bo i under helgen. De hade bestämt att de skulle åka direkt efter jobbet på fredag eftermiddag.

När Maria, Agnes och Tess var klara med deras arbetsdag väntade de utanför hotellet på resten av sällskapet. När de hade anlänt åkte Tess i Vilmers bil med Agnes och Patrick. I Mattias bil åkte Maria, Gabriel och Felicia. De körde mot färjelägret där de tog färjan över till Grekön. Sedan tog de nästa bilfärja över till en annan ö, där åkte de med bilen till andra sidan där de parkerade bilarna och tog med sig väskorna och väntade på en personfärja som skulle ta dem över till deras slutdestination. Till slut kom färjan och hela sällskapet tog sig ombord så att färjan kunde ta dem hundra meter till ön de skulle bo på.

Ön påminde om Rågö eftersom den här ön hade heller ingen fordonstrafik. Alla i sällskapet följde efter Mattias eftersom det var han som hade bokat och hade nyckeln till huset.

När de hade gått i ungefär tio minuter kom de fram till ett stort hus på öns östra sida som hade stora fönster och en stor altan som vette mot havet. Mattias satte nyckel i låset och låste upp. De var alla glada över att få komma in i huset. Det var sensommar men det blåste iskalla vindar så här långt ut i skärgården och hela veckan hade bjudit på låga temperaturer.

"Jag kan tända en brasa", sa Gabriel när han fick syn på den öppna spisen.

Mattias och Vilmer hade handlat innan de hade hämtat upp tjejerna vid hotellet så Maria och Agnes hjälpte dem att packa upp varorna i köket.

"Ska vi bestämma sovrum?" sa Mattias när allt var uppackat i köket och Gabriel hade fått i gång brasan.

Det fanns fem sovrum, tre på ovanvåningen och två på nedervåningen. De bestämde att alla paren skulle ta rummen på ovanvåningen och Tess fick ett utav rummen på nedervåningen och Patrick fick den andra.

Vilmer och Agnes gick in i köket och började med middagen medan de andra satte sig framför brasan. Maria tog fram några vinglas och öppnade ett par flaskor vin som alla uppskattade. När middagen nästan var klar hjälptes Patrick och Tess åt med att duka bordet och Patrick öppnade ytterligare några flaskor vin.

Vilmer och Agnes dukade fram en stor kastrull med en mustig köttgryta som luktade lika ljuvligt som den smakade och till det fanns det varmt bröd som var gott att doppa i den goda grytan. Efter maten kunde de som ville byta om till badkläder för att antingen bada i bubbelpoolen på altanen eller bada i bastun i anslutning till den. De alla enades om att de skulle byta om till badkläder. Tess gick in på sitt rum och tog på sig sin svarta bikini och virade handduken runt sig innan hon gick ut till de andra. Maria och Mattias hade ordnat så att det fanns vin, öl och cider behändigt på ett bord på altanen. Vilmer hade fixat så att det fanns musik också.

Tess kom ut på altanen och bestämde sig för att gå in i bastun först eftersom hon fortfarande frös lite. Hon tog med sig en cider och gick in i bastun som redan hade hunnit bli varm. Felicia och Agnes satt redan där inne när hon kom in och efter en stund var alla samlade där inne. När det blev för varmt i bastun gick de ut till bubbelpoolen.

Tess såg i ögonvrån hur Patrick sneglade på henne medan hon gick ner i det varma vattnet.

Vilmer och Agnes var de första som gick tillbaka in i huset och när Gabriel och Felicia gick tillbaka in i bastun var det bara Maria, Mattias, Patrick och Tess kvar i bubbelpoolen. Maria och Mattias hade någon slags hångelsession i ena änden av poolen, så pass att Tess kände sig lite obekväm. Patrick sneglade på Tess innan han sa till dem: "Har inte ni ett rum?"

De stannade upp och tittade på honom innan de tittade på varandra.

"Du är bara avundsjuk", sa Maria retsamt när de gick ur poolen och sedan in i huset.

Den obekväma känslan hängde kvar när Tess var ensam kvar med Patrick i bubbelpoolen.

Hon visste inte vad hon skulle säga till honom och han verkade inte heller veta för han satt bara tyst.

Då och då tittade de på varandra och log.

"Det har kommit några nya avsnitt av den där serien vi brukade kolla på", sa han till slut.

"Jaha, var de bra?"

"Jag kollade bara på något avsnitt, men det var inte samma att kolla utan dig."

"Patrick, vad gör du?"

"Jag gör ingenting. Jag försöker bara prata om någonting, vad som helst så vi slipper sitta här i den här pinsamma tystnaden. Jag har ingen baktanke med någonting om du tror det."

"Förlåt", sa Tess och skämdes för sin kommentar.

"Maria och Mattias verkar vara färdiga i duschen om du vill gå in", sa han när han tittade in genom fönstret bakom henne.

När Tess vände på huvudet såg hon dem gå in i köket. "Du kan duscha före mig om du vill."

"Gå du! Jag kan duscha i uteduschen", sa han.

"Okej", sa Tess för att sedan gå upp ur bubbelpoolen och ta handduken om sig. Hon hade ryggen vänd mot Patrick men kunde nästan känna hans blick på henne. Hon gick in på rummet för att hämta sina kläder och annat hon behövde ha till duschen innan hon gick in i badrummet.

Tess hällde upp ett glas vin innan hon satte sig i soffan med dem andra framför brasan.

Agnes hade hittat några sällskapsspel som de tog fram och Vilmer var inne i köket och hämtade chips som han hällde upp i skålar.

De spelade långt in på natten innan de alla var nöjda och gick och la sig. Tess skulle ställa klockan på mobilen när hon fick en klump i magen. På skärmen stod det att hon hade ett missat samtal från ett okänt nummer. Kunde det vara Tim? Samtalet kom för två timmar sedan och klockan var sent. Hon övervägde om hon skulle ringa upp Tim men det var alldeles för sent. Och tänk om det inte var Tim. Men vem annars skulle ringa från okänt nummer till henne så här sent?

Tess la sig i sängen och tankarna snurrade i hennes huvud. När hon väl somnade drömde hon om Tim. Hans blick som kunde få henne kåt bara han tittade på henne och hans starka kropp som alltid bar henne så lätt. Hans värme och doft som gjorde henne knäsvag. Och hans röst som fick hela hennes kropp att pirra. Hon drömde att han var där i sängen med henne. Han låg ovanpå henne och kysste hennes bröst för att sedan komma in i henne. Allteftersom det blev skönare stönade hon högre och högre. Men plötsligt förändrades allt.

Hon vaknade upp och såg Patrick bredvid henne.

"Vad gör du?" frågade hon förvirrat.

"Tess. Du skrek i sömnen, jag kom in för att kolla till dig."

Tess nästan rodnade, hon kunde inte berätta för Patrick vad det var hon hade drömt.

"Var det en mardröm?"

"Ja", svarade hon samtidigt som hon inte var riktigt klar i huvudet.

Drömmen hade varit så verklig att hon låg där kåt i sängen och försökte fokusera på orden som Patrick sa.

"Har du fortfarande dina mardrömmar?" frågade han.

Tess nickade som svar.

"Jag kan stanna hos dig om du vill?"

Tess skakade på huvudet.

"Är du säker?"

Tess nickade igen.

Patrick log sitt vänliga leende samtidigt som han lämnade rummet. Tess låg under täcket och försökte somna om. Men det gick inte. Nu låg hon och var sur på Patrick för att han hade förstört hennes underbara dröm.

Hon tog med sig täcket och gick ut till allrummet och satte på tv:n på låg volym. Efter en stund såg hon att dörren till Patricks rum öppnades och att han sedan kom ut.

"Kunde du inte somna om?" frågade han.

"Nej."

"Inte jag heller", sa han och satte sig i andra änden av soffan.

Efter någon timme somnade Tess i soffan.

Hon vakande några timmar senare med Patrick liggandes bakom henne med sin arm runt henne.

Tess smög ut från under täcket och fortsatte smyga in till Patricks rum där hon hämtade hans täcke för att sedan smyga in till hennes rum och lägga sig där.

Några timmar senare vaknade hon utav att det skramlade med porslin i köket och hörde röster som pratade. Tess klädde på sig löparkläderna innan hon gick ut till de andra. Alla var där förutom Maria och Mattias som inte hade gått upp ännu. När frukosten var framdukad gick Agnes uppför trappan för att väcka dem. När hon kom ner igen satte hon sig vid bordet tillsammans med de andra och åt av frukosten som hade dukats fram. När Maria och Mattias hade klätt på sig kom de ner och gjorde dem sällskap.

Efter frukosten tog Tess på sig löparskorna och sprang en runda på ön. När hon kom tillbaka mötte hon Patrick i köket när hon skulle dricka vatten. Han satt med en kopp kaffe.

"Var är alla?" frågade Tess och tittade sig omkring.

"De tog sig över till Skårön för att handla lite."

"Är det bara du och jag här?"

"Ja", svarade Patrick.

"Okej, jag ska bara ta en dusch", sa hon och började gå mot sitt rum.

Hon kunde känna hur han tittade på henne när hon lämnade köket. När Tess kom ut ur badrummet hade de andra fortfarande inte kommit tillbaka. Telefonen blinkade på nattduksbordet när hon kom in i sovrummet. Hon tog upp den och såg att hon hade ett missat samtal från okänt nummer igen. Med en gång ringde hon till Tim. Inte en enda signal gick fram som om den vore avstängd. Tess suckade djupt innan hon gick ut ur rummet. Patrick kollade på tv så hon satte sig i en utav fåtöljerna och gjorde honom sällskap.

"Vet du när de andra kommer tillbaka?" frågade hon.

"De kommer med nästa färja som går om en timma."

Tess hörde att diskmaskinen i köket pep att den var färdig så hon gick in dit för att tömma den. Efter en stund kom Patrick och ställde sig i dörröppningen till köket. Tess såg hur han stod lutad mot dörrkarmen med armarna i kors och iakttog henne medan hon plockade ur diskmaskinen. Hon väntade på att han skulle säga något. Men han stod bara där. När hon skulle passera honom tog han ut sin hand för att stoppa henne, hon tittade upp på honom och mötte hans blick.

"Vad gör du Patrick?"

"Jag saknar dig", sa han när han la händerna på hennes höfter.

"Jag är ledsen", sa hon mjukt och fortsatte in till sitt rum medan Patrick stod kvar i dörröppningen. Tess la sig på sängen. Hon hade inte sovit mycket under natten så hon passade på att vila. Hon förstod att hon måste ha somnat när Maria kom och väckte henne.

"Lunchen är färdig. Vill du komma och äta?"

"Ja", svarade Tess dåsigt och följde med Maria ut till de andra samtidigt som hon försökte undvika Patricks blick.

"Vilka följer med på en promenad runt ön?" frågade Agnes när allt var undanplockat från lunchen. Tess sa att hon ville följa med. Hon ville inte hamna i en situation då hon skulle bli ensam med Patrick igen. Det visade sig att alla ville följa med på promenaden. Tess lyckades undvika att gå bredvid Patrick under hela promenaden och när de kom hem igen hjälpte Tess Agnes och Vilmer i köket med förberedelserna inför middagen. När de var klara gick Vilmer ut på altanen med det som skulle grillas till Gabriel och Mattias som hade förberett grillen. Agnes hällde upp två glas vin och räckte fram ett glas till Tess som hon tog emot innan de gick ut till de andra som befann sig på altanen.

Det var varmare ute idag så de bestämde sig för att sitta ute och äta på altanen. Tess satt snett mittemot Patrick under middagen och fick svårt att undvika honom när han satt så nära. Hon försökte konversera mer med Gabriel som satt bredvid henne.

Efter middagen delade de upp sig i två lag för att spela charader. Tess hamnade i samma lag som Vilmer, Agnes och Patrick. Hon kände sig genast obekväm.

Patrick och Agnes var dåliga förlorare och gick helhjärtat in i spelet och skulle vinna. Tess och Vilmer hade inte samma energi som dem men deras lag lyckades ändå vinna i slutändan. Efter charaderna delade sällskapet på sig. Några gick och bastade och några stannade kvar inne vid sofforna och pratade medan de drack vin. Patrick som hade varit ute och bastat kom in till köket medan Tess var där och hämtade en ny flaska vin. När hon var på väg förbi honom tittade hon ner i golvet för att undvika hans blick varpå han tog tag i henne och kysste henne. Tess tryckte honom ifrån sig. ”Vad gör du?”

”Jag kan inte vara utan dig Tess. Förlåt för hela den där grejen som hände hos Vilmer. Kan vi inte börja om?”

”Nej.”

”Varför inte?”

”Det var inte därför jag gjorde slut. Det låg mer bakom.”

”Som vaddå?” sa han och tittade förvånat på henne.

”Jag vet inte, det är svårt att förklara.”

”Försök.”

”Patrick… Det spelar ingen roll, det kommer inte bli vi igen.”

”Vi kan väl prova igen? Det är så tomt utan dig.”

”Jag… har… träffat någon.” Tess ville i samma sekund som hon sa de orden ta tillbaka dem. Hon såg på Patricks ansiktsuttryck att det inte mottogs väl. Utan att säga någonting vände han på sig och lämnade köket.

Tess vågade inte gå ut till de andra istället öppnade hon flaskan och hällde upp i ett nytt glas i köket. Klumpen i magen växte, hon ville inte vara kvar i huset längre. Känslan av att inte kunna ta sig därifrån trängde sig på. Paniken började växa. Hon behövde ha luft. Hon passerade allas blickar när hon lämnade köket och tog sig ut på altanen.

"Hur är det Tess? Är du okej?" frågade Maria som hade följt efter henne.

Tess skakade bara på huvudet.

"Kom! Sätt dig", sa hon och tog med henne till en utav sofforna på altanen. "Ta djupa andetag, andas långsamt. Vill du att jag ska hämta lite vatten till dig?"

Tess skakade återigen på huvudet.

De satt där tysta ett tag medan Tess samlade sig och sedan berättade hon vad som hade hänt.

"Bry dig inte om Patrick. Du har ingen skyldighet att ha känslor för honom bara för att han har känslor för dig."

Tess tittade på Maria och log. "Tack!"

"Stanna här, jag går in och hämtar något att dricka."

Tess satt kvar medan Maria gick in. Hon hörde dörren till altanen öppna sig igen så hon tittade upp och det var Patrick som kom ut, nu hade han klätt på sig.

"Vem är han?" frågade han.

"Patrick jag vill inte."

"Varför är han inte här nu? Finns han ens på riktigt? De andra säger att de aldrig sett dig med någon."

"Patrick jag vill inte göra en stor grej av det här."

"Du ljuger för mig eller hur? Han finns inte på riktigt."

"Jag ljuger inte för dig... Men det är komplicerat."

"Är det honom du gömmer dig ifrån?"

Tess tittade chockad på honom innan hon skakade på huvudet. "Nej."

274

Patrick satte sig bredvid henne i soffan och de båda satt i tystnad i vad som kändes som en evighet. "Förlåt Patrick, jag ville aldrig såra dig och jag ville aldrig förlora dig som vän. Jag saknar vår vänskap. Det gör jag. Men vi kommer aldrig kunna gå tillbaka till hur det var." Tess reste sig upp och gick tillbaka in i huset. "Jag går och lägger mig", sa hon till dem andra när hon gick förbi dem. Tess kunde höra dem andra medan hon låg i sängen och försökte somna. Till slut blev det tyst och Tess kunde somna.

Nästa morgon gick hon upp tidigt. Hon tog på sig löparkläderna och gav sig ut för att springa innan någon annan hade gått upp. När hon kom tillbaka var det bara Gabriel som var vaken. Tess gick in i duschen och lät tårarna falla tillsammans med det varma duschvattnet. Hon packade sin väska innan hon gick in i köket och gjorde i ordning en smörgås. När de andra började gå upp och gjorde i ordning frukosten passade Tess på att ta itu med städningen som behövde göras i huset innan de lämnade den. Och när alla hade packat färdigt och huset var städat gick de tillsammans för att åka med färjan.

Både Tess och Patrick satt tysta hela bilresan tillbaka till Kargvik. Tess kände en stor lättnad när hon klev ur bilen två gator från hennes hus och promenerade hem.

Tiden som hade gått sedan Tess senast träffade Tim hade gått från veckor till månader. Över ett år hade passerat från då hon hade flyttat till Kargvik. På vardagarna höll hon sig till sina rutiner med löprundorna och jobb på hotellet. Hon höll sig mest hemma under den här tiden men hade övertalats av Maria vid några tillfällen att festa med gänget. De gånger Patrick hade varit med var stämningen mellan dem fortfarande tryckt.

Oktober

Det var mitten på oktober och Maria hade hela veckan pratat om Bills stora halloweenfest och vad de skulle vara utklädda till. Tess hade sagt gång på gång att hon inte visste om hon skulle gå eller inte, men det verkade som om Maria låtsades inte höra.

"Jag måste beställa dräkterna snart. Vad ska vi gå som?" sa hon veckan innan festen skulle äga rum.

"Maria jag tror inte att jag ska gå."

"Det är klart du ska. Det är ju årets fest, den kan du inte missa. Jag och Agnes pratade och att det vore tråkigt att vara vampyrer i år igen. Agnes föreslog att vi kunde vara häxor. Inte fula häxor utan sexiga."

"Det blir nog bra vad ni än bestämmer."

"Betyder det att du följer med?"

"Jag antar det. Jag kan ju inte missa årets fest."

Maria gav ifrån sig ett glädjetjut samtidigt som hon kramade Tess.

På torsdagen veckan därpå städade Maria och Tess på fjärde våningen på eftermiddagen när Tess fick en kall kår längs ryggraden då hon stod i korridoren.

"Har det hänt något?" frågade Maria när hon såg henne.

"Jag fick en konstig känsla bara", svarade hon.

"Jag får sådana hela tiden här uppe, jag hörde ryktas om att för längesedan mördades en kvinna i ett utav rummen på den här våningen och det sägs att det spökar här."

"Va! Det har jag aldrig hört. Vilket rum?"

"Jag vet inte. Jag har bara hört att det ska vara på den här våningen."

Den kalla kåren stannade kvar hos Tess resten av eftermiddagen tills de tog hissen ner till tvättstugan i källaren.

På vägen hem den dagen hade hon svårt att skaka av sig känslan hon hade haft när hon var på fjärde våningen. Hon tänkte på vad Maria hade sagt om att hotellet skulle var hemsökt. När Tess hade tagit en varm dusch hade känslan försvunnit. Efter middagen gick hon och la sig tidigt. Klockan skulle ringa tidigt morgonen därpå eftersom hon hade planerat en längre löprunda. Tess somnade till en gammal romantisk komedifilm som gick på tv:n.

Drömmen tog henne till hotellet där hon städade på andra våningen. Hon såg en man gå förbi längst bort i korridoren vid hissarna. Hon fick en känsla av att hon behövde följa efter honom så hon gick i riktningen som hon hade sett honom. När hon kom fram till hissen såg hon att den hade stannat på tredje våningen och var på väg tillbaka till henne. Hon höll andan när hissdörrarna öppnade sig men inuti var det tomt. Hon gick in i hissen och innan hon hann trycka på knappen stängde sig dörrarna och hissen började åka uppåt. Den stannade på våning tre och när Tess hade klivit ur såg hon mannen längst bort i andra sidan av korridoren. Tess kände fortfarande att hon behövde följa efter honom så hon gick igenom hela korridoren tills hon kom fram till hissen i andra änden. Hon såg att den hade lämnat fjärde våningen innan den stannade på hennes våning och dörrarna öppnade sig. Den visade sig vara tom även den här gången. Hon åkte med hissen upp till fjärde våningen och när hon klev ur hissen såg hon hur en dörr stängdes längre bort i korridoren.

Hon gick fram till dörren och knackade. Ingen öppnade så hon knackade igen. När dörren öppnades frös hon först till is, sedan sprang hon tillbaka mot hissen. Hon hörde hur han sprang bakom henne. Hon hann in i hissen och hon pustade ut när hon såg att dörrarna hade stängt sig. Men istället för att hissen började röra på sig såg hon hur dörrarna började öppnas igen. Genom springan såg hon Sam som stod med ett stort hånfullt leende. Han klev in i hissen och de stod öga mot öga. Tess stod som förstelnad när hissdörrarna stängdes bakom honom.

Tess vaknade alldeles genomsvettig och panikslagen, det var längesedan hon hade drömt mardrömmar om Sam. Hon gick upp ur sängen och bryggde sig en kopp Te innan hon satte sig i soffan och kollade på tv fram till morgonen.

Hon var trött när hon tog sig ut i spåret nästa morgon. Hade hon haft den här drömmen för ett år sedan hade hon inte gett sig ut för att springa på några dagar. Men efter året som hade gått förstod hon att drömmarna bara var i hennes huvud. De var fortfarande otäcka och lämnade henne med en olustig känsla men hon hade slutat låta dem kontrollera henne. Om han inte hade hittat henne vid det här laget så skulle han aldrig göra det.

När hon senare gick mot hotellet var hon ännu tröttare. Hon jobbade som vanligt med Maria den här dagen och Tess kände en lättnad när hon hörde att de skulle städa på våning två och tre. Hon visste att hennes dröm bara var en dröm men kunde inte låta bli att känna att det var skönt att inte behöva vara på våning fyra.

Maria pratade på om Bills fest och att dräkterna äntligen hade kommit. De skulle träffas hos Maria för att göra sig i ordning innan de skulle ta sig till Grekön och Bills fest. Tess var så trött att hon verkligen fick koncentrera sig på vad Maria sa. Hon hoppades på att hon skulle få sova gott under natten så att hon slapp vara ett vrak på Bills fest.

Tess gick och la sig tidigt med hopp om att hon skulle somna tidigt och få en god natts sömn. Hennes önskan slog in och hon somnade snabbt. Hon drömde att hon var på hotellet. Hon kunde inte urskilja vilken våning hon var på men hon såg att dörren till rummet bakom henne öppnade sig. Hon var inte rädd. Hon kände mer en dragning till rummet så hon gick in i rummet som såg precis ut som ett rum på Kargviks Stadshotell. Det var tomt så hon gick tillbaka ut i korridoren. Längre bort såg hon hur en ljusstrimma dök upp på golvet när en annan dörr öppnades. Hon tog sig bort till det rummet och gick vaksamt in och kollade men det var också tomt. När hon kom ut i korridoren igen dök ytterligare en ljusstrimma upp på golvet då en ny dörr öppnades. Tess skyndade sig dit den här gången men det rummet var också tomt. En dörr till öppnades så hon sprang. Till nästa sprang hon ännu fortare. Och fortare till nästa.

Tess hade kollat i säkert tjugo rum när hon sprang fram till en dörr som stängde sig precis framför henne när hon kom fram. Hon vred på handtaget och öppnade dörren långsamt. Hon gick in i rummet, den här gången var det inte tomt. Hon såg gestalten av en man stå med ryggen mot henne vid fönstret. Han hade jeans och en uppknäppt vit skjorta på sig. Hon kunde se på kroppsbyggnaden vem mannen var.

"Tim?" sa hon mjukt och i samma stund som han vände sig om och deras blickar möttes väcktes hon av väckarklockan. Tess tryckte snabbt på snooze knappen och hoppades att hon kunde fortsätta drömmen när hon blundade. Men det gick inte, det var redan förstört. Hon försökte klamra sig fast vid bilden av honom i sin dröm. Det hade varit glest med drömmar om Tim på sistone och hon ville hålla fast vid känslan hon fick när hon såg honom i drömmen.

Hoppet om att han skulle komma tillbaka var borta sedan länge. Men hon kunde inte neka sig känslorna hon fortfarande hade kvar för honom. Hon stängde av väckarklockan när den ringde igen, sedan tog hon på sig svarta kläder och promenerade mot tågstationen. När hon kom fram till huvudstaden tog hon ut femtusen kronor på fyra olika bankomater innan hon köpte med sig något att äta på tåget hem.

Tess skyndade sig hem från tågstationen i Kargvik, hon ville hinna med en liten löprunda innan hon var tvungen att vara hemma hos Maria. Hon bytte snabbt om och gav sig ut i spåret och när hon

279

kom hem igen duschade hon snabbt innan hon klädde på sig svarta strumpbyxor och en svart kjol tillsammans med en vit skjorta. Hon skulle göra sig i ordning hemma hos Maria så hon brydde sig inte om att sminka sig. Hon borstade snabbt igenom håret och packade ner sitt smink i handväskan innan hon tog på sig sina svarta stövlar och en svart lång höstkappa. Solen hade börjat gå ner när hon gick promenaden hem till Maria.

De andra tjejerna var redan hemma hos Maria när Tess anlände. Maria gav Tess en svart figurnära klänning med ärmar i spets och en häxhatt. Tess bytte om till klänningen men behöll sina strumpbyxor på, sedan sminkade hon sig med mera smink än vanligt för att framhäva sina ögon.

När hon var klar gjorde hon de andra tjejerna sällskap i vardagsrummet där de drack drinkar och tjejsnackade. Klockan var strax efter nio när de tog på sig ytterkläderna för att gå till färjan som skulle ta dem till Bills fest ute på Grekön. När de kom fram var det många andra som var utklädda som också väntade på att få gå på samma färja. Till slut kom färjan och de alla gick ombord färjan som tog dem över till Grekön. Tjejerna gick i land tillsammans med alla de andra otäckt utklädda som var på väg till Bills fest. Det första de gjorde när de kom fram till huset var att gå fram till baren i trädgården och ta sig något att dricka. Sedan väntade de utanför huset på att killarna skulle möta upp dem. De var redan där någonstans då de hade tagit den tidigare färjan. Tess såg på när killarna kom gående över gräsmattan fram till dem.

Hon la märke till Patricks leende samtidigt som han såg henne. Den var varmare än den hade varit den senaste tiden. De gick alla samlade in i huset och nerför trappan till det enorma garaget som nu såg ut som en nattklubb med stora högtalare, ett DJ-bås och lampor som blinkade i takt med musiken. Tess följde med sina vänner ut på dansgolvet. Patrick som dansade intill henne såg ovanligt glad och avslappnad ut. Tess blev snabbt törstig igen eftersom det var väldigt varmt inne på dansgolvet så hon började gå mot trappan. Patrick kom i kapp henne.

"Vart ska du?"

"Jag ska hämta något att dricka,"

"Jag följer med dig", sa han och tog hennes hand och ledde henne till baren en trappa upp, han släppte inte den förrän de kom fram och ställde sig i kön.

Musiken var fortfarande hög där de stod så Patrick lutade sig fram till hennes öra.

"Har du inte med dig killen som du träffar?"

Patricks vänliga leende som följde efter hans fråga gjorde Tess förvirrad.

"Nej!" svarade hon.

"Träffar du inte han längre?" Fortfarande log han vänligt.

Tess tog sig en snabb funderare innan hon svarade. "Nej, det gör jag inte."

Tess fick komma till insikt att hon inte träffade Tim längre, hur kunde hon göra det? Hon hade varken sett eller hört något från honom på flera månader. Kön rörde sig snabbt och när det var deras tur hann inte Tess beställa innan Patrick beställde åt henne.

De fick deras drinkar och gick sedan tillbaka nerför trappan till de andra. Efter de hade dansat en stund till gick de allihop ut till baren i trädgården för att både hämta luft och släcka törsten i baren. Tess märkte gång på gång att Patrick tittade på henne och när hon mötte hans blick svarade han med ett varmt vänligt leende. Ett par gånger kunde hon inte motstå att le tillbaka. När de sedan gick in igen delade gruppen på sig, tjejerna återvände till dansgolvet i källaren och killarna gick in till den stora salongen och spelade biljard. Det var varmt i källaren och tjejerna orkade bara dansa till några låtar innan de gick tillbaka till baren i trädgården. När Tess tog upp sin drink från bardisken och skulle gå därifrån kom Patrick och ställde sig bredvid henne och beställde en öl till sig själv.

"Vänta", sa han när hon var på väg att gå.

Tess vände sig mot honom och tittade frågande på honom. Precis då tog han sin öl i ena handen och tog Tess hand i den andra.

"Kom!" sa han och tog med henne till sidan av huset.

"Patrick, Vad gör du?"

"Shhh…" sa han samtidigt som han la sitt pekfinger mot hennes läppar. Sedan satte han sig på bänken som stod intill husväggen och klappade på den för att visa att hon skulle sätta sig. Tess visste inte varför men hon satte sig på bänken bredvid honom. Bänken vette mot vattnet så de båda satt där i det tysta och tittade ut över det svarta vattnet och på Kargviks gatlampor på andra sidan som lös upp i natten. De hade suttit på bänken ett tag och Tess började frysa.

"Jag ska nog..." började hon säga och Patrick avbröt henne.

"Shhh…"

Han tittade då på henne och såg att hennes läppar hade börjat bli blå och att hon huttrade.

"Fryser du?" frågade han och hon nickade.

Då la han armarna om henne och höll om henne. Hans kroppsvärme var varm men Tess frös ändå. Hon ville gå in och var förvirrad till varför de bara satt där ute. När hon nästan hade fått nog och ville bara sticka därifrån sa Patrick plötsligt. "Jag kan inte, inte ha dig i mitt liv Tess."

Tess vände sig mot Patrik. "Men Patrick…"

Han la fingret igen mot hennes läppar innan han fortsatte. "Oavsett om du sårar mig eller inte känner lika mycket för mig som jag för dig så vill jag inte vara utan dig."

Han tittade henne i ögonen innan han pussade henne mjukt på munnen och lät sina läppar stanna kvar vid hennes för att se om hon skulle besvara honom med en kyss, men det gjorde hon inte så han rätade på sig och log mot henne varmt och vänligt.

"Kom!" sa han och tog hennes hand och tog med henne ner i källaren till dansgolvet där de hittade resten av deras vänner. Patrick log vänligt mot henne innan han släppte hennes hand. I Tess huvud snurrade det runt hundra tankar som hon inte visste vad hon skulle göra av.

Maria, Mattias, Agnes och Vilmer lämnade dansgolvet och gick uppför trappan medan Tess stannade kvar med de andra. Hon hade inte riktigt fått upp temperaturen så hon ville inte gå ut i kylan igen riktigt än. Patrick var fortfarande på glatt humör fastän han precis hade öppnat sitt hjärta för Tess och fått nobben. Efter en stund började törsten smyga sig på och de gick för att leta reda på de andra. De gick till baren i salongen men deras vänner var inte där. Innan de gick för att leta ute beställde Tess en cider och Patrick en öl. Samtidigt som Tess plockade upp cidern med handen kände hon en kall kår genom hela kroppen. Hon trodde först att det var för att drickan var kall men när hon tog en klunk märkte hon att den inte var så kall. Sedan fick hon en känsla av obehag. "Jag ska gå ut och ta lite luft", sa hon till Patrick.

"Jag följer med dig."

När de kom ut tog det ett tag att urskilja personerna som var i trädgården eftersom det fanns bara ett fåtal lampor och det var mörkt ute. När de hade letat en stund hittade de Vilmer, Agnes, Felicia och Gabriel som stod och pratade med varandra.

Den obehagliga känslan hängde kvar hos Tess. Den kändes nästan som sockerdricka i hela kroppen, ett obehagligt pirrande. Sen kom den välbekanta känslan av att vara iakttagen. Hon försökte skaka av sig den eftersom hon visste att det inte var på riktigt, det var bara en känsla.

Den gav inte med sig så hon började titta sig omkring över trädgården på alla som var där. Långt borta på andra sidan av den enorma trädgården tycktes hon se Maria och Mattias.

När hon fokuserade blicken stelnade hon plötsligt till och tappade andan. Hon såg hur Tim stod bredvid Maria och Mattias. Mattias pratade med honom samtidigt som Tim hade blicken fäst på Tess. Hon hörde Agnes röst prata med henne men hon lyssnade inte. Det enda hon hörde var hennes egna hjärtslag som susade högt i hennes öron samtidigt som det gjorde ont i henne att se honom stå så långt bort ifrån henne när hennes kropp skrek efter honom.

Hon släppte inte Tim med blicken. Hon kunde se hur Mattias vände sig om och också kollade åt Tess håll innan Maria lutade sig fram till Tim och sa något till honom innan han började gå över den stora gräsmattan i Tess riktning med Maria och Mattias i släptåg.

Tess stod som förstelnad och det hon såg framför sig verkade utspela sig i slowmotion. Vännerna som hade stått med ryggen mot Tim, Maria och Mattias vände sig nu om för att se vad som hade fångat Tess uppmärksamhet. När Tim var ungefär tio meter ifrån henne rusade han fram till Tess och drog henne nära samtidigt som han kysste henne passionerat framför alla deras vänner. Så mycket känslor rusade runt i Tess kropp att hon trodde att hon skulle svimma.

Han kramade om henne hårt. "Fy fan vad jag har saknat dig!" viskade han i hennes öra och kysste henne igen. Tess kunde inte hålla tillbaka tårarna, de rann nerför hennes kinder och hon lät dem. Utan någon förklaring till deras vänner tog Tim hennes hand och drog i väg henne till baksidan av huset. Där vid tomtgränsen fanns ett litet vedskjul som han öppnade dörren till och de gick in. Tim tände lampan som gav ett svagt sken i ena hörnet sedan kysste han henne passionerat och tryckte henne mot väggen. Tess ville inget annat än att ha honom precis NU!

Hans kyssar gjorde henne så kåt att hon trodde att hon skulle explodera.

Tim gick ner på knäna och tog av henne stövlarna och sedan strumpbyxorna tillsammans med trosorna. Han ställde sig sedan upp och såg hennes tårfyllda ögon.

"Vill du att jag ska sluta?" viskade han.

"Nej", sa hon mjukt och förde hans ena hand mellan sina ben. Hon drog honom närmare och kysste honom. Hon höll andan när han kom in i henne och fick kämpa för att inte stöna högt för varje stöt. Känslan av att komma byggde upp i hela kroppen, hon hade längtat så efter att få känna honom igen. Som vanligt kunde Tim läsa av henne så han höll för hennes mun så att hon kunde stöna i hans hand när hon kom. Sedan kysste han henne samtidigt som han kom och fortsatte kyssa henne en lång stund efter. När de var klara tittade de på varandra och skrattade.

"Jag slutade tro att du skulle komma tillbaka för länge sen", sa hon när de hade börjat klä på sig.

"Jag var borta mycket längre än jag trodde jag skulle vara. Sen tappade jag bort telefonen, jag hade inte ditt nummer och kunde inte ringa."

När Tim kramade om Tess kunde hon känna hans doft och värme som fick henne att gråta igen.

"Förlåt Tess! Förlåt! Jag kommer aldrig lämna dig igen."

De stod och höll om varandra en lång stund i det lilla vedskjulet.

"Vad gör vi nu?" frågade Tess.

"Vi åker hem till dig."

"Okej. Men jag måste gå in och hämta min kappa."

"Då får vi helt enkelt gå och hämta den då", svarade han och Tess såg på honom att han tänkte samma som hon. Att de helst inte ville stöta på deras vänner. De släckte lampan innan de gick ut ur vedskjulet. Tim tog hennes hand och de gick runt till framsidan av huset och ingången till det stora huset. Hela tiden var de vaksamma på om någon utav deras vänner skulle dyka upp. De gick in till kapprummet där det inte tog lång stund för Tess att hitta sin kappa.

De såg sina vänner stå vid baren ute i trädgården när de gick hand i hand över gräsmattan för att gå ner mot vattnet. De kunde se i ögonvrån hur de tittade på dem. Men Tess och Tim fortsatte att gå utan att titta åt deras håll.

"Du tog båten", sa Tess när hon såg den vid bryggan.

Tim log mot henne samtidigt som de närmade sig bryggan. Han klev ombord först för att kunna hjälpa henne ombord. Sedan räckte han henne en flytväst och tog på sig en själv. Han startade båten och styrde den mot Kargvik.

Tess klev upp på bryggan först och Tim följde efter. De tog varandras hand och började gå hem till Tess.

"När kom du hem?"

"Jag kom hem idag."

"Idag?" frågade hon förvånat.

"Du tror väl inte att jag skulle vänta med att träffa dig."

Tess rodnade. "Hur visste du var jag var?"

"Jag var på väg hem till dig när jag kom på att Bill hade sin stora fest. Så jag chansade på att du skulle vara där."

De kom fram till Hans och Maggies hus där de smög runt på baksidan och Tess låste upp dörren. När de kom in och hon hade låst alla låsen var hon beredd på att Tim skulle kasta sig över henne, men blev förvånad över att han inte gjorde det.

Han tog tag i hennes händer och tog med henne till sängen och kysste henne passionerat medan de la sig på sängen. Sedan la han sig intill henne och höll om henne hårt. Hans varma kropp fick det att pirra i hela hennes och hans doft gjorde honom oemotståndlig. Hon mötte hans blick och det var som om han kunde läsa hennes tankar.

De hjälptes åt med att ta av varandra kläderna tills de låg helt nakna på sängen. Tim la sig ovanpå henne och kysste hennes läppar för att sedan kyssa henne på halsen och sedan nyckelbenet och fortsatta neråt mellan brösten. När han kysste hennes bröstvårta flämtade hon fram ett mjukt stön. Han fortsatte till den andra innan han kysste henne neråt på magen tills han kom till hennes underliv. Hon böjde kroppen bakåt och kvävde sina stön när hon kände hans varma blöta tunga mellan sina ben. Tess fick kämpa för att inte stöna högt allteftersom det blev skönare och skönare. Sedan avbröt han och hon hörde det välbekanta prassalljudet innan han långsamt kom in i henne. Hon fick lägga kudden över ansiktet för att inte stöna högt.

Orgasmen närmade sig för varje stöt och när hon var nära retades han genom att pausa. När hon tog bort kudden och tittade frågande på honom log han och kysste henne. Han fortsatte sedan att röra på sig tills hon var nära igen men fortsatte att retas genom att stanna upp.

"Fortsätt" viskade hon flämtande. Men han log bara och kysste henne igen.

"Fortsätt", bönade hon.

Tim som hade rört sig i en ganska långsam retsam takt ökade nu takten och Tess var precis på gränsen till att komma när han återigen stannade. Hela hennes kropp skrek att hon var nära. Deras blickar möttes innan han kysste henne och kvävde hennes stön med sin mun när de båda kom. Orgasmen började i hennes underliv för att sedan sprida sig utåt i hela kroppen. När de var klara låg de kvar och tog igen sig. Tess kunde känna hans hjärtslag mot sitt bröst.

"Jag älskar dig!" Hörde hon honom viska i hennes öra.

Utan att tveka viskade hon tillbaka. "Jag älskar dig!"

Tim kom upp på armbågarna och tittade henne djupt in i ögonen innan han kysste henne.

Sedan tog han sig upp och gick in i badrummet. När han kom ut iklädd kalsongerna gick han direkt till köket och började rota i kylskåpet. "Fortfarande inget att äta ser jag."

Tess kom över till honom. Hon hade tagit på sig trosor och ett av hennes mammas gamla t-shirtar.

"Om jag hade vetat att jag skulle få sällskap då kanske jag hade hunnit handla."

Tim sträckte sig efter ett flingpaket som han åt direkt ur.

"Jag trodde vi hade kommit överens om att du skulle äta ur en skål", sa Tess.

Samtidigt som Tess öppnade kylskåpet svarade Tim.

"Ingen mjölk." Han log när han såg hennes min när hon upptäckte att mjölken var slut i kylskåpet.

Tess tog ett äpple och började äta på det. När flingorna var slut gick Tim fram till Tess och la undan hennes äpple.

"Kom! vi går och lägger oss", sa han och tog med henne till sängen. Han drog undan täcket så att de kunde lägga sig under det. Hon njöt av att känna varje centimeter av hans kropp som vidrörde hennes.

Tess vaknade några timmar senare av att Tim smekte hennes kropp.

"Vad bra! Du är vaken", sa han och kysste henne när hon vände ansiktet mot honom. Tess var bara halvt vaken men kysste honom tillbaka. Hans hand som hade smekt hennes kropp tog sig nu innanför hennes trosor. Tess var nu klarvaken och stönade. Tim tog av henne trosorna innan han la sig ovanpå henne. Tess särade på sina ben så att han skulle komma så nära som möjligt.

När de var klara somnade Tess om efter en liten stund och när hon vaknade igen lite senare såg hon att Tim var vaken.

"Kan du inte sova?"

Tim skakade på huvudet. Sen drog han Tess nära och hon la sitt huvud på hans bröst och han pussade henne med sina mjuka läppar på huvudet. Tess var trött och somnade om.

När hon vaknade på morgonen hade Tim äntligen somnat. Hon smög upp ur sängen och gick in i badrummet och tog en dusch. Sedan smög hon ut i rummet och tog på sig löparkläder innan hon smög till dörren och låste upp alla låsen på insidan. Hon tog med sig en ryggsäck och gick mot Supermarket. Hon hade lämnat en lapp till Tim ifall han skulle vakna där det stod att hon hade gått för att handla och snart skulle komma tillbaka. Hela promenaden till Supermarket funderade Tess på vad hon skulle köpa för att göra en stor mysig frukost till Tim som han skulle uppskatta. Tess var inget vidare duktig i köket, inte som Tim. Men någon juice skulle hon köpa och kanske göra något med ägg. Kanske skulle hon steka lite bacon. Flingor behövde hon köpa eftersom Tim hade ätit upp de hon hade. Sen kom hon på att mjölken också var slut. Yoghurt och bröd skulle hon också köpa för det kanske Tim skulle tycka om.

Tess kom fram till Supermarket och tog en korg när hon kom in. Hon gick runt i affären och plockade på sig allt som hon hade kommit på under promenaden dit. När hon hade lagt i allt hon skulle ha i korgen gick hon fram till kassan och betalade. Hon köpte en extra påse eftersom hon hade handlat mer än det som fick plats i ryggsäcken. När hon stod där och packade ner sina varor i ryggsäcken och påsen kände hon hur en kall kår gick längs med ryggraden. Hon skakade av sig den innan hon skulle gå ut ur affären.

Hon gick ut genom de stora skjutdörrarna och tog sig åt höger, men hon hann inte mer än några steg innan hon stannade tvärt. Några meter framför henne såg hon Sam som stod och tittade på henne. Hon blinkade hårt för att försäkra sig om att hon inte inbillade sig.

Hon kunde se hans hånfulla leende och svarta ögon. Han hade äntligen hittat henne.

Just när han tog sitt första steg i Tess riktning släppte hon påsen som hon höll i handen så att den föll till marken och sprang det snabbaste hon kunde över till andra sidan gatan. Hon kunde se i periferin att han tog fart efter henne.

När hon hade kommit över gatan krängde hon av sig ryggsäcken och den gav ifrån sig en duns när den landade på asfalten. Tess fortsatte att springa hemåt. Först när hon hade kommit halvvägs vågade hon vända sig om för att se om han fortfarande var bakom henne. Men hon hade lyckats springa ifrån honom.

Hon tog ett djupt andetag innan hon försiktigt låste upp dörren till källarlägenheten. Hon andades ut i lättnad när hon smög in och såg att Tim fortfarande låg och sov. Hennes hjärta bultade så hårt att hon trodde nästan det skulle väcka honom.

Hon smög fram till garderoben och plockade bort sockeln och tog fram de båda kuverten som låg där. Hon stoppade ner dem i den stora ryggsäcken som hon hade gömt långt in i garderoben. Sedan tog hon på sig ryggsäcken och tittade en sista gång på Tim innan hon la nyckeln till dörren på bordet i hallen och gick ut ur lägenheten för sista gången.

Adrenalinet pumpade i hennes ådror samtidigt som det kändes som hennes hjärta höll på att gå sönder. Hon småsprang fram till busstationen samtidigt som hon tittade sig över axeln flera gånger. När hon kom fram hoppade hon på den första bussen som lämnade Kargvik.

Sara tittade ut genom fönstret på bussen och såg hur Kargvik blev allt mindre och mindre. Hon bet sig i läppen för att inte bryta ihop. Men tårarna lyckades ändå tränga sig förbi hennes ögonlock och rann ner för hennes kinder. Hon visste att hon aldrig mer skulle få se Tim.

Hon visste att hon aldrig skulle kunna återvända.